长篇报告文学

将来

中国作家协会重点扶持作品
鲁迅文学奖获得者又一力作

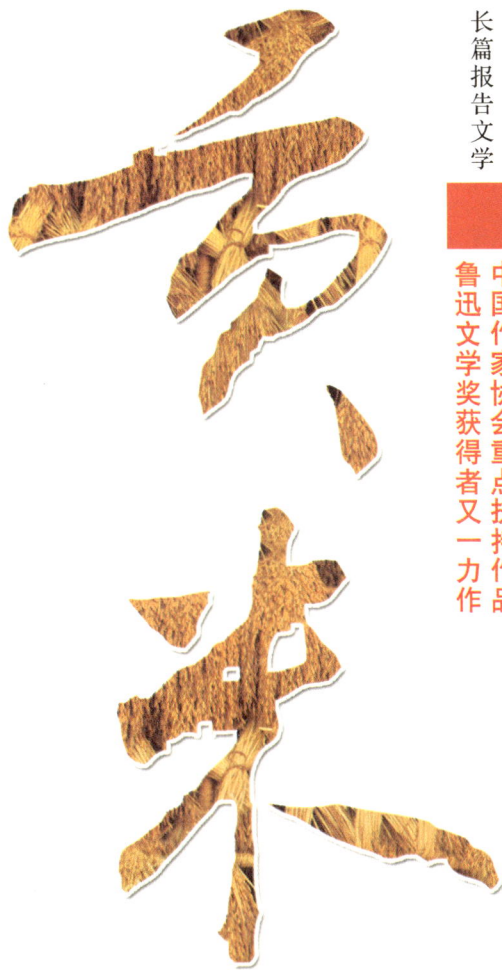

任林举

孙翠翠◎著

时代文艺出版社

图书在版编目（CIP）数据

贡米 / 任林举，孙翠翠著. —长春：时代文艺出版社，2017.1

ISBN 978-7-5387-5286-1

Ⅰ.①贡… Ⅱ.①任… ②孙… Ⅲ.①报告文学－中国－当代 Ⅳ.①I25

中国版本图书馆CIP数据核字（2016）第222895号

出 品 人　陈　琛
产品总监　郭力家
责任编辑　李贺来
　　　　　冀　洋
装帧设计　孙　利
排版制作　隋淑凤

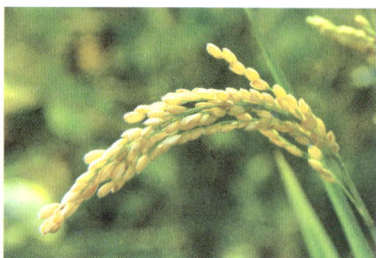

贡　米

任林举　孙翠翠　著

出版发行 / 时代文艺出版社
地址 / 长春市泰来街1825号　时代文艺出版社　邮编 / 130011
总编办 / 0431-86012927　发行部 / 0431-86012957　北京开发部 / 010-63108163
官方微博 / weibo.com / tlapress　天猫旗舰店 / sdwycbsgf.tmall.com
印刷 / 长春新华印刷集团有限公司
开本 / 720mm×990mm　1 / 16　字数 / 290千字　印张 / 17.75
版次 / 2017年1月第1版　印次 / 2017年1月第1次印刷　定价 / 68.00元

后来，粮食便成了小小的溪流，在不息的流动中洒下一路明亮的光影和真实的繁荣（摘自旧作《粮道》）。

——题记

序

高福平

　　中国是水稻的原产地，拥有七千多年的水稻栽培历史，也是当今世界水稻生产大国之一。处在世界"黄金水稻带"的吉林省是中国水稻重点产区，也是"贡米"的故乡。

　　"贡米"的字面意义，不过就是"昔日皇粮"，地方进献给朝廷的米，强调的不过是一种米的血统和品质，但其引申意义已远远地超越了字面意义，也远远地超越了那些已经逝去的时代。今日的"供奉"，主体已经是被称为"上帝"的广大消费者，而我们的供奉也不仅局限于一种米或一种物质。我们向广大消费者和国人供奉的除了一种给人带来美妙口感的米，还要有某种绵长的文化、闪光的精神、高贵的品质。

　　《贡米》一书的写作意义，就在于通过文学渠道向国人道出吉林以及中国粮食生产者为了端稳我们自己的饭碗，生产出"好吃、营养、更安全"的大米所做出的坚守和努力，展现"好米"和品牌背后的地域品格和人文精神，进而激发出国人的文化自信和品质自信，理性消费，智性选择，吃出健康，吃出"安全"。

　　《贡米》是吉林省继《粮道》之后又一部面对现实、关注底层的纪实性文学力作。

　　作者历时两年时间，深入田间地头和基层粮企，采访了上百位农民和粮食企业家，以及各级粮食管理部门和以袁隆平为代表的全国四十多名水稻专家，可谓接足了"地气"，做足了"实"功。同时，又在写作技法和文体样式上进行了有益的探索和尝试。在保持一贯的深邃、深刻风格基础上，进一步强化了作品的故事性，让有意义的东西变得有意思。

　　全书以扣人心弦的故事、精彩生动的语言、开阔宏大的视角、深厚宽广的背景、扎实准确的史料，全景、立体地展现了吉林省的农耕文化及"贡米"的历史、现状与未来。应该说，这是一部兼顾现实和文学双重意义的优秀作品。至此，作者本人"为农民、为土地、为粮食安全做一点事儿"的心愿，也得到了很好的表达。这一点，也正是我们把《贡米》的创作确定为重点文学项目进行扶持的主要理由和初衷。

　　唯愿《贡米》不仅能够推动吉林大米的品牌建设，更能成为人们深刻认识农业和农民、土地和粮食所承载的历史含义和精神实质的一扇窗。

　　是为序。

目录
CONTENTS

引　言

　　仲秋一过，氤氲于天地之间的水汽便如领了什么号令一样，倏然散去，放眼一片澄明。天蓝得如一汪海水似的，却波澜不兴，偶尔有几片或几缕云飘过，总如过往的白帆，向无法飞翔的一切炫耀轻盈。大地恪守着自己的宁静和沉实，将攒了一春一夏的阳光收集在一起，再铺展开来，即是遍地耀眼的金黄——这是2015年的秋天。千百年来，在北方这块肥沃的黑土地上，同样的色

※丰收乐章　　王秀林 摄

彩、同样的景象，一直在不断地重复上演。

千亩万亩的稻子熟了。沁人心脾的香气从低垂的穗子间散发出来，立即被奔跑的风紧握在手里，带到村庄、农舍，带到远方。即使在梦里，一个一生与土地和庄稼同甘共苦的农人，也知道那亲切的香气从何而来。大概是因为说来话长或涉及某些难以言说的秘密，农人们往往缄了口。不说，心里却是清楚、明白的。

当初，人们交给土地的，就是小小的一粒稻种，但那并不是一个简单的仪式或象征，而是人类和土地之间的一份契约或默契。是规约，是风险，也是信任。农人们代表人类立了这个无字也无言的契约之后，就得一步步躬耕践行，付出自己的力气、汗水、智慧、情感和心愿……大地则如一位严格的慈母或一个胸有成竹的魔术师，承诺在心，却秘而不宣。先是一个细嫩的芽儿，由鹅黄而嫩绿地演变着，然后就是一棵苗儿、三棵苗儿、五棵苗儿……当一棵孤零零的小苗儿分蘖、滋生出一把攥不下的大簇稻秧时，农人们仿佛受到了巨大的赞许和鼓舞。此时，虽然心花怒放，但还不到开怀大笑的时候。直等到稻秧里自

※ 契约　　潘玉 摄

下而上随时间慢慢传输、流动着的浆液在穗子上、在稻壳里悄悄凝结成晶莹的玉，他们才终于长长地舒一口气。春种一粒粟，秋收万颗子，大地终于兑现了最后的承诺。那暗暗浮动的米香呵，如丝丝袅袅无色无形的流泉，从农人的生命和大地的肌肤里源源不断地散发而出。

开镰的日子一到，心存感恩的人们就把自己平时最钟爱的食物摆上田间地头，以一种掏心掏肺的真诚，祭拜起成全了自己丰收愿望的苍天和大地。当食物的香气随着袅袅蒸气渐渐散尽，蕴含于其间的"意"与"味"便被确认为已经传至人心所寄的远方。人们开始围坐在一起，享用被神灵"享用"过的食物，他们相信这一次与神的往来一定也会和以往一样，贡献这一餐之味，得到的却是一年的庇护和回馈。

于是，我们看到，到处都是一片繁忙、欢乐的丰收景象，人们以各种各样的姿态和方式投入到这场收获的狂欢之中。各种机器的轰鸣与高高低低的欢叫遥相呼应，交织成更加复杂、含糊、难以捉摸的信息。在这样的季节、这样的情绪里，我常常也会很兴奋，追逐着风的脚步和稻谷的行踪到处奔走，脚步穿越北方色彩斑斓的秋天，在松花江、嫩江、图们江、鸭绿江、饮马河、伊通河、辉发河、布尔哈通河等流域流连徜徉。就像一叶稻镰沉迷于金色的稻丛，我迷失在秋日悦耳的声响和色彩之中。

我一直相信，1671年那个秋天的色彩和饱和度，一定不亚于今天，但我并不相信它也会像今天一样稻菽遍地、恣肆汪洋。那时，这片"攥一把能出油"的黑土地，还不属于国家农业，更没有百姓的庄稼，而是作为"龙兴之地"被皇家独自占据、严格监管着。在中国封建社会的专制史上，凡一方之最新、最好的物产，都要向朝廷缴纳，供皇室享用，称之为皇贡。《禹贡·疏》载："贡者，从下献上之称，谓以所出之谷，市其土地所生异物，献其所有，谓之厥贡。"由于吉林域内的各类物产品质优异，所以多数要归皇家或权贵们专用，并按等级进行明确分配。平民一旦使用那些涉"皇"涉"贡"的物品，会立即被抓起来，治以欺君之罪。虽然，从来没有一个百姓曾向皇帝承诺自己不会享用这地方的出产。

康熙皇帝第一次东巡，也就是康熙十年（1671年）的秋天，北方的金秋正壮美如画，但对一个政权初稳的年轻皇帝来说，那时还没有太多的闲情逸致去关注那里的美景与粮食。直到1682年，他才再一次带着浩浩荡荡的巡察队伍和大批辎重来到既是故乡又是边疆的东北，并考察当地民情。康熙第二次东巡，前后历时八十天，同行七万众，光是随行携带的那些吃食，就数目惊人："从各大官庄征用猪六十二头、鹅二百三十五只、鸡六百二十只、鸭一百四十只、粳米十一石五斗七升、红白高粱米、燕麦等杂粮十石五斗七升、豆面、菜豆八石九斗半零二升、白面三千九百四十九斤、芝麻油一千零二斤八两、白芝麻油一百一十斤、牲口草料豆一百五十二石八斗半、草两万五千零一十九捆，另有从京师随队自带的腌制兽肉四十牛车、菜肴十四马车、羊一千零八十只……"除此之外，巡察队伍还要接纳沿途地方供奉的一些土特物产。队伍行至松花江之滨，皇帝享用了打牲乌拉总管衙门特意为他准备的一锅米饭。当一口晶莹若玉、香糯软滑的白米饭入口之后，吃遍了天下珍馐美味和八方五谷的皇帝立即停箸沉吟，叹为天赐神物，并即兴作诗一首：

> 山连江城清水停，
> 稻花香遍百里营。
> 粗碗白饭仙家味，
> 在之禾中享安宁。

从此，松花江流域的稻米便成为专供皇宫御用的"贡米"。据说，产自吉林的贡米最初只用于皇家祭祀，供奉先人之用，所谓"神物"大约只有神鬼才配享用。一种连皇亲国戚都不得触碰的食物，平常百姓更哪敢有什么非分之想！"四海无闲田，农夫犹饿死。"可怜的吉林百姓，只能把出自自家之手的"仙家味"悉数奉送给皇家，以至于很多的人只听说过"粳子"之名，而不知粳米之味。皇权，让一种人间食物成为一个美丽的传说。

由于皇宫对贡米的需求不断增加，采捕、控制的步伐也变得越来越紧密，二十四年之后的1706年，清政府在乌拉地区特设五个官屯：尤家屯、张庄子、前其塔木、后其塔木、蜂蜜营屯（分别隶属于今长春市和吉林市），专门负责生产稻米、白小米等粮食，向皇家"进贡"。晶莹如雪又让人唇齿留香的米，连绵不断地自吉林这片苦寒之地流往繁花似锦的京都，京都的皇帝吃得饱，吃得好，吃得开心，便又兴高采烈地写起诗来，爷爷写，孙子也写，赞美大米，抒发踌躇满志：

※ 打稻子　赵春江 摄

　　松江万里稻兴滔，
　　碎碾珠玉降琼瑶。
　　绵香宜腹还添力，
　　慰我黎庶尽辛劳。

　　乾隆的这首七绝写于1752年东巡吉林前后。诗的前两句是赞美松花江流域大米的漂亮表象，很有想象力，也很贴切，优质的粳米本来就如晶莹剔透的琼瑶美玉嘛，但是后两句可就有一点铺排过当了。上好的米当然可以"绵香宜腹还添力"，可是，米根本就进不了平民之腹，又怎么去慰"黎庶"们的辛劳呢？乾隆皇帝是有所不知啊，在那个时代，当一种东西成为独享、稀缺物产时，其出产之地和发端之人往往是得不到什么益处的，不仅如此，有时还会罹患灾祸。因为总是会有更加强大的力量将这些资源以一种令人难以想象甚至目瞪口呆的方式吸附而去，一切的吝惜、阻碍或讨价还价都将成为不识时务的自取其辱甚至自取灭亡。其实，皇帝原本不想这样，某一个具体的官员不想这样，局内局外有关无关的人员也不希望这样，当地的黎民百姓更不愿意这样，但人心的曲曲弯弯和世道的沟壑纵横，却总是把千百年的历史逼进一条无法腾挪又无法返身的窄巷，呈现出的事实总是难免"这样"。绥德出硬汉，绥德就户户当兵撂荒千里，不再有人种田；米脂出美女，米脂的男人就很难再娶到漂亮的媳妇；凤阳拼上了上千年的内力出了一个皇帝，那地方就穷得最后只剩下一曲凤阳花鼓："说凤阳，道凤阳，凤阳原是个好地方，自从出了个朱皇帝，十年倒有九年荒。"

　　宿命论者总是习惯于把事物的结果归咎于某种模糊、神秘的成因，认为出类拔萃事物的脱颖而出，占尽其性命所生之地的一切运势和气数，才造成了平庸者的势微与败落，从而推卸了人的责任。事实上，不论作为"龙兴"之地的东北，还是"龙衰"之地的吉林，其真正的苦难都是来自于人心的冷漠、贪婪和险恶。回首东北硝烟弥漫的历史，北魏以降，中原政权与北方少数民族之间、北方各少数民族之间、中俄之间、中日之间甚至于日俄之间连绵不断的战争和征战，哪一场不是冲着这片土地的丰腴、肥沃和重要而来？正是因为这片土地的丰腴和肥沃，才使它一直处于各种势力和力量的觊觎、争夺、攫取、盘剥、蹂躏和戕害之中。吊诡的历史，因为不知道终究会握在谁的手里，所以从来就不讲感恩戴德。盘点人类最近两千年历史，谁经历过几十万人守着粮仓会

※ 浸润　　李春 摄

纷纷死于饥饿？谁见过生产大米的人吃了大米就是罪犯？但这样悲催、惨烈的事件恰恰就发生在素有米粮之仓称谓的吉林。

1943年3月30日"伪满"兴农部、治安部制定《饭用米谷配给要纲》，实行粮食配给。明确规定，甲类粮（细粮），只供给"优秀的"大和民族，乙类粮（粗粮）供给劣等的中国人。生长在东北的中国人一旦不遵守规定吃了大米就是"经济犯"。轻的会被打嘴巴，或者让他们跪在毒太阳下，当街体罚；严重的，就用刺刀挑开所谓"经济犯"的肚子。在吉林的城市或乡村，至今仍然有一些见证过当年屈辱历史的老人在世，他们逢人还会讲起那些想忘却忘不掉的往事："那时，只有日本人有权吃大米，我们只能吃苞米、高粱，逢年过节，家里弄一点儿大米，也都是半夜里偷偷吃。有人偷偷吃了点儿白米饭，回家时坐晕了车，吐在火车上，被日本人看见，当时就抓了起来，以'经济犯'的罪名充作劳工，一去再也没回来。"

尽管如此，不问世事的稻谷却按照春种秋收的节律岁岁归来，维系着人类与土地之间的默契与信赖，温暖着耕种者伤了又伤却屡伤不死的心。一代代朴实而倔强的北方农民，则在"谷丰年不丰、谷歉两手空"的梦魇里死守着那片并不成全人的黑土和从不富人的粳稻，前仆后继将它们培育成更精更优的作物，恪守并提升着昔日贡米的品质。"旧时王谢堂前燕，飞入寻常百姓家。"如今，皇族和侵略者已被赶走，轮也应该轮到普通的百姓了。于是，他们就把这米中"尤物"以"便宜"的价格"贡"给天下有需求的人。想一想他们笨拙的样子，就想起了旧时代那些家有美女的木讷老父，明知道"红颜祸水"，明知道指望着"败家"的女子不能发达，但仍然会盼着她一天比一天出落得更美，仍然要咬着牙、含着泪、花下血本把她打扮得与众不同。

先贤有话："圣王在上而民不冻饥者，非能耕而食之，织而衣之也，为开其资财之道也。"意思表达得再清楚不过，先不要说那早已过时的"王"，只说历朝历代上上下下大大小小的统治者，有谁不清楚其中的道理呢！但落实起来却还真是困难重重。近年来，吉林这个一向以粮食生产为主导地位的欠发达省份，终于认识到自己的根本"资财之道"还在于粮食，于是便在粮食精品和品牌打造方面为"民"做了大量用力、用心又卓有成效的工作，其腹地及核心城市长春市日前已被中国粮食行业协会认定为"中国优质粳米之都"，省内第二大城市吉林市也被认定为"中国粳稻贡米之乡"。回首来路，从昔日的"五官屯"到今天的"优质粳米之都",至少也有艰难、曲折的三百年历程。其间如果没有新中国成立以来始终坚持"农业是基础"的指导思想,如果没有1982年以来连续三十多年的"中央一号文件",很难想象广大稻米耕种者能彻底摆脱贫穷、窘迫的缠绕,也很难想象有越来越多的普通公民能尽享昔日的"贡米皇粮"。

秋天的叙事继续在苍茫辽阔的大平原上铺展,连绵起伏、日夜相隔的岁月如阡陌纵横的田畴,在一片耀眼的金色里消融,日子、年月和时代融会成同一个没有界线的存在。呈现于我眼前的是悠长、渺远的松花江以及由蓝盈盈的江水浸染而成的赭红与明黄,一片灿烂、美好的秋光。

去往"天朝"或"上京"的路早已被荒草淹没,而更多、更加宽广的道路从这里辐射出去,伸向京城以及比京城更远的远方,一直贯通往昔的官街、民巷、朱门、柴扉。"粟有所溁""民有所愿",普天之下终于尽可以着意分享"龙兴"之地的贡米——这天精地髓、松江黑土的结晶了。于是,在一个由温饱向品质、品味跨越升级的时代,在北中国这片沧桑的黑土地上,徐徐开启了它沉重的大门。

第一部　天赐之土

——在东经122°至东经131°、北纬41°至北纬46°之间，有一片面积为18.74万平方千米的神奇土地，一个多世纪以来，这个地域一直被人们称作吉林。这是一片向来不太被人们关注的土地，却是上天格外加了恩惠的土地。举世闻名的"黄金玉米带"自东北而西南，世界公认的"黄金水稻带"自西而东，刚好在这片土地上交叉重合，世界仅有的三大产粮黑土带以这里为核心向外延展。域内土壤丰厚、肥沃，黑土、黑钙土、草甸土、暗棕壤、棕壤、白浆土、沼泽土……就像一部史诗中并列、交响的章节，深情地叙述着这土地的独特和神奇——

后 土 无 言

一

古朴的小村静静地躺在9月的晨曦里。

激滟的阳光如某种带有甜度的油彩,自那火轮般旭日升起的东方,源源不断地流泻出来,将大地与天空、农田与河流、树木与房屋统统涂上梦幻的色彩。小村的名字就叫"南坊"。这个距榆树县城25千米、距大坡乡仅仅3千米的小村,似乎没有人能够说得清它名字的由来和村子的发展、变迁史。也许很久以前就有人在这里建坊安居,也许,从前这里不过是一片荒原。但如今看起来,它却如百年以前、千年以前、万年以前就一直坐落在那里,安稳中透露出地老天荒的况味。有那么一个时刻,你甚至会以为它与永恒的时间同在,从来都是那个样子,没有发生过任何变化。

八十三岁的孙令山老人冷不丁推开自家的房门,给小村静谧的早晨制造了一个不大不小的惊扰。"吭当"一声关门声响起,仿佛整个睡意未消的清晨都跟着颤抖了一下。声音的波纹以老人站立的地方为原点,荡漾着,一波波传向远方。一只黑色的猫,披着一身残留的夜色,从对面的墙头跳下来,梦游似的,向孙令山老人走来,几步之后又折返身,踱至相反的方向。一只早起的白鹅,不走,也不叫,只是默默地伸长脖子,站在孙令山的对面,一会儿把头侧向左,一会儿又把头侧向右,好像有一个十分难懂的问题,正困扰着它,让它百思不得其解。院前唯一一棵海棠树上,没有鸟儿,也没有果子,枝头挂满了紫红色的树叶。想来，树真是一种奇怪的东西，它们不用走，也不用挪，就能和人一样走过春夏秋冬，走过许许多多的岁月。多年后，有的人老了，它们却不老；有的人不在了，它们却依然健在。它们不声不响，却能准确无误地感知季节的冷暖炎凉，能够以形态和颜色的变化表达出自己的际遇和情绪。但树的心思我一直不是很懂，比如这个早晨，那棵树上的叶子透出的红，到底是晨曦的颜色、冰霜的颜色，还是岁月的颜色？孙令山出门后，半晌没有动身，就那么久久地望着眼前的树发呆。

　　时光如白驹过隙，一晃就是大半个世纪。生活中的一切都在发生变化，斗转星移、沧海桑田，而孙令山在这个世界的姿态却始终保持着不变。他每天都是这样，早早地从炕上爬起来，天未亮，脑子里还在回放着梦里的事情，就一头扎进田里。梦里的事情，有些是好的，有些是很不好的，但这对孙令山来说都无所谓，因为梦里的事情不管是好是坏他自己都说了不算。他心里清楚，他真正能说了算的只有一样，那就是他自己的田里能长出什么。所以，他只有到了田里，一颗心才真正踏实下来。他愿意把心中的那些想法，哪怕是难以实现的美梦，都交给土地。凭着大半生的经验和阅历，他坚信只有土地能够不打

※ 孙令山　　封梨梨 摄

折扣地信守承诺，只有土地才是他许许多多个梦里最听安排的一个。如今，他已经上了年纪，田里的事情都由子女们接手。已经有一些年头他不必每天急匆匆往田里跑了，但每天的这个时候，依旧按时起身，转转悠悠就到了田间。有时，就算真的不用再去田里，他也要早早地起来，站在门口巴望着自己的日子，巴望着自己近处或远处的田地和庄稼，仿佛这一切只要他"一眼照顾不到"，就会像那些不靠谱的梦境一样消散得无影无踪。

先前，孙令山的家并不在南坊。据长辈人讲，他家是在清末荒年随大批饥民从山东"闯关东"来到东北的。到东北的第一个落脚点也不是吉林的榆树，至于确切的迁徙路线和其间的种种波折，早已在人们断断续续的讲述中变得支离破碎、模糊不清。想来，那也是一场不堪回首的逃亡，既然不是什么光荣历史，不提或少提也罢。沿途走走停停之间，这个家族似乎曾经有过四五个短暂的居留之所。直到南坊村的前一站，那个很久以前叫作"三棵树"的地方，才算有了真正意义上的"落脚点"。那是哪一年的事情呢？反正，那时孙令山还没有出生。孙家人本以为到了关外就到了幸福、甘甜之乡，没想到荒年就像一个不肯罢手的仇家一样，跟在他们身后穷追猛打，如影随形——天不作美，地不留人。他爷爷只好把一个八口之家放在一挂破旧的马车之上，一程接一程地走在迁徙的路上。

大平原一望无际，渺无人烟。一干饥民、一匹瘦马，就那么摇摇晃晃、跟跟跄跄地前行。迷茫，无望，满眼都是干裂的土地和瘦弱的枯草，没有一点点启示和参照，偌大的世界哪里才是安身立命之处呢？某天正午，正当这一干流民魂魄欲断的时候，一抬头突然看见了三棵榆树。树上有鸟，树下有丰茂的草，不远处的低洼地带传来隐约的流水声……孙令山的爷爷顺手拔掉一棵蒿草，抓一把根系下的泥土。一把黝黑黝黑、润泽、肥沃的泥土，立即让这位积年累月在饥饿里流浪的一家之长流下了泪水。这就是传说中"攥一把能流油"的黑土吗？全家人立即意识到了命运的暗示和眷顾，但却没有意识到，自己脚下这片土地正是上天赐予人类的"米粮之仓"。在这命运的阴凉之地，他们留了下来，并起誓"打死都不会离开"。这天赐的土地、未来的家园，应该怎样命名呢？因为有了近于"神示"的三棵榆树，一切才得以确立，那就叫"三棵树"吧！

孙令山的记忆是在九岁时逐渐清晰起来的。那时，他所在的村庄就已经叫南坊村了。至于土地上的人群是怎么变得越来越大的，家园是怎么变得越来越小的，传说是怎样变成现实的，很久以前的"三棵树"又是怎样演变成南坊村的，他已经在记忆里梳理很多次，但始终勾勒不出一个清晰的轮廓。对孙令山这样的北方农民来说，不管生活或生命里发生了什么，都只能老实面对。有就是有，没有就是没有；知就是知，不知就是不知。他们最深恶痛绝的就是无中生有、牵强附会，所以面对类似的追问，他只能三缄其口，漠然以对。

孙令山扛起铁锹，迈动双腿向田间走去。他的步履轻盈、有力。不论从哪个角度，都看不出一点儿老迈之气，好像连岁月也被他甩到了身后，此时正呆呆地停留在门口，以一种惊奇的眼神看着他独自走远。这些年，南坊村的田已不再是从前的田。从前，每家每户或生产队的地，都要与房舍拉开一段距离，而现在，土地越来越金贵，寸土寸金，人们都把水稻种到了家门口。房前、屋后、沟塘、洼地到处是水稻。过去，田地隶属于村庄，现在，村庄隶属于田地。孙令山走过村子最东头的鲁家时，正好遇到这家出来倒灶灰的媳妇。对这个睡眼惺忪的村妇，孙令山只是简单地打个招呼，目光一扫而过，甚至连一秒钟都没有停留。八十三岁的孙令山虽然也知道自己的状态已经非二三十年前可比，但自觉还是一个男人而并非一个单纯意义的老人。对一些瓜田李下的事情，他还是保持着一贯的态度，谨慎回避，更何况，眼下村子里的精壮男人和年轻一代大部分都离开村庄到城里去打工或求学了。但今天早晨孙令山却一改常态地回过了头，因为那妇女从身后问了一个他不知怎么回答也很不舒服的问题。她问他，这个时候扛着一把锹去做什么？这是阳历的9月下旬，中秋刚过，田里的水已经放尽，节气一天天逼近开镰的日子，可是他扛着一把铁锹去干什么呢？这个问题、这把不合时宜的锹，像一道无形的"障子"，把他死死卡在了一个尴尬的处境。

很多年以来，除了要干应季的农活儿，没事时孙令山的肩上随时都扛着一把铁锹。锹在他手里就像啄木鸟的嘴一样锐利和灵活，可以疏松板结的土地，可以挖去多余的草根、树根，可以剔除田里的树枝、石子，也可以随时修复残破的田埂……一个人、一把锹，随时让土地保持着良好的状态。他觉得，这样好的土地，只有他这样的人才配拥有和守护。

然而，今天这个早晨，面对着丰收在望的田野，他竟然感觉到难以言表的惆怅。久久徘徊在大片大片的稻田之间，不知道自己应该做些什么，也不知道哪一块田、哪一方土属于自己。合作社、大机械、大规模机械化作业、大面积深度整饬、标准化规模化发展……很多的大词儿他都不明白确切的含义，但这些词合到一起已经产生一种无形的力量，把他和他的土地分隔开来。他满心郁闷，却找不到一个发泄口，似乎一切都是他并不讨厌甚至是有些折服的，可到头来却又像是一个骗局一样，把自己"绕"进一片没着没落的虚无里。他在田间空空落落地转了一会儿，想给肩上的这把铁锹派个什么用场，最后，他找了一个田埂外边的空白处深深地挖了下去。

锹的凹面在向下行进的过程中，与泥土产生了轻轻的摩擦，他那只踏着锹的脚，能够感觉到那种微微的震动。于是，一种熟悉而又陌生的欢畅就从那铁刃与泥土交接处传导上来，通过木质的锹把、老茧未消的双手传遍全身。他并不急于将铁锹一踩到底，而是在大地对他脚下那块铁的容忍和力的纵容中，再一次感受、确认着自己和土地之间的关系。他将手腕一反，一锹黝黑的泥土就从大地上分离出来，在孙令山心里，这是世界上最美的物质。对这个土生土长的北方农民来说，他并不知道眼前这一锹黑土里含有什么营养成分，他只知道那土里饱含了生长的力量和上天的祝福。只要那捧松软、黝黑、油亮的土在他的眼前一晃，就意味着翠绿的庄稼、金黄的粮食和说不清是什么颜色的希望。

※人工除草　许启诚 摄

二

对自己耕种的这片土地，孙令山从来没有刻意评估过它的"价值"，他只知道投入情感，从心里往外热爱，直到那年，有一个工作组拎着测量仪，扛着摄像机来到南坊村。那些人到来之后，就在南坊村住下来，并挨个地块测量、记录，一本子一本子记下的都是数据。

一般情况，孙令山对那些外来人和他们所做的事并不感兴趣。但这一次不同，这些人所做的事情和所取的数据关乎自己的土地，他不得不问。于是，他从测量组那里得知，世界上有三大片适宜耕种的黑土地：乌克兰大平原、美国密西西比河流域和我国的东北地区①。他脚下的这片就叫吉林黑土地，总面积有6830.4万亩，黑土耕地面积为3781.5万亩，占全省总耕地面积的38.93%。吉林省黑土区常年粮食产量约380亿斤，约占全省粮食总产量的54%，每年可向国家提供商品粮300多亿斤，单产一直位列全国之首。

当这些具体的情况和数据摆在孙令山面前时，他依旧是一脸茫然。他的茫然未必是因为他身为底层农民缺少量级的概念或大局观，而是因为他对土地的理解有着自己一贯的角度。毕竟大而化之的概念对置身于局部的个体而言是没有意义的，再精确的数据，就算精确到小数点儿后三位，在一个农民眼里也仍然一片模糊。真正的农民，从来不用数字评估土地，他们只用情感，只能也只会用情感进行定性地评价和评估。

东北黑土带大部分沿"1500毫米等量雨线"及两侧分布，几乎与"黄金米玉带"重合，从学术角度，就是通常所说的旱作区，但这个区域里一旦有了充沛的灌溉之水，就要另当别论了，土地会因此而呈现出令人惊喜的优势。既然如此，为什么不让最好的土地生产出最好的粮食呢？

最先产生这样想法的人，并不是孙令山，而是侵占东北盘桓几十年不去

①　我国东北地区黑土地分布在黑龙江、吉林、辽宁和内蒙古呼伦贝尔盟地区。广义的黑土地是指黑土、黑钙土、草甸土、暗栗钙土的大部分和厚层白浆土及厚层暗棕壤，其中，吉林黑土处于东北平原腹地，分布主要以中部黑土、黑钙土粮食主产区为轴心，延伸到西部黑钙土、草甸土和东部暗棕壤、白浆土辅助粮食产区，形成"一轴双翼"黑土粮食主产区。在我国粮食生产的历史上，东北的黑土地为解决全国十几亿人的吃饭问题做出过特殊的贡献，"三省一区"的粮食总产量几乎可占全国粮食总产量的16%以上。

的日本人。日本人实实在在地把魔爪伸向南坊村时，孙令山才九岁。对一个九岁的孩子而言，记忆力还没有发达到足以清晰镌刻下生活中的一切细节。遥远的记忆有如晨昏交接之时或梦中的剪影。隐隐约约的，一群端着枪的人，赶着一群扛着铁锹的人，翻过南梁在张家老屋的后身开始挖沟，天天在那里晃呀挖呀，模糊的身影渐行渐远，一直把深沟挖到秀水去了。听大人说，日本人要开渠引松花江的水种水稻。那沟，那个大呀！一看深度和长度就知道，挖到秀水远远不是小日本的目标，看那"架势"是要永久地待下去，不打算走了。让人意想不到的是，还没等那道水渠最终挖成，小日本就投降了。南坊村的村民们自然没有见识过水稻究竟为何物，但这段引水种稻的往事，却如一棵不甘沉寂的种子，在少年孙令山的心里发出了芽儿，生下了根，并随荏苒的时光开出梦想的花朵。

从记事儿起，孙令山就没有赶上过南坊村闹什么大灾。由于这里偏沙性的土壤透水、透气性良好，水汽大的年份就不会形成严重的内涝，最多也就是有限的局部积水；又由于土层的涵养性好，大气对流条件极佳，不管怎么干旱的年头，这里都会偏得那么一两场雨或干脆持久地保持住土壤中的水分，终不致因旱成灾，颗粒无收。

按理说，在这样丰腴、养人的土里"刨"食的农民，已是"八辈子修来的福"，任你是怎样的性情，都应该"知足"了，但生性"好强"的孙令山却常常觉得有一种"空落落"的缺憾感袭扰心头。那时，他已经依凭自己的强壮、能干、有担当，当上了生产队的队长。每当他端起自家的饭碗，咀嚼起那些粗糙的玉米、高粱时，眼前就幻化出一种异香缭绕、晶莹如玉的白米饭，心头便萦绕着一个世代先人谁也没有想过的问题：难道终生在土里刨食的人就没有资格吃上一口这样的粮食吗？于是，他一次次地暗发誓愿，一定要让那些比墨还黑的土里长出世界上最白、最润、最香的米来，给牛一样埋头劳作、奉献的乡亲们增添一抹生活的香甜和亮色。

也该是天遂人愿！孙令山把自己的想法对当时的大队书记一说，立即得到了高度认同。从此，南坊村就由孙令山带领着第九队社员开始试种水稻。然而，梦想虽然美丽，却如一片飘忽不定的云，一旦落到了地上，往往就变成一场摸不着头脑又没有边际的雾。旱田改水田，虽然仅一字之差，却有一百个不得有半点差池的环节和细节等在前面。"镐头"高高举在头顶，却不知应该把力用在哪个点上。他们只能迂回、辗转上百里路，请来一个朝鲜族人做设计、教技术。请来的人很性情，一看南坊村的土质和地理环境就兴奋了，先是涨红着脸用半通不通的汉语抒发一通激情，大大地赞美了一番这水、这土、这气候，末了，砸出硬邦邦的两个字："好地！"

改水田的第一件事儿就是水。请来的"朝鲜族同志"乍看起来确实很像一个技术高超的专家。他干的第一件事果然也是挖渠。动工的那天，他拿了一段干树枝在前头不停地挥舞、比划，几十号劳力再加上有几分力气可以支配的妇女、老人和少年纷纷上阵，一个"梦之队"就浩浩荡荡地开到了田间。近百号的人，大干了一个月，将一条两米多深的水沟从田间挖到松花江边。提水灌溉的时刻到了，水却怎么也流不到田里，看似平平的土地，实际上要比江面高出几米。至于到底高出几米，因为没有测量仪器，凭目测也难说清。在那个暗淡无光的午后，朝鲜族同志、已经入了渠的江水、人们的期盼与热情分别以不同的方式无声无息地消失了。自此，南坊村的人三年内无一人再提种水稻的事情。

1956年春节，人们开始三三两两地走亲访友，在联络感情的同时又传递、交换着各种各样的信息。这时，从邻村又传来了令人兴奋的好消息。听说很多地方已经成功地种植了水稻，水稻高产又好吃，白花花的米粒儿捧在手里跟碎银子一样。这消息一来，孙令山就再也坐不住了。这次，他决定来点大动作，拿出一垧地"悬赏"，不管谁能帮助九队种成水稻，就拿出一垧上好的熟地做回报。

这次来的这人还是一个朝鲜族人，也不知道他从哪里得来的消息，只身来见孙令山。条件谈好之后，就和孙令山去实地考察，紧接着就躲在生产队给他安排的屋子里描描画画搞设计。消息很快在生产队传开，据说这个揭榜而来的朝鲜族人只报了姓氏没报名字，就连孙令山也只知道他姓金。于是便随俗叫他"金高丽"吧。

"金高丽"的设计很快出来了，规划中的水利工程核心内容就是找人挑土、堆土，在松花江不远处垫一座高高的小山。小山堆起后，在其上挖出大大的储水池，水就能从高处引到低洼的水田里。对这个新想法，村里人面面相觑，不敢否认，也不敢赞同。怕只怕还和上次一样，拼到最后竟一事无成，费工、费力、费心情不算，反让生产队白白搭上一垧好地。但朴实的东北庄稼汉行起事来，却常常会"义"字当头，不但懂得"说话要算数"的小道理，同时知道一点"用人不疑，疑人不用"的大道理。第二天天一亮，孙令山组织生产队的劳力扁担加土篮挑土、建山、挖池、通渠……终于，松花江水被生产队引到了水田里。南坊村甚至它所隶属的大坡镇有了第一块水田——大坡镇南坊村陆家屯水田。

旱改水之后的第一个秋天来了。开镰之前，生产队已经事先从稻田里割了一些稻子磨好备用，等到正式开镰的前夜，孙令山要和全队人一起尝新米、庆丰收，也算给"金高丽"开个兑现和践行晚宴。说晚宴，其实也很简单，无非是几样农村的家常土菜，自酿小烧。重头戏还是在"金高丽"的指导、操持下，用头号大锅做的那一锅新米饭。人们怀着焦急的心情围着院中那口大锅转来转去，就像一个即将当上爸爸的男人在产房外盼望着一个既确定又不确定的消息。有人故意站到远处举目遥望着金色的田野；有人三三两两地拉起家常，一边说话一边向蒸汽缭绕的大锅扫一眼；有人干脆席地而坐下起凝结着北方农民智慧的"五道"棋……

时辰一到，锅盖掀开，立即，整座农社大院里一切固有的味道全部消失，

※ 小憩   李夏 摄

院子外已经发酵的粪堆上传来的刺鼻味道、碾坊里溢出的粮食和驴粪尿混合后的气味以及从山墙下熟皮子的大缸里发出的腐朽气息……都被一种沁人心脾的芳香取而代之。浓郁的米香在四处弥漫。"金高丽"随即用筷子夹一团米饭放在嘴里，半晌，说出一番惊人之语："我敢保证，方圆三百里，往后五十年，这米都是最好吃的！"

那个晚上，孙令山没有回家，撇下了新婚不久的新娘凤芹，与"金高丽"彻夜长谈。这个微醉的"金高丽"趁酒兴把种水稻的种种技术与技巧统统教给了这个年轻的生产队长。第二天，"金高丽"揣着一张盖了第九生产队印章的"字据"独自离开了南坊村，从此杳无音信，没有人知道他的去向和下落。属于他的那一垧好地，撂荒了多年之后，又被队里收回做了试验田。

每年秋天，稻子成熟的季节，孙令山都会沿着"金高丽"来时和离去的路，翻上那道土坡，在高处久久远望。这个土坡，正是大坡镇名的由来，因其坡长而陡，故名之曰大坡。清康熙年间，朝廷就看好这块土地，例外破禁，对这里进行了土地开发；至光绪年间，朝廷再一次加大开发力度并拨款在此修了官道。从这里向前，就到了有名的云霄岭。可是，这里再也没有出现过"金高丽"的身影，有的只是连绵无际的水稻田、稻田那边烟雾缭绕的山岭、山岭后即将汹涌而至的岁月。

黑 土 简 史

那么，这些神奇的黑土到底从何而来？

我站在"金高丽"消失的土坡上极目远眺，目光，一过云霄岭便如误撞了玻璃幕墙的飞鸟，一头跌入时光的维度里。

时间原如浩瀚的大海，无边无际。

似乎一切都浮在表层。近百个金色的秋天叠加在一起，中间夹杂着无数的房舍、人群、鸟兽和流动的机器，以及很多层绿色的春夏和洁白的冬……时间维度里空间的无序，用人类最精致的语言也无法勾勒出清晰的秩序。

转瞬，那些如海藻一样粘连在一起的表层时光，便在视野中隐去，渐行渐远，渐渐幽暗了。

想必，那就是黑土了。我俯下身，抓一把看起来湿润且松软的泥土，想仔细研究一下那些黑色颗粒儿是否真如他们所说，是地表植被经过长期腐蚀后演化形成的，但我没有成功，伸手抓住的仅仅是本无一物的虚空。

这时，我看到爷爷扶着牛犁从身边经过，锋利的铧犁劐开田垄，散发出浓郁的芬芳。我对着爷爷呼喊，他却表情凝重，完全不理会我的努力，仿佛我根本就不存在。声音、影像、感觉……似乎进入一种单向传递的程序。转瞬，爷爷与他的牛、犁倏然隐去，我又回头望一望刚刚过去的景物和人群，一切尽皆消失在时间或泥土之中。

这都是哪一个朝代的事情呢？

层层荒野和树木过后，又是影影绰绰的人形，在大路上和小村口，晃晃荡荡，有如鬼魅。有长着弯弯的红胡子、手提毛瑟枪的人走过，他的脚踩在土地上，眼睛却被什么牵住，鹞鹰一样在空中飞旋。有长着一撮小胡子挥舞着军刀的人，凶神恶煞般在土地上走来走去，走着走着也别好军刀，从地上捧起黑土。他们似乎在笑，却笑得狰狞，不是满意，也不是赞美。更多的人，穿着马褂儿、长袍或破衣烂衫，在笑声中流动起来，如匆匆的飞鸟，如风中的落叶，也有的如半截不倒的树桩，定定地立在那里。

突然响起的枪炮声，像很多双交错而无形的手，令所有我能够看清楚的脸都变了形。声音像死神的咒语，"应"到哪里，哪里就成为空洞。但那咒语似乎咒不动土地，并不能成为土地的灾难，因为土地上的空洞很快就弥合了。平展的土地看上去宛若一个淡然且不知忧虑的人，表情中既没有关于昨天的伤痛，也没有关于明天的畏惧、忧虑。一切遭遇、一切经历、一切情感和记忆都被土地归结为一种表达——绿色的庄稼、花草或树木。

但一切终如一幅"着"不稳颜色的图画，很快被一些更加古旧、模糊的颜色所覆盖。之后，是很明显的一段安宁。时间的深处没有回声，只有静静的森林、无声的草原、吃草的野鹿和飞翔的鸟儿……一场哑剧。其间的一切都已无声，不论身处阳光还是风雨之中，就那么保持着缄默。

很难判断那些呐喊的声音、厮杀的声音、马蹄或车轮撞击大地的声音发生在之前还是之后。这些令人不快的嘈杂，像呛人的粉尘一样在时间里漂浮，一起接着一起发生，又一起接着一起落入泥土，成为泥土的一部分，这就使泥土的成分更加复杂，身世也更加诡谲。

时间是一驾任人驭使的马车。人在时间里漫游，可以走也可以不走，可以向前也可以向后。

顺治十年（1643年），在浩瀚的时间里只是一滴水，甚至连一滴水都够不上。我不会换算，在时间的坐标上它是哪一点，但当时间静止于此时，眼前的景象却突然丰富、清晰起来，以往被荒草和树木覆盖的土地，明显热闹起来。帝国中一个叫多尔衮的人，颁发了招垦令，鼓励四方民众来这里开垦土地，就是铲除荒草，种上庄稼；放倒树木，盖起房屋。这时我发现，站在时间两侧所看到的一切过程和结果都是截然相反的。当我站在时间的这一端时，看到的是后来的一切景象从土里生出，而当我站在时间的另一端时，却看到先前的一切景象又被泥土吞没。于是，"吉林"这个称谓就是在那个时间点上第一次加给这片土地，也"最后"一次从土地上彻底消失。

　　我不能在那一点上停留下来，我必须铭记着自己的使命，继续前行，走向更加晦冥的深处，寻找黑土最初的身影。

　　行进于这样的旅程，我的手似乎一直无法触摸到具体的土壤。草木或庄稼下究竟掩藏着什么我也无法预知，我只能等待着土地在某一时间点上自己露出豁口或出现某种生物，在他们所拥有的时间里将土地打开。

　　在这方面，人类的能力远远不及一棵植物。一丛蒙古黄榆、一株水稻或其他什么，它们不管身处时间的哪一个点上，只要伸展开自己的根系，就能轻易刺破时间的屏障，触摸到土壤千年、万年或史前的形态。它们一路与土壤同生共存，深知土壤的底细，但它们和人类之间没有共同的情感和交流渠道，不会把它们知道或感受到的一切告诉人类。它们是同时在时间和空间两个维度里自由穿行的生命。

　　在时间维度里，植物已不是植物，而是无数植物幻影的集合，透过它们浓密或稀疏的身影，我以为我隐约看到了土地，但实际上我看到的一直是土里埋藏着的事物。一层植物消失之后，呈现在我们眼前的，仍然是那些看起来一模一样的植物。如果我们忽略掉每一茬植物中或植物上那些附着的事物，在我眼前飞逝的，不过是千万层植物的幻影。不过是荒原，一层接一层的荒原，绿色的荒原、黄色的荒原、白色的荒原。那些我们以为消失了的植物，最终仍然覆盖于土地之上。这让我想到，在一些情形下，植物和泥土可能就是同一种事物在空间和时间维度里的不同表象。

　　那么，我一向熟知的庄稼在哪里？庄稼，不过是一些能干的，善于结子的"草"，因为与人类过于亲近，所以很难与时间保持同步。

　　在纷纷繁繁的绿色册页里，果然就出现了那个叫"元"的朝代。兵马刀枪的撞击声和此起彼伏的喊杀声顿时搅作一团，腾起滚滚烟尘。紧接着是金，是辽，几个朝代在时间上紧密交错，如一摞粘连到一起的劣质书籍。可能是因为时间本身的交错，也可能是因为一些册页的血渗透到另一些册页中去，还可能是因为那些绳子一样的喊杀声纠结到一起，使它们无法拆分，不管从时间的哪一端去打量，都找不到它们联结到一起的真正原因。那几个朝代的共同特点也不止于此，还有，它们的所有铁器，都不是向下对着或剖开泥土，而是对着动物和人类，以致人类的血、动物的血纷纷流到地上，使原本黑色的泥土变得更加黑暗。

　　时光深入到"宋"的层面，喊杀声已经渐渐远去，恣肆的绿意里有牛羊，有车马，但没有太多的庄稼。土地被遮挡得更加严密，似乎不会再出现什么人将土地剖开，让我确认或看到它的颜色了。绿色渺远，无边，无尽。即便过了唐朝，又过了汉、秦，绿色仍旧深浓。

　　直至远古，一万年或三万年的深度，大地一片宁静，人类的身影渐稀，除了偶尔出现的"榆树人""安图人""青山头人"等等先民群落，多数都是一些使用牙齿与空间对话或讨价还价的古生物，剑齿虎、披毛犀、猛犸象……羊在草后边，虎在羊后边……每一具肉体都试图尽最大努力让自身膨胀、繁衍，直接或间接占据更多的空间。

　　大段沉闷、单调的绿色之后，大地的观感呈现出从来未有的变化。绿色逐渐消减，植被稀疏，直至消失。暗黑、广阔的平原出现了，大地似乎露出了她坚硬的基底。以我自己有限的知识和思想推断，真正的土壤已经消失，也许我必须从时间的流程里返身，从被我匆匆掠过的那些片段里细细查考，才能接近我想看到的土壤。可是意念的惯性已经把我推向时间的更深处。

※ 黑土地

　　大地开始摇晃，我隐隐地预感到有什么重大的事情要在接下来的时间进程里发生。渐渐迫近的隆隆声给我带来了深深的不安和不已的兴奋。我不知道接下来要发生的事情会让我看到我所期盼的真相，还是会让我陷入更深的困惑。

　　映入眼帘的图景，似乎不再有丝毫的变化，仿佛已然凝固，但隐隐的，我感觉到，在那幽暗、沉寂的平原深处，正有一种不可阻遏的力量在迅速积蓄……

　　终于，大地在轰然巨响之中扭曲、颠覆，地裂山崩。不知道从哪里来的汹涌的海水，不知道从哪里来的巨量的树木，不知道从哪里来的岩流、大火和来历不明的生物，一切秩序都在持续的巨响和啸鸣中发生着断裂和混乱，如一团缠绕在一处的绳索……当我的眼前再一次出现宁静的海水和森林时，我已经明确地意识到，自己走得太远了，进入史前时代，那已是这片土地的前世。

　　现在，我不得不承认，虽然我千辛万苦走到时光的另一端，穿越了土地的一生，但并没有真正抵达。确切地说，还是无法准确描述这片土地到底从何而来。毕竟，我所经历的一切只是时间维度里的事情，如果不借助一种特殊的译码，仍不可能把另一个维度里那些简单而玄奥的事情以现有的语言和思维体系

※ 果实　　李夏 摄

勾勒清晰。

这时，我突然想起了我们惯常所说的科学。尽管科学仍有着极大的局限，对很多其他维度里的事情同样无能为力，但它却是接通时间和空间两个维度的桥梁，通过科学的解码，时间维度里那些难以言说的事情将变得简单、明了。

对那些所谓通灵者的话语，我们的普遍态度是信则有、则真，不信则无。但对科学，我们是信的，并且以我们的"信"成就了它的权威。所以，科学在我们心中总是不同凡响。

科学曾说，所谓黑土，乃指有机物质平均含量在3%～10%之间，特别有利于包括水稻、小麦、大豆、玉米等农作物生长的一种特殊土壤。每形成一厘米厚黑土需时二百年至四百年，而我脚下的这片黑土厚度大多达到了一米，算起来，总的积累时间要达到二万年至四万年之久。

东北平原上的黑土，又称寒地黑土，它与乌克兰平原以及美国密西西比河流域的黑土一样，史前都曾被茂密的森林覆盖，地壳运动后形成了黑土积累的基础。由于这些地域都分布在四季分明的寒温带，植被茂盛，冬季寒冷，大量枯枝落叶难以腐化、分解，历经千百年的沉积和缓慢腐熟，便形成了厚厚的腐殖质，也就是肥沃的黑土层。黑土有机质含量大约是黄土的十倍，是肥力最高、最适宜农耕的土地，因此，这三大黑土区先后都被开发成重要的粮食基地。

科学又说，黑土在各种基性母质上发育，包括钙质沉积岩、基性火山岩、玄武岩、火山灰以及由这些物质形成的沉积物。这些母岩母质中丰富的斜长石、铁镁矿物和碳酸盐都有利于黑土的发育。据分析，中国黑土涉及的母岩母质有石灰岩、玄武岩、第三纪河湖沉积物以及近代河流沉积物等，但以石灰性母质为主。

黑土的相对年龄属于幼年，原因如下：许多黑土是在冲积、湖积以及火山物质等母质上发育的；黑土的自翻转作用是使其保持幼年性的另一个因素；在半干旱气候区，由于缓慢的风化速度限制了剖面发育；基性母质不断释放出丰富的钙、镁盐基，使土壤中蒙脱石矿物保持稳定；在坡地，则因迅速的剥蚀作用，表层不断遭冲失，使土体保持浅薄和幼年状态。

蒙脱石占优势的黏粒矿物组合是黑土中活跃成土过程的基础。黑土的蒙脱石由两个途径而来：一是由母质中继承下来，如较湿润气候下的冲积物、钙质岩以及火山碎屑物质多富含蒙脱石矿物，成土环境延续了蒙脱石的存在；二是新生成作用，即在含有盐基和二氧化硅的碱性水溶液作用下，通过非膨胀性铝硅酸盐黏粒的复硅作用而产生，或者由原生矿物向次生矿物转化而成。

蒙脱石的开裂过程是黑土另一主要成土过程，这是富含2∶1型膨胀性矿物的黏质土壤在明显干湿季气候条件下的必然结果。土壤干燥时土体强烈收缩并形成纵横裂隙，深可达一米以上，地表附近的宽度可达十厘米。深大裂隙的形成，对掺混土体具有特别重要的意义。干燥时，大裂隙的边缘受到降水、动物活动、人类耕作等作用，上层物质向下跌落，填充于裂隙内，重新湿润时，土壤膨胀，裂隙闭合，土体底层因增添了额外物质，膨胀后必然要产生较大的体积，造成挤压使土壤向上运动。经过多年如此循环，下层物质进到表层，而上层物质降到下层，称之为自翻转作用……

你们听明白了吗？我觉得我并没有听明白。到这里，我仍然不是很清楚脚下的黑土是从何而来。或者，我虽然听明白了从何而来，但也不知道那是怎样的一种出处。谁知道一把泥土放在面前，要经过多少道工序，怎样拣选，怎样分离，采取多少物理的、化学的方法和手段，才能看清、弄懂那至关重要的物质之核——蒙脱石？看来，那个和人类自身出处一样难解的问题，我只能通过其他方式寻求答案了。

"白浆土"之梦

一

此时，李雨田认为自己不是雨田米业公司的董事长，而是一个梦想成真的农民。

在他心里，世界上最完美的事物也莫过于在800垧①白浆土②基底的河滩地上，种优质水稻。

如今，成熟的水稻在9月艳阳的照耀下，已经闪烁出耀眼的金光，自己的公司、院落、那些白墙蓝顶的彩钢瓦房子正掩映在这一片金色的浪涛之中。秋风徐拂，稻浪翻滚，远处的房屋便如缓缓移动的巨轮，在他的眼前摇晃起来。这分明就是一个不会消散的梦境。

为了这个梦境，李家人从李雨田的爷爷那辈子开始，已经期盼、守候和为之奋斗了一个世纪。

---

① 垧：旧时土地面积单位，各地不同，东北地区多数地方1垧合15亩，西北地区1垧合3亩或5亩。

② 白浆土：主要分布在黑龙江和吉林两省的中东北部。北起黑龙江省的黑河，南到辽宁省的丹东；东起乌苏里江沿岸，西到小兴安岭及长白山等山地的西坡。垂直分布高度，最低为海拔40m～50m的三江平原；最高在长白山，海拔达700m～900m。白浆土地区气候较湿润，年均降水量一般为500mm～700mm，作物生长期降水量达360mm～500mm；平均气温-1.6℃～3.5℃，≥10℃积温2000℃～2800℃，无霜期八十七天至一百五十四天，属于温带湿润和半湿润区。

白浆土成土母质主要是第四纪河湖黏土沉积物，质地黏重，一般为轻黏土，有的可达中至重黏土。白浆土发育的地形部位主要为丘陵漫岗至低平原，主要类型有低平原、河谷阶地、山间盆地和山间谷地、熔岩台地和山前洪积台地。地下水埋藏较深，大致在8m～10m以下。由于母质黏重，透水不良，可形成一个天然的隔水层。白浆土属于黑土的一个亚种。因其表层黑土土质疏松、营养丰富，而下层白色的二氧化硅沉积又起到保水作用，被公认为种植水稻的理想土壤。

　　李雨田的爷爷如果在世，应该有一百二十多岁了。最初，李家的运气并不是很好，虽然从关内迁徙至吉林长春一带，落脚到了一块天赐好土之上，却怎奈世道、时运不佳，正赶上小日本也在打这块土地的主意。一个普通的农民，对土地的热爱，即便到了贪婪的程度，也不过是自家小日子的幸福和安康，那是有边界的，它的边界最大也不过十里。所以，他们无论如何也想不到一个国家和民族的野心到底有多大，更无法想象那些惊人目的背后的手段和行为。日本侵华战争爆发后，那些老实的农民才恍然大悟，原来，这片土地对日本人来说，其意义远远大于普通人的理解，它实质上意味着整个中国。农民们的单纯、质朴和善良决定了他们很难认识到，在那个残酷的时代和世道里，优良的资源对弱者来说，不但不是福祉反而还是祸患，并且越好的资源所酿成的祸患越大。红颜会成为害人的祸水；金钱会成为索命的"恶鬼"；丰腴、肥沃的土地将把他们推向一场灭顶之灾。原因是他们根本没有能力拥有、保护和按照自己的意愿来支配曾侥幸拥有的一切。残酷的现实已经做出了一个恶狠狠的判断："他们不配拥有！"

　　他们并不知道，早在1909年一个鬼鬼祟祟的不平等条约《中日图们江界约》就已经签订。虽然东北的好土地并没有公然被条约划入"满铁"和日本的特权区域，但那个条约已经给日本人侵略中国提供了立足之地，为下一步扩张打开了重要缺口。下一步，那些疯狂的军国主义者将如某些病毒或细菌一样，站稳脚跟，步步为营，以其惊人的侵蚀、蚕食能力，或渗透，或强占，或巧施计谋，把原有的特权区域扩到最大。

　　就这样，1931年爆发了著名的万宝山事件。4月16日，"长农稻田公司"经理郝永德，在万宝山地区租得肖雨春等生、熟、荒地共400余垧，租期十年，未经过政府许可，就擅自将土地转租给被日本剥夺了土地而流落到中国来的朝鲜流民李升熏等人耕种，也以十年为期。因此地地势低洼，土质肥沃，非常适合种植水稻，同年5月上旬，李升熏等人便召集在长春居住的朝鲜农民四十户计二百余人移居该处，从事水田开发。朝鲜农民为了引伊通河水灌溉，便着手在中国农民的熟田里开设一条引水渠。

　　5月31日，当时的长春县政府派县公安局长鲁绮率步骑兵二百余名，到马家哨口制止朝鲜人挖沟修渠。就在这时，日本驻长领事田代派土屋波平、高桥和两名日警赶到万宝山，鼓动、胁迫朝鲜人继续施工。于是，朝鲜挖沟人不但没有停工，人数反而有增无减，最多达到一百七十余名，态度也变得十分强硬，声称他们是"受日本人命令来此种稻，至死不能停工出境"。

6月30日，当时长春县二区三区受害农民五百余人在万宝山召开"反对日警唆使韩民筑堰后援大会"，联合各受害村庄，按户出工，进行填沟平坝，"民众三四百人各持锹锄，填塞朝鲜人所开之水道，长及二里有余，日警骤向民众开枪"。

7月2日农民直接与日警发生冲突，遭到日本警察的镇压，十一名日本警察在土壕里向中国民众开枪，民众见日本人开枪射击，恐被其害，也以自带土枪开枪还射，约有半时之久。至此，事件升级，日本人派日警三十余人分乘两辆卡车增援万宝山，并派守备队骑兵五十名由长春赴万宝山，奔入稻田区，"赴各村捕人，并搜缴华农自卫枪弹，将村民捕去十五六人严刑吊拷、灌煤油及辣椒水，中国农民受尽日本警察的残酷折磨，死亡五六人，伤二十余人。接着，日方加派大批警察携带枪炮至万宝山一带布防，遍布地雷，挖掘战壕，禁止中国人在五里之内通行。在日本警察的武力保护下，李升熏等人完成了引水工

※ 花开时节　李春 摄

程，并于7月11日通水。由于垒坝截流，河水上涨淹没良田2000余垧。"

事情到此并没有结束，与此同时，日本人又在长春花钱收买时任《朝鲜日报》的记者金利三，捏造新闻，说在万宝山被杀的朝鲜人有二百多名，之后又说被杀的朝鲜人增加到八百余人，刹那间在朝鲜半岛掀起大规模的排华活动，华侨被杀一百四十二人，打伤五百四十六人，失踪九十一人，财产损失无数。

7月14日，金利三迫于良心及舆论压力，在《吉长日报》上发表声明，承认自己捏造了假新闻。日本的阴谋败露后，便雇佣杀手，于7月15日将金利三杀死灭口。

原来，这小小的事件竟然是世界级风云变幻的序幕。面对这样一场巨大的风暴，一个贫弱之国的普通农民，不啻怒涛中的一粒细沙，任由风浪翻卷拍击，哪知道命运沉浮与前途！结局，自是无人知晓，但倾覆之巢中的卵，会有一个圆满、完整的结果吗？悲惨已经是不可改变的，可以改变的，充其量也只能是悲惨的程度。个人的挣扎和偶然的运气或许也能够在大的历史运程中略微起到星星点点的作用，但到头来终究归于徒劳。

万宝山事件，李雨田的爷爷是当时的亲历者，也是受害者。事件之后，爷爷带着满腔悲愤和屈辱的记忆，从伊通河向东，迁徙到饮马河岸边，赤手空拳重新开始自己的耕种生涯和艰难的生活。

据李雨田透露，他的禀赋、心性、才能大多继承于爷爷。他爷爷在世时曾给他讲过很多故事，涉及的范围远远大于万宝山事件。关于江东六十四屯，关于日本开垦团，关于日俄两国在这片土地上的角逐和较量，关于官府和农民、农民和农民之间的交锋……这片土地的历史，种种的变迁与纷争，似乎尽在李家人心中。但这个季节的李雨田非常忙碌，他没有时间也没有精力向我一一陈述。

事实上，对岁月深处的那些收藏和掩埋，知或不知，都不会影响农民们世世代代对这片土地始终如一的坚守和热爱。有一些事情，农民仅凭着自己的觉悟和能力是说不清楚的。比如这片土地的结构与成分，除了自然的养分与元素之外，还有多少血、多少泪、多少记忆与盼望、多少屈辱与荣光？他们更多的时候只是依凭着物质的、现实的标准对土地的品质做出判断，并依据一种十分"功利"的原则和实用主义的态度做出取舍，离弃或坚守，珍重或诅咒。

李家虽然历经世间磨难，却始终没有选择离开那片土地。更何况面对如此恶劣的时运，逃到哪里能躲过屈辱和苦难呢？如果这样的土地都无法活人的命，哪里的土地还能给人以饱暖呢？李家就是依凭农民之于土地的朴素理解和坚定信念，实实在在地将生活和未来交托于自己认定的土地。在伊通河与饮马河之间漂来荡去，李家最终落脚到眼前这个叫九台的地方。然而，他们真正能够理直气壮地拥有自己的土地，还是从李雨田开始。

二

　　1977年，二十七岁的李雨田完成了他无限荣光的军旅生涯。根据当时的国家政策和他在部队的级别，军转办给他在一家单位安置了工作。从此，他可以像很多农民期盼的那样，留在城里舒舒服服地当一个机关工作人员，再也不用"面朝黄土背朝天，汗珠子掉地摔八瓣儿"了。但出乎所有人的意料，李雨田竟然决定放弃到城里工作的机会，回榛楷泡村当一个农民。在当时的人文环境下，这个决定是让人难以理解的，甚至是疯狂的。不仅村民们不理解，就连曾经那么痴迷土地的爷爷和父亲也不理解。

　　那时，农民在生产队里种着集体的土地，官方的说法是土地由大家共同拥有，每一个农民都是土地的主人。事实上，没有一个人这样认为，每一个人都觉得，自己不拥有一寸土地。曾一度痴迷于土地的人们，已经开始厌倦、惧怕甚至痛恨土地，因为有很长一段时间，曾经给他们带来饱足、喜悦和梦想的土地，带给他们的是无终无结的贫穷和无穷无尽的劳作。

　　李雨田很像那个年代、那群人中的一个异数。多年以后，当有人问起他当年回农村的真正原因时，李雨田的回答和当年一样含糊不清，理由不足，难以让人信服。谁能够认为他的一句轻描淡写："不愿意去城里被人管着"就能支撑起这么大的一个行动呢？那时，他的思想一定是在浪漫和消沉之间飞舞盘旋，不想或无法在现实中找到一个落点。虽然，他不一定会相信未来，但也不知道畏惧现实，就那么迷迷糊糊，一脚踏入一个明晃晃的陷阱。

　　命运，就在这刹那发生了逆转。原来，李雨田一脚踏入的，并非人们认为的"陷阱"而是一个"时间虫洞"，它让误入其中的人，不但没有覆没，反而还获得了重生。也许，这个踏实的年轻人天生就与土地有着某种难以说清的缘分，回乡的第二年，党的十一届三中全会召开，中国农村开始试行或部分实行联产承包责任制，他就担任了承包组的组长。从此，他一步步靠近土地，土地也一步步靠近他。1986年分田到户；1994年开始土地承包。那时他还不敢想象自己会成为大面积土地的经营者。一开始，他壮着胆包下了一块10多垧的土地和一个可以养鱼的水泡子。

　　签订承包合同的前一天夜里，李雨田做了一个奇怪的梦。说是一个梦，实际上是三个梦以很小的间隔分次完成。前一个梦结束时，他都很清晰地意识到自己已经醒了，意识到刚刚呈现于眼前的情景原来是一个梦。可是还没等好好回味一下，紧接着又迷迷糊糊地进入了下个梦的场景——

　　第一个场景是他赶着一驾马车在一条结满冰雪的路上走。天气有一些冷，他爷爷和他父亲一个穿着棉袄，一个穿着厚厚的秋衣坐在车后，只有他自己穿着一件半袖衫。因为冷，他在赶马车的时候，无法伸展手臂在空中把鞭子摇

动、挥舞起来，只能紧紧地把鞭杆儿抱在怀里，以身体的微微晃动带动鞭子的轻微摇摆。爷爷和父亲安静地坐在车后，表情黯淡而庄严，不悲也不喜。走着走着，李雨田忽然记不得要把马车赶到哪里，也想不起要和他们一起去干什么。于是他就努力地想，使劲儿地想，但越是努力，越想不起来。他感觉自己被一股焦虑之火灼烤着，一个简单的问题在胸腔里渐渐气化、膨胀，形成巨大的压力，似乎马上就要爆炸。

他猛地醒来，但只是舒口气的工夫，意识便又模糊起来，沉入梦的幽暗，继续追问起那个没有答案的老问题。他依然坐在马车上，可回头时爷爷已经不在了，只剩下孤零零的父亲，姿态和表情依旧。爷爷是在哪一段路上下车的呢？他感到有一些惊慌和哀伤。爷爷刚刚还在呢，怎么突然就消失了？他很想问一问目视前方、目光淡然的父亲，为什么爷爷不在了，他去了哪里？可就是发不出声音。他想呼喊，情急之下眼泪都快流出来了，却仍然无法发出声音。

　　他再一次醒来，意识到梦里的执着和愚顽。其实，就算张不开嘴，发不出声音，也还是应该有办法向父亲表述的。他在部队里曾经学习应急的手语，可以简捷地传达出自己要表达的意思。刚才，为什么就没有想到这点呢？他有一点儿懊悔，也有一点儿得意，就这样全然忘记了走在前面的马和路。他开始逐一回忆、组合那些业已生疏了多年的手语。终于，可以表达出自己要表达的意思了，慢慢回身，父亲也已经不在车后。一种空荡荡的感觉，前边的马、手里的鞭子、路上的雪似乎都已经不在了。他想回过头再一次确认这荒谬的事实，可就在他双手支撑着身体向后瞧的时候，车轮开始了自动旋转。一开始是慢慢滑动，速度一点点加快，最后直至飞旋，眼前一片模糊，耳边传来可怕的风声……

　　10垧地，外加一个大水泡子，顺理成章地归到了李雨田名下。此前，他虽然当过承包组组长、大队治保主任、大队书记，却从来也没有一个人独自支配过这么大面积的土地。

　　站在初春的土地和尚未解冻的水塘之间，李雨田的心里突然生出一丝迷茫与彷徨，昨夜的梦境依然在头脑中回闪，百思不得其解，一种孤单无依的情绪，像从泥土里钻出来的冷雾，一点点将他围绕。这十几年朝夕看顾、最为熟悉的土地，也仿佛在这一刻变得陌生起来，让他一时不知如何是好，不知道自己接下来应该在这片土地上做些什么，能做成什么。

　　关于这片土地的先天素质，李雨田是早有耳闻的，从过去讲到现在，从远村讲到家门，从爷爷讲到父亲，再从父亲讲到自己，都是关于这土地的好，如何如何奇特，如何如何养人。一些近于神话的传说和溢美之词，在李雨田心里已经快演变、固化成铁的事实。但仔细回想这些年的耕种效果，却实在有点让人不敢太过自信。实际上，这些年下来，虽说年年收成还算丰厚，但水稻的品质和收益却表现平庸，因为水稻加工后的大米品相差、名气小，一直处于价格低、卖米难的尴尬局面。土地没有因为其上的耕种者而辉煌，耕种者也没有因为土地而更加富足。现在，李雨田突然如梦初醒，意识到自己应该创造或改变一点儿什么了。可是，脚下的这片土地是否还有能力成全自己，是否还有能力创造出属于它应有的传奇？

　　榛楷泡村，这个地处石头口门水库下游一千米处，饮马河岸边的村落，正是李雨田所在村庄的名称。这个曾占据了李雨田心中全部空间的小村，从此将被暂时忽略或遗忘，它要让位给那具有历史意义的10垧地和一个水泡子。十年之后，这个小村就是因为李雨田和他那10垧地引发的变故，而声名远播。眼下，李雨田只能以这10垧地为起点，对以往的耕作理念、思维方式进行一次彻底的"清零"和重置，重新谋划自己的方向和未来。

为了确认土地的品质，他花重金聘请了吉林农业大学、吉林大学植物科学院的专家来做技术考察，他要用科学依据说服自己，坚定自己的信念。

对一个世代靠传统方式耕种土地的小村来说，专家们的考察确实有一点儿兴师动众。一辆国产皮卡车开到村里，车上大箱、小箱七八个，打开箱子，里面装满了各种瓶瓶罐罐和带着指针的仪器，还有一些红红绿绿的药水。专家们下了车就穿上白大褂，像出诊的医生一样直奔土地，要给这片土地把脉。三四个专家外加从村里雇的两个村民，又是挖土，又是取样，又是化验，又是分析，前前后后鼓捣了一个多星期，终于出了结果。

考察的结果虽在李雨田的意料之中，但也有一点儿令人喜出望外。毕竟，如果没有权威的数据支撑，他自己是不敢"叫硬"的。这一次专家考察，不仅考察了土，还考察了水和气候环境。三方面的数据样样皆表现出色，一是水质好，稻田用水就直接引自长春市水源地石头口门水库，中间距离仅有1000米；二是气候和环境好，周边没有工厂且地块正好在北纬40°至北纬45°之间的"黄金水稻生长带"之内；第三点也是李雨田最初的关注重点——土质，这里的土，是黑土中的白浆土，又是白浆土中的河底土，千百年自然的沉积和饮马河的滋润，造就了这片土地的奇特质地，不但含有丰富的营养，还含有丰富的微量元素。这样的结果，自然让李雨田心中暗喜，从此真的可以以这块土地为依托，放开手脚干点儿像样的事儿啦！不过，这个朴实而又有一点儿狡黠的农民，还是为自己藏了一个"心眼儿"。专家的话，他信而未实，怕这些专家是因为拿了自己的费用有意"忽悠"自己。李雨田总结自己这半生，就是害怕忽悠，不管好事坏事，只要实事求是就不会有太大闪失，一忽悠就危险，搞不好就把好事忽悠成坏事，害人又害己。"人做事总得有根儿有蔓儿。"这是他经常挂在口头的一句话。送走专家之后，他开始周游各地，去全国各水稻产区实地考察，尤其是在东北三省，典型地域让他走了个遍。直到终于确认了自己的土地和水稻生长环境在国内首屈一指时，他的脸上才露出自信的笑容。

这样优质的土地不种有机稻，岂不是暴殄天物！但李雨田真正大规模种植有机稻的时间却一直推移到2002年。此前的一些年，他只是一年一小步地向前试探着走，每一步走扎实之后，把脚跟站稳，再迈出下一步。回想那几年的摸索，最让他感到自豪的是，有一年他竟然突发奇想把那个大水泡子的水抽干，搞到一包新品种，种起了不上化肥、不打农药的水稻。虽然这片鱼塘稻的产量只有正常地块儿产量的一半多一点儿，可是大米的味道、口感却强出不止十倍。大米磨出后，一斤都没卖，除了留一小部分自家食用，几乎全部送给了与自己有一些情分的人们。过去当兵的部队、转业的战友、城里和机关里的朋友、乡下的朋友和乡亲、敬老院和学校的食堂……那年他送米都快送"疯"了。不管看到谁，心里一高兴就可能送人家一袋米尝尝。送米送得他心里无比快乐呀！种水稻种了这么多年第一次种出了能拿得出手的水稻，你说他能不开心吗？更何况，这鱼塘稻的灵感和这出其不意的收成仿佛天佑，不正应该厚施广布以谢天恩吗？

所有吃过李雨田家大米的人无不啧啧称奇，特别是他之前所在部队的食堂，当年就和他预约了第二年全部产量的鱼塘米。李雨田的眼睛一下子就豁亮起来。在包地后的第五个年头，他终于发现并明确了自己的发展方向——扩大种植有机米，打造自己的品牌。李雨田属于那种典型的东北人性格，凡事小心谨慎，一旦认准了，往往就会孤注一掷，一发而不可收。

2002年，李雨田动员全村建成了100公顷①的实验种植基地和330平方米的加工车间，同时引进了十多个国内外名优新品种。2004年，他带领村民们种植水稻优良品种，注册了"石头口门"牌大米。2005年，他开发生产的有机大米获得了有机食品认证。目前，他已经带领村民开发种植无公害水稻1000公顷，绿色水稻600公顷，有机水稻200公顷，并且完全采取集体作业，引进先进技术，大型农作器材，真正实现了农业现代化。

一切安妥之后，李雨田却又做了一件让很多人都无法理解的事情。一个深秋的早晨，他突然调来了十台推土机，于同一个时间轰轰烈烈地开到了"鱼塘稻"的田间，像打一场战争一样，只一天的工夫，"桑田"又成"沧海"，水塘，依然是原来的水塘。对此，李雨田不需要对任何人解释其中的原因，想那样做就做了。多年之后，除了李雨田也许不会再有人记得，这水塘里曾经出过有如"神赐"的好米。一段历史、一段传奇、一片不为人知的天意，就深深、恒久地埋藏于那一池微微荡漾的水波之下。

---

① 公顷：地积单位，1公顷等于1万平方米。

来自地心深处

一

北方的10月，阳光总是显得十分明亮。天是蓝的，地是黄的，像两块色彩明艳的镜子相互映照着。温暖的阳光如一群找不到落脚之处的飞鸟，一会儿撞到天上，一会儿折到了地下，就那么天上地下地折返着，空中就到处都是它们飞翔的轨迹和散落的翎羽。

一年中最忙碌的日子还没有开始，但时刻已近。对秋收在望的稻农来说，这差不多就是最后的悠闲。后河村的老马，此时却毫无闲情逸致，既不去田间查看水稻的成熟情况，也不去和正在准备开镰的村民们闲扯，一个人躲在黑暗的屋子里，倚着被垛看电视。今天，他显得有些心不在焉，一个24英寸的老款电视机应该不至于破到放不出节目，但电视里确实没有什么影像，满是马赛克的屏幕上一个接一个的亮条从下至上滚动着，他表情木然，两眼直直地盯着屏幕，就是不做调换。老婆进屋见到如此情景，抢白他是不是又丢了魂，他隔了半天才懒洋洋地问一句："有没有接到订米电话？"

从春天起，老马就开始在心里下了暗劲，今年的稻子一定要想办法卖个好价钱，不能再像往年一样，受周边几个大公司的压制，等到最后没办法，还得低价卖给他们。听人说，现在都搞"互联网+"什么的，啥都能在上面卖，可自己干了大半辈子农活儿，怎么知道"互联网+"怎么个摆弄法！上互联网，那是城里人搞出的事情，就得去找城里人办。老伴儿在长春市内倒是有一个亲戚，但平素里没什么来往，怎么好意思去张口求人呢？再说，就算厚着脸求了人家，城里人那么忙，会抽出时间来办我们这些碎米糟糠的事情吗？但不求人，靠自己又万万做不成，最后，老伴儿只好"硬着头皮"拎20斤大米去了一趟长春。一来让亲戚尝尝自家的米，给鉴定一下，到底是好是坏；二来表示一下对亲属的尊重，终归不能白"使唤"人家呀！

老伴儿从城里回来时带着一脸的灿烂："城里的亲戚说了，咱家的米比他们花30块钱一斤买回的米还好吃。亲戚一高兴，一个小时的工夫就把咱家的大米挂到了网上，咱们在家等着接电话就行了。"于是，老马心情大好，头脑也变得比平时灵光，又想出了一个主意，干脆，再花点儿钱做两块牌子，模仿旁边的"大米姐"，也写上"优质火山岩大米"，一块立在地头，一块立在路边。

有一天，外面下雨，老马闷在屋子里看电视，心中烦乱不知道要看什么好，就那么翻来翻去，突然看到一条有关大米的节目。一伙香港哪个电视台的人，扛着录像机在北面一个叫响水的地方采访，一会儿吃大米饭，一会儿去稻田地把土挖开展示地下的土层，一会儿把大米捧在手里，让大米慢慢地往下流。一个男人上蹿下跳，一会儿"哇"，一会儿"哇"地说这说那。老马笑了，觉得很滑稽。但笑着笑着老马的表情又严肃起来，他突然觉得自己确实对自己的土地很是无知，难道他们说的这些事情都是真的吗？

为了验证电视里的说法，老马特意让儿子到网上下载了有关响水大米的资料。儿子拿回来一张纸，纸上是这么写的："因其生长在火山玄武岩石板地上，所以品质优良，举世无双。其生长的土地为亿万年前火山爆发时，火山岩浆流淌凝固而形成的大面积玄武岩'石板地'。石板上土壤的厚度约为10厘米～30厘米，是经过亿万年的岩石风化和腐殖土沉积而形成的土壤，其中矿物质、有机质、微量元素含量极为丰富。由于石板地的石板在白天吸收了大量的热量，在夜晚又将吸收的热量散发出来，使石板地的地温，水温比一般的稻田地高出2℃～3℃左右，在昼夜温差大的北方，形成了有利于水稻生长的自然环境，水稻吸收营养充分，成熟度极高。诸多条件的珠联璧合，使大米具备了举世无双的品质和食用价值。"这些文字映入老马的脑子，虽然还不能让他建立起一个形象的体系，但终于让他明白了这种土质究竟有多好。老马没有那么多天文地理知识，不清楚自家的地和响水大米所生长的地都是在同一次地球造山运动中形成的，是同样的结构，同样的质地，他只是凭直觉认定自己的土地和电视里说的应该分毫不差。于是，他就有了个主意，为什么不也把田头的土挖开给别人看看，这不就相当于给自己做了个广告嘛！说干就干，他当即领着老伴儿在紧靠路边的田埂边挖了一条宽半米、长三米的壕沟。层次分明的土裸露出来时，老马脸上露出得意的笑容，心里也陡然增加了自信。这样的事实摆在那里，难道还会有人不认可这片土和土地上稻子的品质吗？

做完了这些工作之后，老马心满意足了。他自觉身边那些土生土长的农民没有谁比自己更有头脑和眼光，只有他，才有办法有能力抵挡得住周边那些大公司的遮蔽。他心中得意却不想挂在嘴上和写在脸上，只是默默地等待着好消息。他幻想着秋天到来时，他的米被市场广泛认识和接纳，不但卖得快，还能卖上一个好价钱。那才是他扬眉吐气的时候。谁知随着时间的推移，他的期盼却在一点点落空，整整一个夏天和一个秋天，没有一个人给他打来订米的电话，也没有人在他的土层展示沟边停下来认真地看上一眼。他的一系列努力就像一声没有回响的呼喊，声嘶力竭，却徒劳无益。

眼下，马上就要开镰，还是音信皆无，如果真有人想订货的话，在七八月份、有时甚至六七月份订单就应该来了。看来，那么多的心思真的就要白费了。想一想从春到秋的折腾和不甘，老马的心里和脸上都写满了郁闷和憋屈。

※ 夏秋之交　张桂芝 摄

世人的心啊，似乎都糊上了猪肠油，竟没有一个人能看清真相，识得真货的。

附近的"大米姐"家和国信米业公司已经分别派人来过两次了，告诉老马不用着急，如果没有合适的客户来买米，可以以市场平均价格把米卖给公司。对两家公司的"好意"，老马不知该如何应对，有心顺了他们的好意，就等于承认自己的失败，几年来的暗暗较劲，一下子就变成了明晃晃的耻辱，这台阶怎么下，这老脸往哪儿搁？有心逆了他们的好意，后面的风险就都得自己承担下来，更重要的是还要落下个"不识好歹"的恶名。每当老马被一些事情难住，两颊都会涨得通红，青筋暴突，双唇发抖，一句话也说不出来。别人会以为他是在生气，实际上，他只是跟自己过不去，因为自己而气恼。这一点，只有老伴儿心里清楚，所以在关键时刻，只能由老伴儿出面为他解围。

"十一"过后，老马的稻子已经熟成一地凌乱的心事。老马从稻穗儿上掐下几粒稻，放在手里捻一捻，金色的稻壳开裂，露出了硬朗而晶莹的米粒儿。老马心里清楚，已经到时候啦，自己的地终究还得自己亲自去收。周边的田地，几乎都是用机器收割的，唯有老马的12亩①地一直坚持用镰刀手工收割。老马对所谓的"机械化"一直持拒绝的态度："那玩意儿省事，但是费钱，再者说，它怎么也不如我们自己收的好，我看别人家用收割机收稻子，很多稻粒掉在地上，捡都捡不起来，白白浪费。我手工割稻费点儿事，但是省钱省粮。农民不就是干活的吗，吃完饭不干活干啥？地都让机械收，农民抄着两手，在街里晃，那是正经农民吗？"

对土地和庄稼，老马的野心并不大。这些年，有一些人家通过各种方式比如开荒、租赁等，把自己的土地面积扩大了很多，而老马就一直守着自己这12亩"生产队"时期按人头分下来的地。12亩地，对于老马来说，确实不是什么大事和难事。只要花力气能解决的问题，都不是问题。不就是12亩地吗？两三个人一齐伸手，十天不到就收个利利索索，权当花力气赚农机了。另外，巴望了一春又一夏的庄稼终于成熟，不过一下自己的手，心里怎么踏实？谁家的孩子，还不搂在怀里稀罕稀罕！

如果不是因为周边的米都卖到了十几或几十元一斤，老马也不会心理不平衡。他不平衡不单单是因为自己不能摆脱经济上的窘迫，更是为自己的粮食得不到公平的对待。论品种，论地力，论尽心尽力，论农药化肥指标，哪一样不

① 亩：1亩等于666.7平方米。

※ 饱满或空洞皆关乎收成　　杨靖 摄

是最好的呢？凭什么人家的姑娘风风光光、富富贵贵地嫁了好人家，自己的闺女却被人看轻看贱，"窝"在家里无人问津？

这个早晨，老马的心情，和十月里的树叶一样，虽然还没有不可收拾地一落千丈，但已经十分地凄凉、萧索，摇摇欲坠。当他和老伴儿握着镰刀默默走向田间的时候，步子显得迟缓而凝重。此时，他在想什么呢？在想如果一直遇不到好买家，在最后这半个月期限里要怎么处理自己的稻子？在回味自己这大半生的成败得失、荣辱悲欢？在思考今后是以这可怜的12亩地为依托继续在土地上坚守，还是要放弃坚持与那些大公司妥协？

明年，老马这匹老马还会不会以同样的姿态出现在这块水稻田里呢？

熟悉老马的人都有同感，农田里的老马和"窝"在家里的老马，一向不是同一个老马。一到地头，老马的精神立刻饱满，跃跃欲试如一头刚上了套的驴子；也像一把蔫了的青菜，掸上水之后，叶片即刻重归鲜活和舒张。老马媳妇见老马就要伸手开割，急忙扯着衣服从后边把他拉住，把一只"套袖"和一只手套递给他，老马也不说话，接过来就都戴到了左侧的胳膊和手上。因为右手握着镰刀，不和稻秧直接接触，不伤衣袖，所以也就不用刻意防护。尽管如此，老马的两个袖口还是起了毛边儿，已然破败成丝丝缕缕。老马媳妇说，钱是一分一毫挣来的，能省就得省。往年，都是老马和儿子一起割地，十天下来一件上衣基本搭进去了，衣服的一个袖子"飞了"，没法再穿。今年，在外打工的儿子因为忙不能回来帮老马割地，老马的老伴儿就得"顶"半个儿子来陪伴并伺候着他。

老马已经五十六岁了，前些年靠种地攒了一点儿钱，全给儿子娶媳妇儿花了。没想到孙女才十七个月大，儿媳妇儿就因为与儿子不和跑掉了，再也没回来。眼下这状况，想再给儿子娶个媳妇儿的实力都没有了。事情过后，儿子发了狠，坚决不留在这伤心之地，便把孩子推给老马夫妇去城里打工。如今，小孙女已经九岁，上了二年级，这个家又"重组"为一个三口之家。虽然每年种地的收入去掉吃、用，还能剩下一万块钱左右，但想一想将来，心里还是充满恐慌，"一旦有个荒年，一旦有个病病灾灾，一旦……"老马还想往下说，老伴马上予以坚决制止："闭上你的乌鸦嘴！"

闭上"乌鸦嘴"的老马，于是就专心致志地割稻。割着稻子的老马就像一匹埋头吃草的马，腾不出时间想别的事情。镰刀切割稻秆儿发出清脆的唰唰声，那是农民和大地之间交流、倾诉的密语，多少心酸，多少幸福，多少哀愁，多少快乐，尽在那难以言传、不可破译的震颤之中。如果把秋天的田野比作一部书，则一行行、一簇簇水稻就是书里的字句。老马是这部书籍最痴迷的读者，在一字一句的精读中，深刻领会并细细咀嚼出秋天的意味。

二

四十年前的后河村，在老马的回忆里，就像一匹生龙活虎的小马驹子，虽然贫弱，却原始、生动，充满活力，也给人以无限的希望和想象空间。那时，他自己也只有十六岁，刚刚中学毕业。满脑子不切实际的幻想和主意，却没有一个是与土地无关的。虽然，那时的农民大多对土地加给自己的劳苦和贫穷心怀怨恨，但老马却从来没有受到村民们的影响而幻想有一天去求学或摇身一变成为城里人。在他的心里，只有把眼前这些土地和农民征服了的人，才是现实的英雄，真实可信的英雄。

　　王耀光，这个业已老迈的农民，他如闪电如灯火一样的名字，就曾经在老马懵懂的青少年时期闪耀出经久不息的光芒——

　　1976年，还是"人民公社"时期，经过多年运动，土地和生产方式已经被当时的体制禁锢成一块铁板，严丝合缝，密不透风，令人望而生畏，又令人压抑窒息。人们每年每月，每时每刻都在心里暗暗期盼着生活中能发生一点儿什么变化。可是，年复一年，日复一日，四家子村平静依旧，队里二百六十多多户农民守着不变的农田，踩着不变的节奏，过着平淡、清贫的日子。

　　三十六岁的王耀光，是四家子村第一生产队队长，一个村东扯一嗓子响到村西、一只胳膊夹着一条装满粮食的麻袋一口气走一百米的主儿，生牤子似的，浑身上下有使不完的劲儿。穷则思变，年轻的王耀光和许多人一样，因为许多、许久的压抑，心里同样涌动着躁动的力量，时刻寻找着一个突破或爆发的出口。恰巧，这时因为四家子村人多地少，政府给了一个特殊政策，可以分出一队，开荒立屯。弃熟就生，是一次巨大的冒险，也是一次巨大的机遇。年轻气盛的王耀光看到的恰恰是后一点，他当即就和副队长潘希宝商量敲定，带着八十五口人12垧水田、7垧旱田在后河另立门户。

　　开荒！开荒！

　　这个因为久违而变得陌生的词汇，像一部时光机器，把刚刚脱离了集体的农民们推向了一片土地的"开发元年"。八十五口人像八十五台冒着蒸汽的机器，围绕着后河两岸，开足了马力大干起来。大家一齐动手砍了柳树，把树干移走，把树根挖掉。地里一些比较小的石块，能搬走的尽量搬走，太大的石头实在搬不走，就依旧放在地里。没有任何机械，大家只依靠双手和几副牛犁，一镐一铲地将土地整平，打上田埂。一畦畦、一片片水田终于像棋盘一样排布在后河两岸。屯里买了水泵，用水泵把水从河里抽到水壕里，再由水壕引向田间。这简单的流程却让农民们的心里充满了神圣和快乐，看着河水把黝黑的泥土覆盖，变成一块块明亮的镜子，很多人的眼里都噙着泪花。多少年了，他们第一次感觉到土地离他们的心是那么近，第一次感觉到自己脚下的土地是那样美好。

　　那可是千年未动的初土啊，又岂止一个肥沃可以形容？

　　百万或千万年以前，这些土并不是土，而是灼热、沸腾的岩浆，藏于地心深处。只因为一次忘情而冒险的抒发，才在不期的变故中呈现出坚硬、冷静的状态，之后又在漫长的平静中变得柔软起来。甚至柔软得能够承载、表达一切柔软的情感和坚硬的理念。你看田里那些零星分布的巨大石块，又多像摆在阡陌之间的棋子！这么大的棋子，一定是上天所布，人们仅凭着自身的力量无论如何也搬不动。搬不动，索性就不再搬了，也许，人们只有尊重"老天"的意愿，先让"老天"开心地赢一盘，"老天"才会让人们长久地赢下去。后河屯的农民从那时起不再相信人能胜"天"。他们绕过那些巨大的石头，转着圈子插秧，转着圈子收割。虽然因为那些石头他们少种了几棵稻，种起地来也不方便，但是他们并不讨厌这些大家伙，反而有种莫名的亲近，他们累了就坐在石头上吃饭、休息、聊天或者抽烟。石头成了他们的桌子和板凳，成了一个个趴在地上供他们玩耍的玩具。等到谁家需要用石料的时候，就喊几个人去地头或是山脚下敲一些回来，打地基、铺院子……石头又成了他们心中掰饼给众人分食的"神"。因为这些神秘而有趣的石头，他们的日子变得越发有滋有味了。

　　后河，一开始农民们并不知道它从何而来，属于哪个水系，只因从四家子村农舍的后边流过，就被命名为后河。实际上，后河的水来自三角龙湾群中的二龙湾。后河村的村民之所以个个珍视自己的土地，会把土地死死地攥在手里，就是因为他们太能体会到这片土地种种的好。

如今已七十八岁的王耀光，说起后河屯的土地、庄稼和土地流变的历史，兴致仍不减当年。当他掰着手指数到四至五条优点时，两颊便开始泛红，两眼放出奇异的光彩——"后河村的地属于黑土地，地力浑厚。水是火山口流下来的水，空气没有一点儿污染……一切都出奇的好。好水好地好空气，所以种出来的米不仅口感好，出米率还高，每斤稻能比其他地方多出一两米。同样的品种，在后河屯种出来的水稻，稻壳都比别的地方薄。大米的口感就不用说了，这些好吃的大米把这里人的嘴吃得越来越刁，离开后河，都很少吃米……"

最初来后河开荒的那些农民，如今大多把土地传给了下一代，而他们自己都已经渐渐从土地上隐退，各奔东西，各自为战，疏忽了彼此之间的联系。但老马和王耀光两个人却一直联系紧密，这可能与老马年轻时对王耀光的崇拜有一定的关系。当老马讲起王耀光的家史时，其熟悉和自豪的程度并不亚于王耀光的家人——

分产到户那年，屯里每人分7分①水田。王家八口人，一共分了6亩多地。王耀光一家人都很能干，只要有一点儿时间，他就带着全家人开荒。加上后开的土地，王耀光家一共有4垧地，他就是用这些土地养大六个孩子。跟着什么人学什么人，后河屯的农民和王耀光一样，都在想尽各种办法扩大着自己的土地，渐渐地，很多农民家都拥有40亩~50亩水田。

王耀光在屯里是种水稻种得最好的，他的水稻产量总是最高。起初没农药，全靠手工除草。每年到了6月份，王耀光整天待在地里，弯着腰薅草。他的手比眼睛快，眼神还没到草已经拔完了。他拔草非常有经验，水稻都长得比较集中，不好分辨，但他只要在水下用手一摸，就能苗是苗，草是草，分得不差毫厘。草小的时候，王耀光两手贴着地皮，像给土地挠痒痒一样，把土挠起来，草就漂起来了。草少，控制好水和肥就容易高产。

王耀光的六个孩子，两个儿子四个女儿，都十分孝顺和勤劳。两个儿子都在后河，每人有50亩左右水田，旱田还有20多亩。四个姑娘，两个嫁到后河，一个嫁到柳河，一个嫁到大通沟。孩子小的时候，王耀光让孩子们上学，可是上到初中就纷纷辍学回家种地了。六个孩子，个个都成了种地能手。

老马讲到高兴处，露出陶醉的神情，仿佛在讲他自己。

----

① 分：地积单位，10厘等于1分，10分等于1亩。

※ 金色谷场　　张跃波 摄

　　老马说，对王耀光来说，种地就是他生命的全部，不干活儿时，他就显得六神无主，没着没落，只要干上活儿就挺乐呵。二十八年前，王耀光二十一岁的大儿子结婚了，就住在西屋。过了一段时间，大儿子手里有了一点钱，王耀光就鼓励他分家单干，并给他15亩地。大儿子用积蓄在离王耀光不远的地方，盖了新房子。二儿子结婚时，只有二十岁，和老大一样，也在西屋住，几年后，王耀光同样给他分了15亩地。两个儿子分家以后，开始自己开荒。渐渐地每人有了50多亩地。王耀光从不用告诉儿子们要怎么生活，只是默默地干活，儿子们自然懂得，作为农民的本分就是种地。

　　离开王耀光的家，在往回走的路上，老马的表情又变得阴郁起来。老马说，像他和王耀光这样的人，从未离开过土地，也离不开土地。但是当他抬起头望一望一片接一片连个缝隙都没有的农田，却感到心里一阵阵犯堵。虽然眼前的日子比以往好了很多，但从前的好感觉却再也找不到了。土地已经开发到了极限，再也无"荒"可开；水也快用到了极限，河里来的水，越来越少了，地下水位也在逐年降低；自己的年岁和力量也在一天天逼近极限。看看这光景，说不上什么时候就要离开这土地，明年？后年？或更短、更近的哪个时间？不是被土地挤兑走，就是因自己跟不上土地的脚步自行放弃。"各地都开始土地确权了，对于后河村这样通过自己开荒而得到的土地，还不知道国家是什么政策，这些地未来还是不是自己的。就算这些土地都'确'给了自己，到时也说不准还有没有力气来侍弄这些土地。各家的子弟，都纷纷离弃了家和土地。儿子已经明明白白地说过，就是讨饭，这辈子也不会再回来做农民，王耀光的子辈们虽然还在守着土地过日子，孙辈的人也开始离开。我们将来最好的结果也就是将手中的土地流转给别人，用流转土地的钱给自己找一个相应的养老院，了此余生。"

　　老马站在自家大门口的柳树下，目送我们离去。车子已经发动了，老马仍然一动不动地站在那里。一阵风吹过，几片早落的树叶从老马头上飘落下来，貌似迟疑、缓慢，却有着不可逆转之势。我们向老马挥了挥手，老马也向我们挥了挥手。路边几个陌生的农民似乎受到了某种感染，表情凝重，也向我们挥了挥手。突然有一丝凉意袭来，秋天啦！土地辐射出的温暖已经敌不住晚来急急的风。

　　秋天，最是一个适合告别的季节。

土 生 土 长

一

五十八岁的金花对着大地，对着她侍弄了半辈子的稻谷，深深地俯下身去。

紧接着，她从金黄色的稻穗上摘取几个稻粒放在嘴里咬一下，然后决定，清露退却之后，要不要开镰。

俯下身去。这是一个农家妇女最为普通的动作。

从春天插秧，到夏天除草，再到秋天收割、拾穗，曾有人统计，一年中稻农的弯腰次数最高可以达到六十万次。不管这个数字是否准确，但它确实是一个稻农惯常而典型的姿态。每当这个姿态在我的眼前出现时，我头脑中都会立即闪现出米勒的著名画作《拾穗者》。这让我领悟到，人类的这个动作不过是一种象征性的隐喻。不管我们是否弯腰，也不管我们从事哪种活动，最终，一切都可以归结为：在大地上捡拾。

清晨四点钟的太阳照在金花头上，也照在她周围的稻秧上。

她的发梢和稻穗儿同时在我眼前闪动着金光。9月的清露，将田野中的一切统统打湿，包括庄稼、草木的叶子以及人们的衣衫。不知道两簇稻子之间是靠什么传达思想和情感的，但金花对我讲述那些故事时，在两个人之间传来传去的那些话语却让我感觉像稻穗间刮来刮去的风，轻细、柔软，又富有内涵。

在她断续的话语中，我情不自禁地低下头，再一次打量脚下的大地，感觉到她竟然是那样坚实沉稳，宽广厚重，似乎地上一切生命的根系，原本都

"扎"在她的泥土之中，不同的是，有的能看见，有的看不见。

"厚德载物"，载的不仅是某种存在，也包括存在的禀赋和命运。

那时，少女金花正处于多梦的花季。对未来的人生，她有着无限的向往，几乎每天都有一场意想不到的美梦，但她就是做梦也没有想到，自己的生活会离奇得超过了任何一场梦幻。

未出嫁时，她母亲是镇上有名的裁缝，父亲是会计，一家人很少干农活。她从来没想过自己这一生会毫无选择地交付给农田，在泥土里拼死拼活，更没想过命运会在她近于崩溃时又给了她一束光明的火把。蓦然回首，她总有万千感慨荡漾于胸，而最让知情者叹服的不过就是很简单的两个字：恪守。恪守土地，恪守庄稼，恪守亲情，恪守本分，恪守初心，恪守命运赠予的一切。

想当初，嫁给李虎哲是因为他为人仁义守信、憨实能干，又知冷知暖。在与土地打交道的农村，这样的人就是百里挑一的"金龟婿"了。嫁过去，如果贪图安逸完全可以专理家务，相夫教子，等着丈夫在外给自己挣回个饱暖、安宁的生活；如果勤勉好强，也可以与夫君比翼双飞，把日子过得像"火炭儿"一样红红火火。在二者之间，金花出人意料地选择了后者。也许是天生良才，也许是命里注定，结果她不上手则罢，一上手就成为人见人夸的种田能手。下田不到20天，她插的秧就如用线儿拉过的一样直。经她手插下去的秧苗，总是

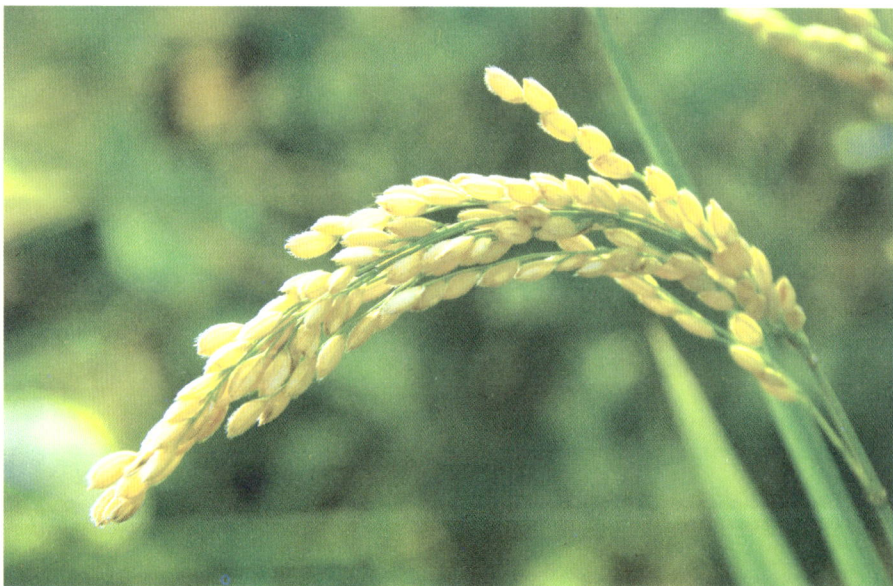

要比别人的早一两天"缓"过苗来。

就在金花和李虎哲结婚第七年，不幸的事情发生了。一向生龙活虎的李虎哲，突然失去了劳动能力，经舒兰县医院确诊为运动神经元坏死。从此，李虎哲变成一个只会想不会动的人。为了给他治病，金花花光了家里所有的钱，但毫无收效。更让人绝望的是，李虎哲的病越治越重，很快发展到无法行走，甚至无法坐起的地步。

李虎哲第一次赶金花走时，脸上一片凄然，也一片决然。当李虎哲咬着牙说出"你走"两个字，金花明知道他是迫不得已，心里还是充满悲伤。那时，他们的第二个孩子刚刚出生。她一句话没说，把两个孩子抱上小推车，就离开了家。但她并没有真的离去，而是在这一天给自己找了一条生路。一个农民，除了粮食并不熟悉别的商品，她要靠收粮卖粮挽救这个就要崩溃的家。晚上，当金花推着满满一车的粮食回家时，两个孩子都睡熟了。金花把他们一个一个抱上炕，又把粮卸到东屋。

李虎哲听到金花的脚步声就哭了。村子里，别人家的灯早就熄了，只有金花家的灯才刚刚亮起。做饭、喂李虎哲、收拾房间、拢一天的账目……从此，金花家的生活进入了新的秩序。当金花拖着疲惫的身子爬上炕时，李虎哲把僵硬的手伸了过来，金花便轻轻抓住这只干瘪、无力的手。李虎哲的心思她懂。凌晨1点多，金花家的灯终于熄了，这是村子里最后一盏灯。两个人默默地在暗夜里牵着手，金花的眼泪开始泉涌般流下来，但除了暗夜，没人见过金花的眼泪。

"金花，找个好人嫁了吧！"李虎哲第二次说这样的话时眼睛里充满着绝望。他已经无法自己翻身了。"我完全成了废人，活着不如死掉。要不是为了看着老大能考上个大学，我就自行了断了。"金花摸摸李虎哲的额头，像对孩子一样，无比温柔。"在家好好躺着，我插完秧，就回来给你翻身。"说完，金花抱起老二就去了田里。

北方的5月，气温尚低，田埂里的水还"扎骨"般凉，但"稻子不插六月秧"是北方种田的古训，没有人敢违背。为了不误工，整个村子的人都是在凌晨3点亮灯、做饭、准备下地的。这是田里最热闹的时候，稻农们借着天边第一缕晨光，把一棵棵秧苗仔细插到田里。

金花怀里的老二还在睡梦中，她就把厚厚的垫子铺在干净的水泥渠上，把

※ 插秧

老二放上，再在垫子旁边放一点儿吃的。她去插秧期间老二就在这里继续睡，睡醒，饿了会自己拿吃的，吃饱了就在垫子上玩。隔几分钟，金花就抬头望一望孩子，看他醒没醒，掉没掉进水渠里。再过一会儿，她就要抱着孩子一路小跑，回家给李虎哲翻身。

到了晚上，村民们借着最后一线亮光回家了，金花还要坚持一会儿，直到天黑透了，她才打开手电，到水渠边找孩子，抱着孩子回家。有时候，老二饿了，晃晃荡荡走到离她近一点儿的田埂上喊："妈，什么时候回家？""一会儿！"过一会儿，孩子再问，她仍然回答"一会儿！"孩子一遍一遍问，金花一遍一遍地回答。直到孩子问累了，倒头睡在田埂上。

女人家再能，毕竟还是力气小，为了赶进度，金花必须比别人起得更早，睡得更晚，半个月下来，她的脸浮肿了，瘦弱的身体显得更加单薄，头也显得更大了。手脚都起了水毒，到了晚上奇痒无比。

对农民来说，粮食是生活，更是生命。在舒兰这样偏僻的小城，水稻就是各家各户安身立命的根基，更是金花这样满身累赘的人唯一的出路。一个瘫痪病人的起居，两个孩子的吃住，将金花死死地捆绑在简陋的家里，她在不得不种地的时候拼命种地，别人"猫冬"时顶风冒雪去附近收粮，挣取一点差价。

金花的大儿子学习一直不错，考高中时就差0.1分进免费线，读自费就得另交6000元钱学费。6000元，一年的收入全拿出来也抵不上这个数儿，金花实实在在被这件事儿给难住了。可这事儿，涉及孩子一生的前途和命运，怎么难也不能放弃呀！金花第一次向亲戚、朋友借钱，并打算秋天的稻子一收，就把钱还上一部分。去学校交学费的时候，金花眼泪一大滴一大滴地滚落，怎么也控制不住。这是金花第一次在白天哭。到现在她也说不清，当时自己为何情绪那么失控。

土地，毕竟是恩慈和宽厚的，她总是在人的绝处显现出"天道"。那一年，金花为了还债，早早地把水稻割了。本以为会影响收成，结果，因为市面上新米少，很多人想尝鲜，金花的米反而抢先卖得了高价。从那一年开始，金花收粮的生意也越来越好。很快，她就成立了大米加工厂，又成立了水稻种植基地。儿子考上了大学又读了硕士研究生和博士研究生，现在在外地一所大学当老师。

2012年，金花用自己的名字注册的大米商标被评为吉林省著名商标。2014年，金花的公司成为吉林市重点龙头企业。信誉高了，品牌响了，实力强了，金花每年收获的3万吨水稻，很快就一抢而空，很多订货企业因为买不到米扫兴而归。金花说，我就这些米，卖完了就不卖了，市场再好，我也绝不收粮贴牌或掺兑、做假。

2014年金花家种了有机米，由于前一年赶上暖冬，田野里的低温不足以杀死潜伏于土壤中的病菌和虫卵，第二年暑期又出现持续高温天气，致使稻瘟病大面积爆发，为了保住收成，金花只好施洒农药。秋收之后，她家的大米虽然表面上看起来和别人家的有机米没有什么差别，但毕竟是洒过农药的，按标准严格要求只能是绿色米，而不是有机米。因为只打过一次农药，农药的残留量微乎其微，按理，在价格上，她应该有很大的"回旋"余地。当她坚决按绿色米喊价卖出时，连商家都觉得实在遗憾，她却极其坦然地说："人心自有天知！"

二

从前，经常听老人说，土地和庄稼都是有灵气的，有时它们就是庄稼人心性的映照。你爱惜土地，土地也爱惜你；你心性温良、美好，种出的粮食就"实成"、甘美。那时，我们谁都不信，只把那些当"瞎话儿"听。老人们自

然很失望，但也毫无办法。现在，我们也一把年纪了，才知道万物有灵，并且彼此间都会发生不可忽视的感应。

日本IHM研究所的江本胜博士自1994年起，就以高速摄影技术来观察水的结晶。据说实验证明，相同的水如果贴上带有"善良、感谢、神圣"等美好讯息的标签，水的结晶就会呈现出规则、美丽的图形，而贴有"怨恨、痛苦、焦躁"等不良讯息的标签，会出现离散丑陋的形状。当人面对被测之水，无论是写出文字还是发出声音、意念等，都会有带着能量的讯息从身体发出，影响到水的心情，或让水感知、模拟到你的心情……

想一想，连看似没有生命的水都会如此，那么，对那些有生命的动植物面言又将如何呢？

转眼二十八年过去了，素有"老细"诨号的张万河，似乎一切都没有发生变化。地还是过去那3垧地，稻还是一如既往的高产，妻子还是过去那个笑眯眯的"三笑"，包括他自己看"三笑"的眼神，都依然如故。只是，他和他的"三笑"都老了。

变化最大的就是他那3垧地的出产，这几年因为改种有机米，来抢购的人越来越多了。他的米这几年从每斤5元涨到8元，又从8元涨到12元。今年，米已经涨到了15元，米商仍然毫不犹豫地接受了。这让他心里好一阵子惶惑，不知道自己要价过低了，还是米商在这宗交易中另有什么圈套。后来，他实在忍不住，还是试探着问了米商这是为什么。米商哈哈一笑，说："你家的米比我收购的同等价钱的有机米吃起来更加香甜可口。因为我们是老主顾，价格又比较公平，我就没有往下压价。我们是大户，不会和你斤斤计较的，和气生财嘛！"

说到这里，张老细又望了一眼"三笑"，几乎同时，两个人不约而同地微笑了一下。时至今日，他们仍然保持着二十八年以前的默契和美好心境。

二十八年前那个夜晚，北兰村突然陷入一片尴尬、慌乱之中。因为"王三笑"的失踪，王家上下乱作一团，找人已经找疯了，却又不敢声张。王家大儿子是警察，二儿子是会计，都是村上有头有脸儿的人。一个十七岁的大姑娘三个晚上都不回家，这话儿传出去，会被村人戳破脊梁骨。老王皱着眉低低地说："那穷小子也还没回来吧？"声音低得像从鼻孔里哼出来的一样。"爹，找人捎话吧。有些事看来是拦不住了。再说，妹子也没出过远门，我怕她在外边受罪。""捎信儿吧，就说我不拦着了，他俩要是两天内回来，我就给他们操办婚事，可千万别因为这一个事儿丢了一家人的脸面。"老王狠狠地抽了口烟，把烟袋锅往炕沿上使劲儿磕了两下，木头的炕沿留下一排细小的麻点儿。

老王嘴里的穷小子叫张万河，对北兰村来说，张万河着实是太贫穷了，他穷的不仅是物质，亲情上也是一贫如洗。张万河九岁没了父亲，母亲带着他和弟弟改嫁，十九岁的时候，母亲也去世了。张万河只好和弟弟相依为命。二人房无一间地无一垄，很快就过不下去了。"万学，把你二弟送我家来吧，别让他跟着你受罪。大姑家虽不是大富大贵的人家，但只要姑有一口干饭，决不让你二弟喝稀的。"就这样，张万河把二弟送到邻村的姑姑家。

听说四十里外的北兰村有个砖厂正招干活儿的，张万河送完弟弟直接去了砖厂。虽然砖厂的活又脏又累，但他干得很起劲儿。张万河能干，脑袋灵活，爱打抱不平，也常常和厂里的姑娘们说笑。暗暗喜欢张万河的姑娘真不少，一些大胆的姑娘也托人问过张万河的心思，都被张万河婉言拒绝了。一年春天，厂里来了一个爱笑的姑娘，大家给她和另外两个爱笑的姑娘起了个共同的外号，三个人都叫"三笑"。姑娘姓王，自然就叫"王三笑"。"王三笑"是王家唯一的女儿，个子不高，特别能干，不仅把家里收拾得一尘不染，下地干活也绝不输给男人。在农民心里"炕上、地下一把手"，才是最美的姑娘，才是最理想的媳妇。

一个是厂里最能干的小伙子，一个是家喻户晓的好姑娘，两人又十分有眼缘，张万河和"王三笑"很快就擦出了火花。那年"王三笑"十七岁，过了生日就是十八岁的人了。在乡村，十七岁的女子就理应订婚了，虽然老王舍不得这么早把闺女嫁出去，但终归还是要硬着头皮给她订门亲事的。让老王没想到的是，媒人跑马灯一样来来去去，各种各样被介绍的人一概被"三笑"毫不犹豫地推掉。实际上，每次老王向"三笑"征求意见，"三笑"都会跑去找张万河，问万河啥时候到他家提亲。张万河又何尝不想马上提亲，把自己心爱的姑娘娶回来呢？可是他太穷了，没房没地，拿什么娶"三笑"？

终于有一天，"三笑"抵不住父亲的逼迫，说了心里话："爹，别再提订亲的事了。我和万河哥说好了，这辈子我就等他一个人。"话音一落，老王就晕了。张万河是个不错的孩子，他自己也曾也多次给他做媒牵红线。可是要让自己的亲闺女嫁给一个孤儿，打死老王也舍不得。"跟那个穷小子，以后喝西北风啊？年轻不懂生活的难，我劝你还是趁早死了这条心。"老王甩下这句话就回屋睡觉了。抛下心如油煎的"三笑"哭了一夜，第二天天没放亮，她就肿着眼睛去找张万河。

"反正家里已经知道了，我今天就找人去你家提亲。"张万河使劲握了握"三笑"的手："你放心，只要你肯嫁给我，我一辈子对你好。我一定会劝服你爹的。"

这是张万河第一次拉"三笑"的手，这双粗糙的大手温暖极了，也正是这样一次拉手，让"三笑"更加坚定了对张万河的信心。

张万河的第一次提亲，不出意料，"干净利落"地失败了。他换了更有影响力的媒人再去提亲，又失败了。就这样连续失败了几次，"三笑"有些绝望了，她不明白父亲为什么不让她嫁给自己喜欢的人。邻村会计的儿子来提亲，父亲看上去十分中意，非让"三笑"和对方见面。"三笑"一看亲爹要动"真格的"，就慌了，当晚就出来找张万河。

"万河哥，咱们走吧。不管我爹同不同意，这辈子我就跟你了，谁都别想拆散我们。""三笑"边说边流下了滚滚的热泪。

"走？走！"

张万河由于几次提亲失败，也深陷在绝望当中。"三笑"这么一说，他马上同意了。"可是去哪呢？我是一个孤儿，从小就失去了家的温暖，我多么渴望有个家啊。今天，我和她这么一走，她从此和家里决裂，也会和我一样成了一个孤儿，再没有亲人！"想到这儿，张万河冷静了许多。他拉着"三笑"说："我从前的孤单和无助，不能让你再尝一遍了，咱们今天走了，以后这个村子你就永远回不来了，家里人也因为你而抬不起头。""那怎么办？明天我

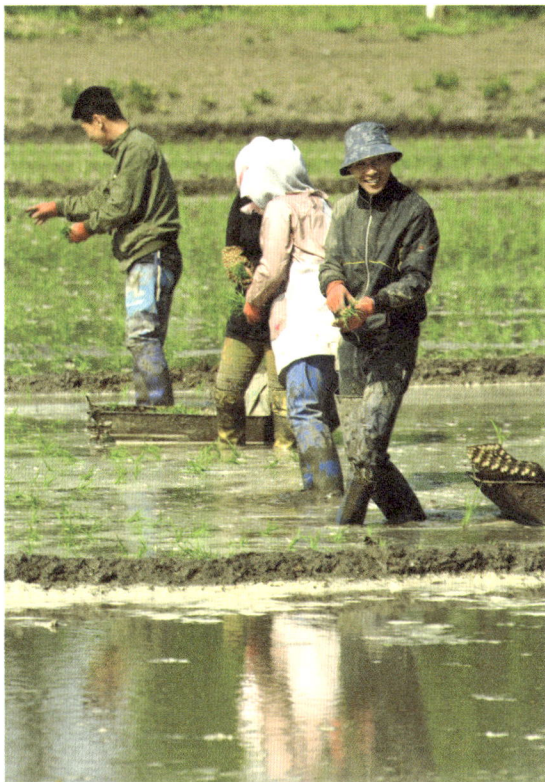

※ 抛秧

爹就让我和那个人见面了，万河哥，除了你，我谁也不嫁。""三笑"十分坚决。"你有没有可靠的亲戚，我今晚就把你送去，我也在那附近住下。看看你爹什么动静？""三笑"觉得这个主意不错，二人连夜赶到"三笑"的表姐家。

没想到这么快王家就捎来了口信儿，同意两人的婚事。口信儿是张万河的弟弟亲自送来的，千真万确。"三笑"一个"高儿"蹦到张万河的怀里，像小孩子一样，在他的脖子上打了个提溜。张万河也笑了，他不知道从哪来那么多力气，一直抱着"三笑"往北兰村走，抱累了，让"三笑"爬到他背上，背着走，背着累了，就再换抱着，就着月色，张万河把"三笑"抱回了王家。

"闺女是我的宝贝疙瘩。虽然她自己不争气，但当爹的也不能随便就给她把婚事定了。第一，我王家嫁闺女，婚礼要像模像样，风风光光；第二，我闺女不能住露天地儿，房子必须有；第三，我王家闺女，至少8000元彩礼。"自

从"三笑"回来了，老王就没正眼看她一眼，嫁闺女的三个条件，说得斩钉截铁，没有半点儿回旋余地。王家的孩子们都在，没有人敢说话，甚至连大气都不敢喘，没有人见过老王这样生气。8000元彩礼？张万河数算了一下，像现在这样，要不吃不喝干十年。

"行，叔。我这就回去准备。"张万河毫不犹豫地答应下来，头也不回地走了。

王家人包括"三笑"在内都被惊呆了，这么大的一笔钱，一个穷小子到哪里去"拆弄"？接下来的日子，"三笑"再也没见过张万河，村子里的人也没见着他。"三笑"总是站在窗口偷偷地掉眼泪，一个爱笑的姑娘憔悴了。

"三笑"娘白天下地干活，晚上也在西屋对着老王哭："孩子不是你生的？你就不知道心疼，狠心的老东西，你这是要逼死孩子吗？""我就想把他俩拆开嘛，谁知道那小子那么偏，就答应了。""你考虑我这当妈的啥滋味吗？"

"三笑"一掉眼泪，"三笑"妈就胸口疼。可是，老王又何尝不心疼女儿呢？

张万河在砖厂工作后，认识了一些朋友，其中有一个刘老四十分仗义，他不忍心眼睁睁看着哥们儿因为钱被拆散了好姻缘，就找了村里一些要好的朋友，大伙七拼八凑凑了5000元钱。加上张万河攒的500元钱，一共有5500元钱了。得知这些，老王的心也软了，他心疼闺女，也被张万河这股子韧劲儿感动了。

"这小子还真行，现在穷点儿，以后没准儿有出息，闺女跟他去了不能受罪。"张万河不是已经凑了5500元钱吗？好，那就找人捎口信，告诉张万河彩礼5500元钱就行。先拿3000元钱，其他的结婚时再给。

此时，老王的心思张万河也猜出了几分。张万河在村里人的帮助下买了一间小破房，付完钱，直接把墙推倒了，朋友们帮他砌了面新墙，看起来气派多了。婚期到了，张万河把2500元钱送到老王手里，老王的气早就消了，一分钱也没收。反倒添置了一些给他和"三笑"办婚礼，"三笑"妈也高兴了，胸口疼的病再也没犯。

北兰村是包容的，也是热情的，他不歧视任何外来人，或者说张万河早就成为北兰村的一员了。婚后的张万河再也不是孤儿了，他有了家，和"三笑"的小家，和王家的大家，还有"大把"的亲戚和亲情。邻里和亲戚们给小两口送来了一袋袋面、一袋袋米、一垛垛柴。张万河又下屯包了一块水田种水稻。

这是他第一次种水稻，没有任何经验，但张万河肯学、肯吃苦，有事没事就往岁数大的人家跑，请教人家如何把水稻种好。一开春，水田要放水了，为了把水放得不多不少，张万河在寒冷的暗夜里一宿一宿地蹲守在田埂上。正月十二的婚礼，4月初放水，张万河还是个新郎官呢，就放弃老婆和热被窝，一个人裹着军大衣去田里看水，这让"三笑"心疼得不得了。到了育苗期，张万河已经早早地在心里预演了无数遍，也把"老把式"的招式、方法在脑袋里回放了无数次。因为老把式说"一平方米用七两籽应该是最合适的"，他就拿出杆秤，把泡好的水稻种子按每七两一份的标准分好，再均匀地撒在土床上，看好水分、热度、湿度……

张万河在育苗棚里的时候，"三笑"是从不打扰的。到了晌午，张万河总是忘记按时回家吃饭，"三笑"就把可口的饭做好送来。插秧时，别人家的秧苗又黄又细，张万河的苗长出了两个"耳朵"。大家都知道带着"耳朵"的秧苗壮实，下地缓苗快，秋天必有好收成。

结婚前只听说"三笑"能干，但具体能干啥，张万河并不清楚。插秧时，张万河看傻了眼，"三笑"光脚站在水田里，手掐着大把秧苗，插得快如飞梭，一天工夫竟能插到一亩半地，并且苗的深浅一致、间距相当。一场大雨过后，有的人家的稻秧插浅了，一些稻苗在水中漂了起来，而"三笑"的稻苗依然齐刷刷地排着队，不歪不乱。

张万河的心是幸福的。他和"三笑"在田里干活的时候，几乎不说话，两人摽着劲儿互相撵着干，追着干，像比赛又像嬉戏。虽然都不说话，彼此也能感受到不一样的情趣和情义，这就是农民最素朴的爱情吧。

出身穷苦的张万河，最知道平常日子节俭的重要。不管有钱没钱，他的日子始终过得仔细。特别是对土地和庄稼，更是仔细得很。每天早晨和晚上，不管地里有没有活儿，他都要去田埂上走一圈儿，看看"蝲蝲蛄"是不是把田埂嗑出了洞，田埂有洞马上就得堵上，不然青蛙、老鼠很快就会把它变成大洞，水田里的水就会流走。对这种事情，他是决不允许在自己田里发生的。跑水浪费是小事，稻田有一夜水位不对都会影响水稻的生长和品质，那才是大事儿。

在自己的田里，他不想看到一棵杂草，就连田埂，他也每日拿着镰刀"盯着"除草。他认为，水、土、阳光对一片田来说，都是有限的，就那么点儿营养，有草的就没苗的。水稻即将成熟时，稻农们喜欢在田间到处走一走，随意掐一把稻穗比比谁家的稻子上得好，谁家的水该收了。但不管你是谁，千万别动张万河的田，拔他的稻穗他会心疼死的！就连他自己要鉴别一下水稻的成熟度，都宁可把头埋在水稻里数稻粒，也舍不得拔一个稻穗儿……

后来，村民们就忘记了他的本名，都叫他"张老细"。虽然"张老细"在花钱上对自己"仔细"，但对别人却处处显出大方，村里有个"礼尚往来"，他总是要比别人拿得多一些。他说："我是个孤儿，来到北兰村以后，才有了家，乡亲们总是在帮我，所以我应该比别人多出点儿礼钱，他们都是我的恩人啊！我对自己节俭，是因为我自己得到的已经足够多了。"

对"三笑"张老细更是恩爱有加，虽然"三笑"老了，"三笑"的儿子又生了女儿，但"三笑"的房子却是村子里最好的房子，有室内卫生间、太阳能的淋浴间……

一提起"三笑"，张老细眼中仍然满是笑意。

大湖隐没

梁好成临出门时突然返回身，拎起放在客厅角落里的一袋土。少顷，又放回原处……

这些天，他一直惦记着把这包土送到市农业技术推广中心去化验一下，但在这一年中最忙的"节骨眼儿"上，他确实很难抽出两天或一天的时间来。眼下，他的100垧自营水稻田需要收割，机器和人员都要安排妥当；他新"拍"回的100垧"泡塘底"需要整饬，为明年种植有机稻做好准备；200多户合作社成员的稻谷要检验入库；两条稻米加工线需要立即启动，包装印制、分类加工、仓储运输等等，一系列的工作千头万绪，哪一"头儿"都让人放心不下……

"明天吧！"梁好成咬咬牙，叹口气，像是对妻子说，又像是自言自语。妻子李亚范是金田水稻合作社的理事长，为人心善，刚刚被评为"吉林好人"，自然熟悉丈夫的性格，也体谅他的心情，于是安慰他："土样化验的事儿，还是先放放吧，又不是什么急事儿！"话虽这样说，可是梁好成是个较真的人，一件事儿想做而做不成就会成为他心中的块垒。更何况，他的100垧自营田已经完成了三年的"转换期"，明年就可以种植有机稻，打出自己的品牌了。

他想给自己的有机米注册一个特别的名字："嫩江古河稻"，但却不知道这名字是不是名副其实。"古河稻"很显然与"古河道"谐音，虽然他也隐约听说"嫩江古河道"之说，可目前他还不确定自己的水稻田是否就在所谓的"古河道"上。其实很早以前他就发现这块田的"身世"和别的田有些不同，因为每一次"犁"田都会有大量完整或残破的"螺壳"被从土中翻出。仅凭这一点，完全可以想象得出，很久以前这里是一片汪洋或水乡泽国，曾经有大量的水生动物在其间游弋、生息。但究竟是河底、湖底还是沼泽？什么时候沧海又变成了桑田？这些问题都成为梁好成近期思考的重点。虽然这些问题是否解决并不影响他的正常生产，完全可以放下不问，但梁好成却做不到，这牵涉到他做人做事的原则。万一自己的田与嫩江古河道没有任何关联，又把自己的稻米注册成"嫩江古河稻"，那不是有"不实"之嫌吗？

梁好成心里清楚，这些年他和妻子能把公司经营到这个规模、这个状态，依靠的并不是精明、机敏，而是老实和厚道。既然这辈子精明人做不成，索性就把老实人做到底吧！可是，做老实人也不容易，因为这个时代实在是"奸"（东北方言，意为心眼儿多）人的时代，事事处处都充满玄机，遍布诱惑和陷阱。做老实人最好能老实到底，纵然凡事占不了"上风"，更谈不上什么便宜，但总不至于遭遇"横"事，吃什么大亏。他坚信"人心都是肉长的"，真心实意地对人，至少能换得人的善意和善念。怕就怕老实到中途一不小心受到了诱惑，动起了"聪明"的念头，"奸"不成，傻不就，空落得个赤裸裸的愚蠢。老实，真的需要长久地、傻傻地坚持，只有坚持到底，坚持到最后，才能成为一条"行得通"的人生之路。人"傻"到透彻的时候，自然就有了"傻"的福报。

　　方圆百里，种稻子的农民口口相传梁好成这人实诚、厚道，言辞里满是敬重，真真切切，并没有一人把他当傻子看。但这些年梁好成夫妇所做的很多事情，用世俗的标准一量，都够得上"傻"——

　　有农户找他们诉苦，说家里没钱花了，问能不能预付秋后的收粮款，他们二话没说就把钱预支了。乡下种稻的农民打电话说自己得了病不知道去哪里瞧，他们就放下手中的事情去帮助他们跑医院、找医生，临走还要带上慰问品，亲自开车送回乡下。又有农户来哭诉，说自己的稻子没来得及收，都被大雪埋到地里了，再延误下去全都得烂在地里或被鸟儿吃光。梁好成也是二话没说，找了两台收割机一天就把他的水稻抢收回来。因为稻谷已经和雪粉混在一起，梁好成又找了一块空场子，帮他晒谷。想到上一年他家的稻子因为没有及时收，已经遭受了很大损失，梁好成又按高于市场的价格将这些稻谷收入库中。没想到这批"误了卯"的掺雪稻根本"磨不住"，一上磨就纷纷"爆腰"、破碎，出米率不足40%，出来的米也拿不到市场上去。虽然损失惨重，但梁好成并不后悔、抱怨。反正这件事还是有人从中获得了益处，管他是谁呢！替他心疼的，恰恰是那些旁观的稻农。东北农民"话语迟"，嘴上不说，但心里有数儿，行动上有准度——这样的人我们要善待！于是，下一年他们卖给梁好成的稻子，都是最好的，谁也不忍心作弊掺假。

　　就在梁好成急于为自己的田地寻找一个归属和解释的时候，命运又一次在暗中向他伸出援手，慷慨地为他预备好了一切。其实，他内心暗暗期盼的结论，早在多年之前就已由国家层面的专家写到了某份报告书上，只是那些文字还没有来得及宣传扩散。

　　自1989年以来，中国科学院长春地理研究所就组织有关专家采用最先进的TM5信息技术，围绕着古河道的定位及开发等问题进行了系统调查，结果发现和确认了松嫩平原二十四条"全新世"裸露型古河道，而大安嫩江古河道就是其中之一，位于嫩江下游右岸，南北长105千米，平均宽度3.5千米，面积367.5平方千米。这个区域，正好覆盖了梁好成的水稻田。不仅如此，他们还组织力量编制了1∶100000地貌图、土壤图、植被图和土地利用图，一个规模宏大的土地整理和水利灌溉系正不知不觉地把梁好成所有的土地都编织、镶嵌到一幅巨大的蓝图之中。

　　在一个普通粮农的视野之外、感觉之外、意识之外，这个地域的历史面貌和现实图景，已经沿着时间之轴悄然展开——

　　一百万年至八百万年以前，这个地域还无"地"可言，放眼皆是一片无边无际的汪洋。据地质学家认定，这里正是"古松辽大湖"的腹地。远古的那片大湖，到底有多大？至今没有准确的统计数据。似乎，只有一个形容词可以描述：浩瀚。依据科学分析，其可考可证的"疆域"大致包括了现在的吉林省西部（松原市、四平市部分），白城市全部，辽宁省西北部、内蒙古自治区大部分和黑龙江省西部。那时，松辽平原周边诸河，都是大湖的儿女。它们从远方的山峦和大地把泥沙和水带回了家，使大湖之水在漫漫的数百万年里一直保持着丰沛充盈、荡漾不息。直到距今十万年左右的"中更新世纪"末，大湖所处的地壳出现了缓慢的隆起，地表不断抬升，部分湖区逐渐变成了陆地。至"晚更新世"，古松辽大湖完全消失，解裂成现在的松花江、嫩江水系和辽河水系。

　　古松辽大湖之水消散之后，在大地上留下了诸多遗痕。今嫩江、松花江、洮儿河、拉林河、霍林河、东辽河、额木太河及其下游诸多大大小小的湖泊和沼泽湿地仍在岁月的侵蚀和沧桑巨变之中顽强地保留着昔日大湖的基因和记忆。而在河流、湖泊和风力共同作用下，一个集冲积、湖积、风积特点于一身的大平原——松嫩大平原诞生。松嫩平原主要分布于北纬44°21′至北纬48°12′和东经121°53′至东经127°24′之间，呈三角形，南北最长473千米，东西最宽处440千米，总面积约100400平方千米。

　　平原上湿地总面积达29700平方千米，占总面积29.58%。主要湿地类型有河流湿地、湖泊湿地和沼泽湿地。河流湿地包括洮儿河湿地、嫩江湿地和松花江湿地，总面积5176.47平方千米。湖泊湿地包括大庆湖泊湿地群、莫莫格湖泊湿地群、舍力湖泊湿地群、大安湖泊湿地群和向海湖泊湿地群，总面积3050平方千米。地质构造上，这个湿地群属于中、新生代松辽断陷盆地的一部分，自然环境结构完整而独特。其气候属于温带半湿润、半干旱大陆性季风气候，年平均气温4.9℃，年平均降水量450毫米。土壤类型多样，主要有黑土、黑钙土、草甸土、沼泽土和盐碱土等，典型的地带性土类为黑土和黑钙土。

　　在梁好成的记忆里，童年的家乡充满诗意。那时，他家住在联合乡的苏家围子村。放眼大平原，视野中仿佛只有三种东西——明丽柔媚的水域、开满野花的草原和茂盛的庄稼。站在家门前一"甩手"，"一串儿"丰沛的好水就依次排列在眼前——岔古熬泡子、小榆树泡子、根甸泡子、王家泡子……当地

※ 午餐　赵春江 摄

人习惯于把水域、水泊或人工水库统称做"泡子"，那时连著名的"月亮湖水库"和"查干湖"都叫泡子。泡子里虾潜鱼跃，嘴馋时，随便去哪个泡子，下一片"挂子"或站在水边抛两"旋网"，就是个盆满钵满；如果肯下力气，仔细地插一趟"陷"捕到的鱼就会多得吃不了。每到开河季节，家家户户"爆锅儿"炖鱼，诱人的香气便弥漫整个村庄。

那年头，秋冬交际，"月亮泡"周边的大小泡子里全部"出鱼"，一些打渔人家捕到的鱼多得实在消耗不掉，就把鱼冻在院子里，慢慢取用，喂猪喂鸭。整整一个冬天，猪们就以鱼为主食。结果等到"年猪"杀过，一尝，猪肉充满腥气，难吃得无法下咽。没办法，人们只好放弃猪肉，继续吃鱼。

吃过开河鱼之后，人们就要放下水里的"营生"，操持起田里的事情，耙地、打池、插秧、种地……因为域内水网密布，从来不愁天旱，只要汛期不"发大水"，保准是个丰收年。当成人们埋头忙于农事时，孩子们便把上学剩余的能量和野性撒到大草甸子上，打鸟，猎兔，采黄花，一天下来，能采回一麻袋黄花菜……

其实，早在四千五百年至六千年以前，这里就是人类繁衍生息的乐园了。据白城市文物工作者的考古统计，目前在白城境内共发现石器时代的遗址不下二百处。在大安、镇赉、洮南、洮北、通榆境内的新石器时代遗址中发现的大量石片、石矛头、刮削器、石核、陶片、鱼骨、蚌壳、禽兽骨等，都表明当时这个地域曾经是水草丰美、鳞潜羽翔之地。自辽金两代开始，"三江两湖"（嫩江、松花江、洮儿河、松花湖、月亮湖）沿岸不仅成为皇家每年必来的游猎之地，更是农业开发的重点区域。据《辽史》《金史》记载，这一时期，两朝"马背上"的统治者都曾为这里的农业发展创造过技术和人力条件，多次迁来大批汉族人发展农耕，以增加粮赋。金建国之初，太祖阿骨打见洮儿河流域土质肥沃，宜于稼穑，便命心腹大将婆卢火率部来这一带垦殖。1984年4月，白城东郊青山乡四发屯一个农民，在门前五十米处栽树时，又挖出窖藏铁犁铧、铧冠、铧镜、镰刀四种农具。这些农具铸造技术高超，尤其是"犁镜"（也叫趟头、犁壁，考古又称"僻土"），与今天所制造的相差无几。有史料记载，"犁镜"早在两千多年前的西汉就用于农耕，不但用来翻土，还可松土、保墒，对作物增产起到很大作用，是古代农耕文明的一大贡献。这些文物的出土，进一步有力证明了从古至今这里都是宜人生息的鱼米之乡。

然而，自20世纪50年代后期，人们开始大规模地"战天斗地改造自然"，拦河筑坝，治洪排涝，把自然之水管束起来，致使区内的草原、湿地大面积消失、退化。洮儿河、霍林河中下游和平原上的湖、泡大部分消失、萎缩或严重盐碱化；地势低洼的古河道区盐碱化尤其严重，植被稀疏和无植被的重度盐化草甸土、盐土和碱土所占面积达50%，美好的湿地生态系统一步步走向崩溃。

为什么会造成这样的结果？那些曾经为拦河筑坝论证过的专家们又开始了

※ 初冬　赵春江 摄

新一轮的论证。原因总有很多，有曰承载量过大，有曰土地开垦过度，有曰人类活动的影响……但最简单也是最根本的一条却无人谈及或不予表述，那就是缺水。如果人类肯认错，肯悔改，把从湿地克扣或劫持的水再还给湿地，把湿地上钻的那些无底洞填平，把那些钢铁的机器移走，难道湿地曾有的良好生态不会依靠自然之力完成自我修复和重建吗？对此，中科院地理研究所的科技人员几次来大安考察，都说那些碱化的泡塘底下边"压"着难得的"宝"："都是纯正的黑钙土啊！"他们边说边叹气，如果能再次得到水的滋润，这些土必将重新显现出它们的神奇。是呀，这一点当地的老百姓也略知一二，否则也不会有"沙子压碱，赛似金板"的地方农谚。

　　2013年之后，吉林省开始认识到这块资源的珍贵，主动采取抢救措施对松嫩平原进行大规模整治。总共投资约56.1亿元建设吉林西部河湖连通工程①，主

---

　　① 河湖连通工程：是国家确定的"十三五"重点支持的水利工程，也是吉林省重点水利工程之一。从治理策略上讲，就是对那些虽发生相当程度的生态退化但仍可恢复的生态系统，采取恢复生态学的理论和技术进行修复；而对严重退化濒临崩溃的生态系统，则采取建设生态学的理论和技术，重新建设。所谓的河湖连通，就是通过采取提水、引水、分水方式，把汛期嫩江、洮儿河、霍林河的富余洪水资源存蓄到天然水泡和湿地当中，使其形成网络纵横、星罗棋布的水系网络，主要功能体现在农业生产灌水、生态涵养蓄水、湿地修复补水、防洪安全泄水等方面。工程有序推进，最终将连通水库湖泡二百零三个，增加常态利用水量 6 亿立方米，增加灌溉面积 130 万亩，增产粮食 5 亿公斤，改善恢复湿地 1040 平方千米，恢复草原、芦苇 620 万亩，增加水面 100 万亩，渔业产量将超过 5 万吨，把白城地区的生态环境恢复到 20 世纪 50 年代中期的水平。与此同时，实施了土地开发整理。截至目前，该工程共实施土地开发整理项目五十九个，累计开发整理土地总规模 316.9 万亩，计划新增耕地 177.8 万亩，总投资 51.3 亿元。

要目标是通过这个工程打通吉林省西部嫩江、洮儿河与各个湖泊、湿地之间的联系，使这个地区原有的生态得以修复。其中，用于大安土地整理的资金达到23.6亿元。总规模248.47万亩的农田"整理"项目中，绝大部分是水田，这也算是以水补水，还这个地域以本来面貌吧！在生态建设和学术上，他们把改造后的区域叫作：人工湿地。

以科学和人类目前的认识能力判断，这确实是一项"亡羊补牢"的生态修复工程。大安灌区工程确定和落实之后，土生土长的大安人个个欢呼雀跃。人们怀着热切的心情期盼着江河水重来，昔日美好的景象再现。项目开工后，参与施工的工程技术人员更是热情高涨、群情激昂。对这个项目，他们不但要尽自己的责任和义务，更重要的是，他们自己又加载了一重深厚的情感和美好的愿望。大安市政协原副主席于芳，是名水利专家，工程一开工，他便同灌区主任高明远一道全身心扑到了这里，带领施工人员一口气苦战三年，共建设干、支、斗、农渠785条，843.28千米；排水沟721条，841.17千米；田间路和生产路430条……修起来的路加在一起，开着车三天三夜跑不到头。30万亩人工湿地、100万亩盐碱地造绿一完工，天然湿地萎缩所造成的生态损失立即得到恢复。放眼远望，不再有满目疮痍的盐碱地和因风而起的白色粉尘，草多了，树多了，成片成片的庄稼多了，江河、泡塘、沟渠里的鱼多了，各种能叫出名字和叫不出名字的鸟儿又飞了回来，冬、春季节不再"飞沙走石"，夏天的雨水也已丰盈起来……

高明远在描述灌渠竣工开闸放水时的情景，眼中仍然闪烁着兴奋和快乐的光芒——几千只洁白的鸥鸟，一路追逐着两米高的浪头，在蓝天的映衬下向前飞翔，飞翔，像是牵引，也像是推动，一直把希望和梦幻带向江水所及的远方——

再有三年的时间，大安市的第二个水利灌溉工程——"龙海灌区"的建设也将告竣。届时，大安灌区、龙海灌区、松原灌区和莫莫格灌区将连成一片，洋洋数百万亩水田，构成蔚为壮观的人工湿地群。不仅可以发挥洗碱、压碱、治碱功能，使昔日风沙弥漫的盐碱滩，变成风光旖旎的塞外水乡，还可以为我们这个"无粮不稳"的国家多提供数十亿斤优质的"弱碱性大米"。

谁能想到那些日渐扩大并令人绝望的碱土地有朝一日会给人带来新的希望呢？素有"八百里瀚海"之称的吉林西部平原，就那么依托松花江和嫩江的水轻轻一洗，便洗去了昔日满面的灰尘和不堪。再转身，已是"花开富贵"、风采照人，数千平方千米的疮痍之地摇身一变，成为难得的珍稀资源——碱性苏打土。

直到位处松嫩平原左翼的著名粮企"松粮集团"上门来收购梁好成的大米时，他才如梦方醒。原来，每年从自己手中出入的约200万亩的产量大米竟然都堪称米中的奇葩。弱碱性大米，已有营养学最新研究成果表明，对一般的人类来说，既是香甜可口的美食，也是防癌祛病的保健佳品。

显然，在这个地区、这个领域，松粮集团是走在前列的。他们已经依靠自己的经济实力和市场敏感，科学地验证了弱碱性大米的品质和食用价值；积累了丰富的优质弱碱水稻种植经验；为吉林西部弱碱米成为中国乃至世界优质大米品牌做了必要的铺垫，作为这片土地上的新型"农民"或准确地说"土地的主人"，梁好成心里隐约感觉到，一个属于他的时代已经来临。接下来，他只需要把心性、情感、品格和意志倾注于他的稻田和他的米……

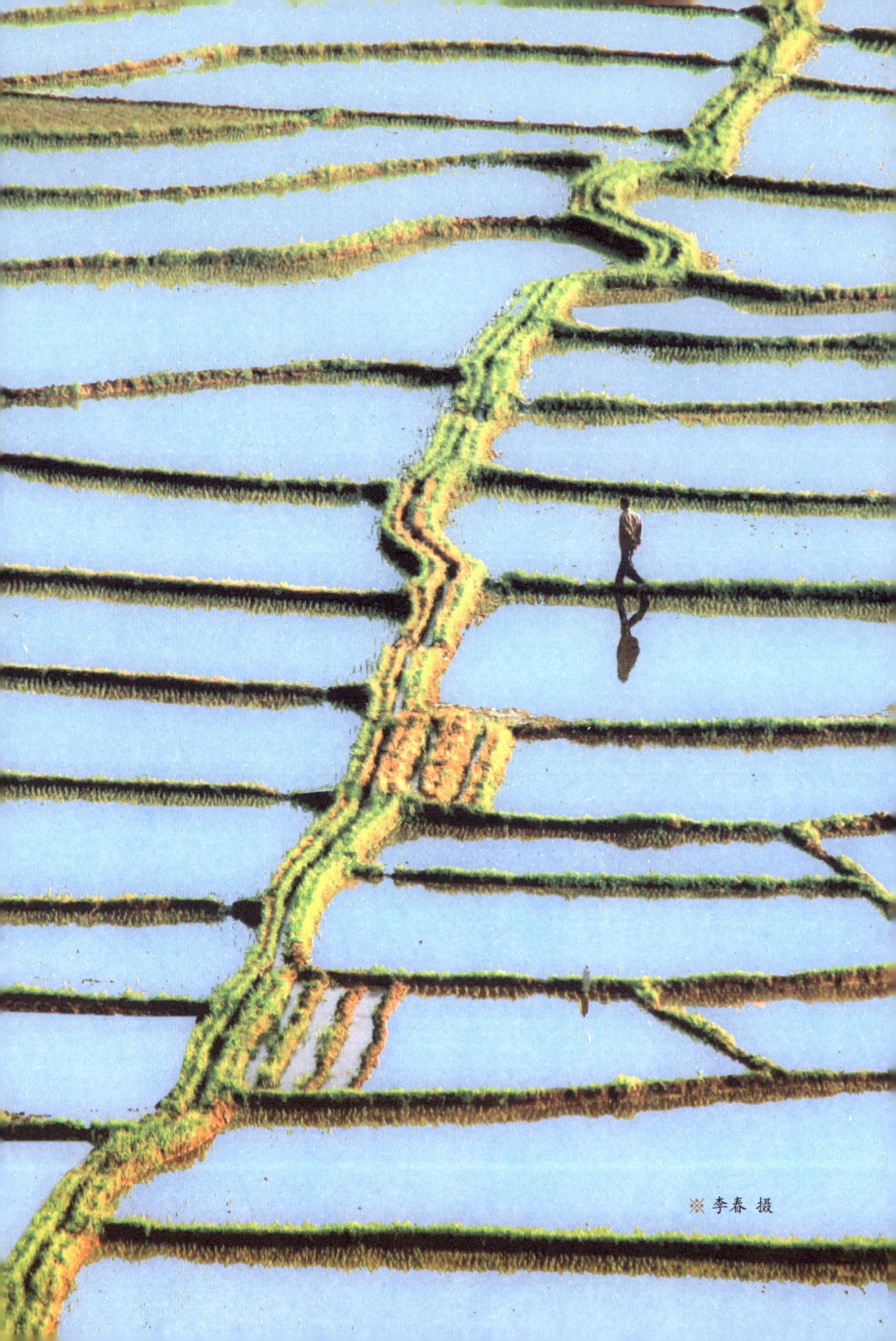

※ 李春 摄

第二部　结水为瑶

——随意的几颗稻。随意从哪块田里的哪个稻穗上摘取几粒，托于掌心，以一指覆其上，用力搓捻——初时，尚能感觉到它们小小的身体仍然带着来自阳光的温热和山皮砾石般的粗糙；少顷，稻壳破裂，几粒圆润光滑、晶莹剔透的米便显现出它们洁如处子的身形。就在滚落掌心的一瞬，有一丝深远的清凉迅即袭来，如凝固的水滴。这形神兼备的质感，泄露了它们从水而生的身世。可是，一滴水是经历了怎样的路径和里程，以怎样的方式才将自己修炼、凝结成一枚无声无响的米呢？这样的米，若成千上万颗聚在一处，成袋、成囤，伸手一探，便会有怡人的清凉从手臂一直沁入心扉；掬一捧举在空中，让它们顺着指尖落下，则水的形态和神韵便显露无遗矣！这不仅让我想到了流水，而且想到了如流水般的岁月以及蕴藏于岁月之中那些不留痕迹的演进与幻化——

自天而来的河流

两千五百万年以前，一座古老的山脉诞生在北中国苍茫的大地之上。

在之后漫长的岁月里，它以其间歇性的火山喷发，一次次地改变着自己，包括形态和名字：不咸山、太白山、长白山，并一次次以生命的勃发增加着自己的高度，600米、800米、1000米、2000米……那是山在成长。八万年以前，它终于走过了自己的少年时代，有了天池，有了水。

水是山的意念、山的思想，是山自生命深处流溢而出的激情与力量。

从此，一山耸立，三条著名的大江就有了起点和源头。松花江、图们江、鸭绿江，像三首悠扬动人的歌谣，从长白腹地出发，以三种不同方式、三个不同方向展开它们绵长、广阔的叙事。

三条大江之中，调门最高的是松花江。澄如碧潭的长白山天池，一张口就吐出一段高亢、清冽的流水，名曰通天河。通天河水翻滚激荡，过天豁峰和龙门峰中间的大缺口之后，水分两叉，如同胞而出的两兄弟，手拉手行至落差六十八米的断崖，一纵身又合而为一，幻化成一道飞浪流泉的长白瀑布。

百米之外，一条河消失在壮烈、浩渺的声浪和水雾之中，另一条河却获得了浩浩荡荡的新生。打点行囊再上路时，河又有了新的名字：二道白河。二道白河因其不可比拟的身世和沧桑经历，理所当然地成为长白山北区的众河之首和松花江之源。因此，一呼百应，过抚松，过靖宇，率众入白山湖集结休憩之后，正式叫响了松花江的名号。

"松阿里乌拉"^①——自天而来的河流，之后，一路高歌，奔腾北去，一口

---

① 松阿里乌拉：松花江的满语称谓。松阿里：天上的；乌拉：江。

气跑了958千米，与来自大兴安岭的嫩江汇合，掉头向东，借道黑龙江奔向大海。

东晋至南北朝时，松花江上游称速末水，下游称难水。隋、唐时期，上游称粟末水，下游称那河。辽代，全河上下游均称混同江、鸭子河。金代，上游称宋瓦江，下游称混同江。元代，上、下游统称为宋瓦江，自明朝宣德年间始，名松花江。"伪满"时期，日本人一直将松花江正源称"第二松花江"，没想到这名称一直延续了很多年，后因吉林省政府提出严正声明才得以更正。

原来，松花江有南北两源。南源起于长白山主峰天池，几乎尽人皆知，途经近三十个市、县，全长1900千米。北源起于大兴安岭支脉伊勒呼里山，从南瓮河起步，向东南延伸172千米后，与根河会合称嫩江，古时称难水或那河，全长2309千米。

《魏书·乌洛侯传》曾记："其国西北有完水，东北合流于难水。其地小水皆注于难，东入于海。"其中所说的那些"小水"如甘河、诺敏河、雅鲁河、绰尔河、洮儿河、科洛河、讷漠尔河、乌裕尔河等也都不算很小。它们共同组成了树枝状的水系，虽然没有被统一命名为松花江或嫩江，但它们实际上都属于同一条江，至于叫什么名字，那只是人类的事情，对于江，对于水，它们本是血脉相连的一体，同兴同衰，不可分割。

"东入于海"之前，松花江在同江市一带又与另一条著名的大江——黑龙江相汇，合成一个更加庞大的水系，之后的江段便不再有松花江的名分，而被称作黑龙江。水行至此，地图上就再也找不到松花江的名字了。难道说，像松花江这样的一条大江真的会因为其名字的消失就在大地上彻底消失了吗？当然不是。如今，黑龙江的河床里仍然流淌着松花江的水，原本是一条江上游、下游的事情，若以人的理念判断：松花江，从此便成为黑龙江的前生；而黑龙江则成为松花江的来世。这是一个巨大、繁复得难以说清，难以命名的水系。

"松阿里乌拉"，这条"自天而来的河流"在吉林省境内流域面积达到13.45万平方千米，流经桦甸、蛟河、吉林市、九台、舒兰、榆树、德惠、松原等地。由于江水清冽、充沛，年径流量达到762亿立方米，滋润和灌溉了吉林省内三个重要稻米主产区：长春稻米主产区、吉林稻米主产区和松原稻米主产区。流域内，知名稻米生产、加工企业和著名的大米品牌众多，牢牢地支撑起吉林省的大米产业。

从长白山主峰发端，沿中朝边界向西而去的另一条大江叫鸭绿江。

※ 长白山天池　　闹枝部落 摄

《新唐书·东夷传·高句丽》记："有马訾水出靺鞨之白山，色若鸭头，号鸭涤水。"也有传，因这河流中生长着的一种名为"雅罗"的鱼，被满语读为"鸭绿"，于是江水因鱼而名。"鸭绿"一词在古阿尔泰语中是"匆忙的、快速的"意思，形容水流湍急。这些称谓上的变迁大约都发生在唐朝以前，到了唐朝以后，就一直被称为鸭绿江了。鸭绿江的正源位于于长白山南麓，流经吉林境内的长白、集安和辽宁的丹东、宽甸等地，向南注入黄海，全长795千米。鸭绿江源头至河口落差2440米，河口多年平均径流量291亿立方米。吉林省白山市临江以上为上游，沿江两岸山岭连绵，河床陡峭，河水多在高山峡谷穿行。过临江后，进入中下游河段，河谷开阔，坡度变缓，两岸地貌以低山丘陵和窄幅平川为主。入丹东渐近河口时，江面大敞，江心多沙洲，江中岛屿近二百个，江面最大宽度达5千米。

鸭绿江在吉林省境内主要流经长白山区，流域内可耕种的土地面积较少，故其灌溉的水田面积和稻米产量较小。然而，由于水质优异、流域气候条件和空气质量出色，历史上多出名米、"贡米"，著名的"霸王朝贡米"和"西江贡米"均出于这个区域。

在松花江南源主流与鸭绿江之间，呈辐射状分布着另一个庞大的水系——辉发河水系。"辉发"是契丹语，意思是"往来无禁"。在《辽史》里写作"回霸"，在明、清著作里写作"回跋"，在其他史籍中出现时又有写作"回怕"的。"辉发"最早为女真部落的名称，那么为什么对这个女真部落称为"往来无禁"？据《辽史》记载，辽灭掉渤海国后，对渤海靺鞨人限制很严，不许他们私藏武器，不许他们离开自己的居住地，更不许他们随便往来，怕他们串通起来反叛；而对与靺鞨族系较远的辉发部则宽待有加，不仅没有上述那些限制，而且还可以与其他部族的人往来，所以称他们是可以往来无禁的部落。有意思的是，这条以部族命名的水系，也有一些往来无忌，自由散漫，说来就来，说走就走，水量随季节变化极大，汛枯可相差超过一千倍。

辉发河水系发源于辽宁省清源县龙岗山脉北侧，自西南流向东北，流经通化地区的柳河县、梅河口市、辉南县，在吉林市桦甸入松花江。此水系处于长白山西麓，吉东低山丘陵区，海龙盆地北部，龙岗山西侧，在辉南县的东南部与大龙湾、南龙湾、小龙湾等火山湖泊相连，主要支流有大沙河、莲河、一统河、三统河、金沙河等。此水系流量丰富，流域面积广大，达1.86万平方千米，

是辉发河流域稻作区的主要水源。梅河口、辉南、柳河、东丰、磐石、桦甸各地逾百万亩水田，近60万吨优质稻米，均依靠此水系的浇灌、滋养。

自石乙水起步，一路东流的图们江，虽然干流全长只有525千米，但它的经历和命运却一如松花江一样波折、复杂。

图们江有30千米以上的支流三十条。中国侧的主要支流有布尔哈通河、嘎呀河、海兰江、珲春河等；嘎呀河，旧称噶哈里河（满语：gahari bira），发源于吉林、黑龙江交界，向南流经汪清县、百草沟、石岘镇，在今图们市附近入图们江。布尔哈通河（满语：burhatu bira），发源于安图县，向东流经延吉市，在今长安镇附近入嘎呀河。海兰江，亦称海兰河，辽金时称曷懒水（满语：hailan bira），发源于南岗山，在延吉以东入布尔哈通河。珲春河（满语：huncun bira），发源于珲春市春化镇境内，数源汇合，经马滴达、哈达门、珲春市，在英安镇入图们江。红湍水，又称红丹水，图们江正源，发源于长白山天池下三汲泡，在茂山入图们江。

图们江上游河流穿行于玄武岩熔台地的深谷中，谷深达百余米，河道坡度峻陡，水流湍急，河底多大孤石，水声轰鸣，数里可闻。中游，河谷逐渐开阔，山地森林减少，流域面积渐增，沿江人烟渐密。过了"甩弯子"再向下，进入下游珲春河谷平原，地势开阔平坦，坡度减缓，河面宽阔，水流平稳，水量大增，两岸遍布良田。图们江中游流域河谷小平原和下游珲春平原两个重点稻作区"五镇十六村"近万亩水田，在此江此水的绵绵浸润下，已成为延边地区主要的富硒大米和有机大米生产基地。该区域开山屯镇光昭村水田早在20世纪30年代就已经因为"水质甘甜，善出好米"而闻名，曾一度被指定为伪满洲国皇宫食用米生产田——"御粮田"。

自长白主峰向西北陆行200千米，穿过纵横交错的无名水网，便到了吉林省东辽县境。境内有一处小村庄叫福安村，福安村附近小葱顶子山上有一眼清泉，名曰龙泉，泉水四季清澈，入口甘甜。这里就是辽河的源头，也称"辽河掌"。相传，远古时曾有一地龙，慕求源头如画的风景，陡然从地下钻出，现身之处成一隧洞，一泓清泉喷涌而出，不唯天气旱涝，四季流淌不息。当地人说，那是土龙的龙涎水，就称那泉为龙泉。大家都非常爱护这泉水，不约而同地形成了一个习惯，除了用水桶到这里挑水之外，决不在这泉里洗衣服、饮牲口。那年盛夏某日，当地一财主携小妾于龙泉水中沐浴，洗衣，脏污了龙泉。地龙生性怕脏，因为受了污染，必须到海里才能洗清，于是跃出龙泉，呼风唤雨，拥涛挟浪，直奔东海而去。土龙走了一天一夜，在海里洗了一天一夜，回到"辽河掌"又一天一夜，所以大洪水就整整涨了三天三夜，洪水流泻之径，即形成今日之东辽河。

此后，吉林省境内便有了一条水质优良的著名大河。从特性上看，在辽源境内流淌的东辽河有季节河的表征，丰水期河水汹涌澎湃，枯水期有干涸断流的现象，特别在疏于治理的旧时代，每到汛期常泛滥成灾。变来变去的河道，水漫水又消的流域，虽然给这个流域的先民们带来了很多洪涝之患，却也给后

※延吉市全景   王宏 摄

世打下了良好的水稻种植基础。

《清史稿·地理志》昌图府辽源州记："西辽河即西喇木伦河……东辽河自怀德入，西流来汇，以下统名辽河。"东辽河全长400千米，在吉林省境内河段长372千米，流经辽源、梨树、公主岭、双辽、伊通等市、县，于辽宁省康平县三门郭家与西辽河汇合。因历史朝代更迭，几易其名。汉代称苏河，三国至隋称杨柳河，明称艾河，清称赫尔苏河，中华民国后称东辽河。

据福安村年过八旬的老人姜长春回忆，他十四岁跟着家人逃荒来到"辽河掌"。刚到"辽河掌"时，这里是沼泽无边，芦苇丛生，林木茂盛。因为是清朝皇家围猎场，所以一直有清兵把守，平民不得靠近。民国期间，清朝的守兵消失了，这里就成了自由之地。逃荒的难民见这里土地肥沃，便有了天长地久的打算，逐渐落脚安家，铲除芦苇，开垦稻田。之后，辽河流域的居民越集越密，直至今天的沃野数百里，域内无闲田。辽源地区30万亩水稻虽然均零星分布于丘陵地带，很难看到稻谷连绵一望无际的壮观景象，但水稻品种的多样化也正是东辽河流域稻作区的一大特点。

诸水沿着自己的方向，各自奔流而去，却在大地深处悄悄拉起手来，血脉相通，气息相融，共同完成一个生命的壮举——从黑暗的泥土中托起无数绿色的生命，花草、树木、庄稼……再去与天空和阳光对话。于是便有无数美好的心愿经过春的许诺，夏的期待，一一在金色的秋天里得到了成全。

水 做 的 稻

当我们把目光从波光粼粼的大江移开，投向远处湿润的泥土、泥土上的草木和庄稼，便触及了藏于大地机理深处的秘密——正是那一点一滴的水从喧哗到宁静，从无形到有形，从透明到厚重的凝结，才有了这碧绿、浩瀚的"海洋"。

六十三岁的尹德泉，在松花江支流——饮马河边生活了大半辈子，种水稻也种了大半辈子。他不仅熟知松花江水系的分布、规律、历史和性情，而且明白水和粮食之间的关系。农谚云："有水无肥一半谷，有肥无水望天哭。"水，就是水稻的命啊。他当然也知道，那些冰清水亮的稻米正是由水凝结而成的。

饮马河系满语"伊尔们河"演化而来的。"伊尔们"满语本意是指"阎王"。饮马河的主要支流岔路河、双阳河、雾开河都属于季节性河流，枯水期经常断流，水量上

※稻之水　　周晓瑛 摄

游多下游少。因此河床呈喇叭状，越到下游越狭窄。从前，一到雨季几条支脉的洪水与"伊尔们河"上游水流汇合，一起涌来，下游经常泛滥成灾，两岸百姓不堪其苦，望而生畏，故称之为伊尔们（阎王）河。

后来，怎么又叫饮马河了呢？据说，清朝乾隆皇帝即位后，为巩固和充实东北边疆，推行了"摊丁入亩"政策，鼓励垦荒，大力推助东北地区耕地和人口数量的增加。一年夏天，乾隆皇帝想到民间了解一下他推行的政策是否得到落实，顺便看一看各级官吏的作风和百姓生活情况，便决定到塞北进行微服私访。一路上沿着"柳条边"驱车纵马，晓行夜宿，不一日，就来到了九台的伊尔们河附近。突然，乾隆的马仰天长嘶、前蹄蹬土、闹个不停，随从们怕皇帝受惊，赶紧把乾隆扶下马来。谁知乾隆脚一落地，那马便一声长鸣，飞一样地穿过草丛，向东跑去，随从们一路追赶，终于在一条河边看到那匹马正在喝水。马喝饱了之后，大家继续赶路。

盛夏炎热，一行人在这时也感觉口干舌燥，有了饮水的渴望。可是随身带的水已经用完，在这前不着村后不着店的荒野，到哪里去找水呢？于是，乾隆便命随从沿河向上游搜寻。不久，他们就发现了一片清澈、宁静的水面。原来，有一眼清泉就在眼前。这时，乾隆皇帝下马，双手合拢，捧水就喝。随从人员此时也渴得口干舌燥，但谁敢与皇帝共享此水呢？乾隆见状哈哈大笑，说："众卿，这是天赐之泉，并不是给我一个人的，你们也可以来喝呀！"……后来，当地的人们便把皇帝饮过马的那条河叫"饮马河"，而把那泉子叫"天赐泉"了。自此，饮马河两岸便流传一首民谣——

　　　　天赐泉，清又甜；
　　　　喝一口，可延年。
　　　　三十里内皆良田；
　　　　受了皇封古今传。

有甘泉必有丽水。从小，尹德泉就整天"长"在饮马河边，以此水为乐，夏天去河里打鱼，摸虾，抓蛤蟆，早早领略并铭记了那河里鱼儿味道的鲜美，岛子、鲫鱼、青鳞子……样样称绝，无可匹敌，以至于后来不论走到哪里，吃什么山珍海味都觉得比不上饮马河的鱼。冬天去河面上嬉戏玩耍，和伙伴们打

※仙境　李春 摄

雪仗，放冰爬犁，偶尔把耳朵贴在冰面上听一听大河冰裂的声音，他便深深感知到了水的力量与神秘。小时候的玩耍和快乐都是不问出处和来由的。对饮马河，他是不知来历，也没有整体概念的，只是在一日日的依恋和喜爱中把它装到了心里。然而，到了心里之后，却又变得非常大，甚至大到有些装不下的感觉，无法忽略，也无法丢弃。后来，经过他自己的反复确认，那就是他少年时代的快乐源泉和生命根基。

尹德泉长大成人后，仍然留在饮马河岸边务农。但饮马河在他眼里已经不再是一个模糊的概念，他曾独自搭车亲自去过饮马河上游的黄河水库和中游的大型水利枢纽石头口门水库。原来，石头口门水库是长春市的第二水源地，尹德泉所侍弄的稻田最近的地块离这个水库北闸口只有两千米的距离。

尹德泉二十一岁入"社"时，就在这片田地里耙田、插秧，四十年过后，他仍然在这里看水、管田。刚下地种田时，老尹全身是劲儿，但就是觉得这劲儿用得不明不白，很多时候搞不懂地为什么要那么种，不那么种会怎么样。可那时，老尹提出的一些问题村民们似乎也没有或无法做出正面、明确的回答。"队里"带工的工头是一个姓南的朝鲜族人，老南讲朝鲜语时非常流畅，讲起汉语却比英语还要滞涩、难懂。插秧的时候，尹德泉问老南，为什么这么插，老南说，你就这么插吧；放水时，尹德泉问老南，放到什么时候为好，老南说，我让你停你就停；泄水时，尹德泉问老南，应该从哪一天开始？老南说，到时候会告诉你……很长一段时间，尹德泉总是感觉自己的脑子一直在"空转"着，始终挂不上"挡"。他甚至感到了困惑和痛苦。可是，对尹德泉这份额外的诉求与烦恼，同队的农民们都不以为然，反而认为尹德泉多少有一点儿"二"，一个农民一天到晚地劳作，已经累个半死，干吗还要再花力气研究那么多？

对此，尹德泉内心一直是不服的。相反，他倒是认为那些嘲笑他"二"的人，才真是有一点儿执迷不悟。尹德泉确实没念过几天书，古今中外的事情知道得不够多，但他善于琢磨，勤于观察，从他口中说出的话，一样让身边的农民们无话可说。到了关键时刻，他会毫不示弱地反问："你看谁单靠卖力气大富大贵过？"是的，古往今来的人们谁从心里真正尊重过"力气"呢？人们似乎只尊重知识和智慧。力量从来都是被人的思想、智慧、主意、理念等等头脑中那些东西所支配的。一个人就算你有拔山、扛鼎之力，有"西西弗斯"①的劳苦，又有什么用呢？无非是为了达到某一目标的手段或一个中间步骤，无论如何也摆脱不了工具性的属性。价值，往往凝聚和体现在结果之中。

奇怪的是，多年以后，当年轻一代拿当初尹德泉问老南的问题去问尹德泉时，尹德泉也不知如何回答，因为他确实不知道怎样回答才是真正正确的。对拥有了大半生农耕经验的尹德泉来说，那些看似十分简单的问题，在他的心里却变得越来越复杂了。当他越来越老，经验越来越丰富，就越不敢给那些问题一个简单、明确的答案。因为地块儿和地块儿之间存在着差异，今年与去年的节气之间存在着差异，天空的阴晴风雨不定，大地的冷暖干湿不定，与禾苗生长相关的一切都是变化的，都是变量，所以在其他要素都不确定的前提下，每一个简单的问题都会变得十分复杂以至于难以回答或不可回答。对于这样的问题，一旦简单回答就有可能成为一种误导，轻则效果欠佳，重则耽误庄稼的正常生长或留下后患。在尹德泉看来，那些稻子虽然不走也不跑，不哭也不闹，但它们却是生命，和一个孩子的成长、成熟过程一样，难以把握，其间各种微妙、细致的过程和变化并不是站在田埂之外的人能够体察得到的。

1983年分田到户，尹德泉从"生产队"里分得了三亩旱田、四亩半水田。正是这四亩半水田让尹德泉把有关水稻种植的种种想法、感悟和感情落到了实处。也正是这四亩半水田让他以一个行为自主的农民身份摆脱了集体经济时期近于荒谬的苦、累和徒劳。直到今天，他仍清晰地记得那首在农民中流行一时的打油诗：远看绿油油，近看发了愁，趴下仔细看，苗在草里头。那么，一样的土地，草何以如此嚣张？他无法解释那时的荒唐，更无法忘却那时的辛酸。

---

① 西西弗斯：在古希腊的神话中，关于西西弗斯（Sisyphus，也翻译为西绪弗斯或者西绪弗）的故事流传很久。西西弗斯因为在天庭犯了法，被宙斯惩罚，降到人世间受苦。宙斯让西西弗斯永无停息地将巨石推上山顶，到达山顶后石头又会因自己的重量而落回原处。于是，西西弗斯又要把那块石头往山上推。这样，西西弗斯所面临的是，在永无止境的失败命运中，受苦受难。显然，世上没有什么比徒劳而无望的劳作更可怕。

可是，西西弗斯不肯认命。每次，当他推石上山时，其他天神都打击他，告诉他不可能成功。西西弗斯不肯在成功和失败的圈套中被困住，一心想着要把石头推上山顶："只要我把石头推上山顶，我的责任就尽到了。至于石头是否会滚下来，那不是我的事。"进而，当西西弗斯努力地推石头上山的时候，他心中显得非常的平静，因为他已经学会藉此来安慰着自己，毕竟明天还有石头可推，明天还有希望。

宙斯对他无可奈何，最后只好放他回了天庭。

那时候，队里虽然也种了很多水稻，却只能分到很少的大米，绝大部分大米都换成了粗粮，主要是高粱米，因为高粱米便宜、扛吃。谁会相信种水稻的人都吃不上大米饭呢？但那就是当时的现实。有一次家里来个重要的客人，媳妇就用很少的大米做了仅够两个人吃的饭。尹德泉陪客人在炕上吃大米饭，炒个土豆丝，蒸碗鸡蛋糕。孩子们和媳妇只能在厨房热点儿粗粮吃，孩子看着大人吃米饭，馋得直哭……

自从分田到户之后，尹德泉就有了足够的决心和自信，他坚信只要田地掌握在自己的手里，那些不堪的往事就会成为永远不再重复的历史。他自认为已经知晓了与土地对话的"语言"和方式。

东北的4月还属于初春，尹德泉就开着四轮车去饮马河边运水。水运回来装在几口大缸里集中滤清、处理，以备重用。他要用河水浸泡种子，用河水育秧，用河水润苗……一直到插秧，老尹就让他的稻子始终都不离饮马河水，就像婴儿始终不离母乳。虽然村民们对老尹的做法也有微词，但他却不以为意，继续坚持自己的看法和做法。老尹说，农田里的事情，跟养孩子是一样的，一丝一毫都马虎不得。冷一次，热一次，饥一次，饱一次，伤一次，痛一次，对一个生命来说都不是什么大事，但这些一点点积累起来，却会发生意想不到的改变。谁能说得清哪一次过失会给一个人或一棵庄稼的健康带来不可修复的隐患；哪一片乌云飘过会给一个生命刻上永不消失的阴影？

在秧苗下地之前，农民们要耙田，把水放到深翻过的池子里，让那些坚硬的土块在水的张力下溶解、软化，然后再加上一道叫"耙"的工序让池中的泥土进一步变得细腻、柔软、平整，以便给即将落脚的秧苗一张舒适的温床。"耙"的方式有多种，可以用大型机械耙，可以用小型农机耙，原始一点的也可以用牛拉着专用工具耙……而尹德泉最相信的还是自己手中的锄和赤裸的脚。曾有好多年，尹德泉一直坚持纯"手工"操作，他要把装在自己心中的力气和情感通过一种最直接的方式传递给他的土地。他会在农时限定的日子里，不停地挥舞着手中的锄头，不停地在田里踏来踏去，直到把自己的全部力气都注入他钟爱的泥土，直到那些细腻柔软的泥浆如糨糊、如糖稀一样在池中化成一面面黏稠而模糊的镜子，又让那镜子照见他幸福而疲惫的身影和他那颗安妥的心。这景象映射给远山、蓝天、天上白云和远处行人的时候，他们只看到了一幅古朴的风景，却没有人能够看见他目光背后头脑中的那幅图景——在温柔肥厚的泥土上，植入最健康苗壮的禾苗，以光为精，以水为血，凝结出最温润晶莹的米。

插秧过后，稻苗再一次回黄转绿，尹德泉就开始了他漫长的守候。他对稻子的看护几乎是"全天候"的，不管雨天晴天，不管有事无事，他会常年"候"在地里头。每次有人去田里，都能看到老尹的身影。他田里的水从来都不会像别人家的水那样听之任之，只保持一个大概的节奏和状态。他每天都要查看一遍，根据阳光、气温以及稻苗的反应，定期做出调整。似乎在这个一直都没有清晰量化的环节，他也要有一个精准的控制。如果水与禾苗都没有问题，他会把田埂修得更加整齐，并把田埂上的草也一并除净，免得秋后田埂上的草籽飘落田间，造成第二年的田荒。

7月份，眼看稻子快要扬花，尹德泉一反往日的温柔，果断地将田间的水全部放出，让水稻无水可"喝"。头两天，稻子们并没有什么反应，依然故我。稻子是大地之子，心性天然，不善渲染，纵然焦渴难耐，只要身体内仍然有剩余的力量，就不会做出一派蔫萎颓废的样子，但它们暗藏于泥土之下的根，却正在奋力地向下掘进，汲取土壤中驻留的水分。这时，它们在泥土中的所得，还可以应付阳光下的挥发。第三四天的时候，田地表层土壤已经有零星的干燥，但秧苗们看起来仍然意气风发，只是正午阳光最烈时，稍显疲倦。当日影西斜，它们又纷纷打起精神，吸口清新的空气继续向土地深处伸展根系。到了五六天时，所有的水稻都已经露出疲惫之色，到不了中午叶子就开始卷曲。尹德泉走在田间，似乎能感到稻子们上气不接下气的喘息和未等滴落就已经蒸发的汗水。他的心动了一下，感觉有一点儿微微的疼，因为他知道水稻是不能离开水的，离开水的稻子会如失去娘的孩子一样难过。他了解这些水稻就如了解自己的孩子，但他还是忍住了内心的软弱，继续走着他的路。他知道，最难过的时刻已经到来，如果这一关过去，它们都会拥有更加庞大的根系和更加简捷粗壮的枝杈，总之会变得比以往更加强壮。他边走边计数着时间，仿佛忍受煎熬的并不是那些秧苗，而是他自己的心。就这样，第七天到了，他三步并作两步赶到田里打开所有放水口，让焦渴的稻子们喝饱、喝透。

这次之后，他看到了水稻们新一轮的疯长，跟"气吹"的一样，一天一个高度，一天一个状态：有效分蘖、抽穗儿、扬花……水，从稻子的根系进入它们的身体，经过阳光的淬炼，变得坚挺刚硬，叶片倒竖，如一把把绿色的剑。

尹德泉双眼盯着那些水稻看，一看就看了好多年，不但看清楚了那些无形的水是怎么变成有形的稻秧，而且看清了水是怎么通过稻秧又变成了稻谷和米的。终于有一天，稻子们纷纷抽出了穗儿，扬出了花，田野间四处洋溢着水的芳香，尹德泉不再想任何事情，只让自己沉浸于稻花的芬芳之中。

8月下旬，尹德泉的水稻进入了灌浆期。这时，土地里的水分，将通过水稻的根系、稻秆、穗颈，乳汁般一点一滴地注入子房。浆状的胚乳在胚芽附近不断增加，使子房日渐肥大，凝结坚硬……从水稻灌浆开始，尹德泉每天从稻穗儿上取下一粒稻子，观察稻壳里边的细微变化。虽然他不是科学家，说不清任何原因和结果，但凭着多年积累下的经验，大约也能预测到秋后会是什么状态。这几天他有一点担心，怕这种少雨的晴天一直延续下去。秋天里的干旱少雨其实并不是什么坏事儿，他担心的是持续高温。如果平均高温一直持续整个灌浆期，水稻的产量虽然不成问题，但打出的米就会不那么好吃了。

好在一场中雨过后，气温变得温和起来。他想，水稻一定和人一样，遇到了暴烈的天气心情就会变得糟糕，心情一糟糕，说出的话自然会很难听，让谁品也品不出个好味道。而遇到温和的气候，它们的心情自然也会变得温和、优美。一个不急不躁、心情优美的人，当然就会有甘美的微笑和甜蜜的语言。如此，尹德泉就放下了心，只要天公作美，他的水稻一定会比别人的更高产，更好吃。

果然，一样的地、一样的水，老尹家的稻苗就格外苗壮，稻子的产量就格外高，稻粒就格外饱满晶莹，磨出的大米一颗颗如"水头"饱满的软玉，蒸出的米饭口感、味道也就比别人家更高一筹。因为老尹种地种得好，连九台技术推广中心的水稻品种试验田、有机播种试验田、蚯蚓肥试验田等等都要选在他的地块儿里"试验"。

长春市九台区红光水稻农机化生产合作社为了让自己的"水清清"大米更添光彩，连续多年聘请尹德泉为稻田看水员。老尹不但看水位，而且为公司看肥、看虫、看草荒、看病害，随时监测稻田里的每一点变化。在农忙的时候，早上四点多钟就到田间，看每一个池子给水情况。一个人承担11垧水田的看水任务，走一圈下来得几个小时。从5月份泡田开始，一直到放水晒米的日子，他会天天到田，日日如一棵行走的植物一样"长"在田间。由于他看管的地块儿年年超产，公司便年年给予他额外奖励。不过，让老尹感到欣慰的并不仅仅是这几万元的奖励，而是作为一个农民，他没有辜负上天赐予他的这方好土、好水，他有能力让自己、让人们饱尝来自土地的甘甜，有能力生产出品质最好的大米。

尹德泉的身影不断在饮马河边闪现，暑往寒来，风雨晨昏，他像一个忙碌的信使，在河水、农田、大地和粮食之间穿梭。大半生的沉潜与参悟，一定让他窥破了人与地、土与水，水与粮食之间那些相互沟通，相互滋养，相互成全的天意或秘密，但是因为懂得，他保持着恒久的敬畏；因为敬畏，他保持着不变的谦卑。

寻"宝"的人

　　早在两千多年前，中国的历史文献中就出现了一个极有意味的传说，关于"和氏璧"，最早见于《韩非子》《新序》等书，后又被无数文人、史家传颂、演绎。说是在春秋时期，楚国有一个叫卞和的琢玉能手，在荆山（又说楚山）里得到一块璞玉。卞和捧着璞玉去见楚厉王，厉王命玉工查看，玉工说这只不过是一块石头。厉王大怒，以欺君之罪砍下卞和的左脚。厉王死，武王即位，卞和又捧着璞玉去见武王，武王命玉工查看，玉工仍然说是一块石头，卞和因此又失去了右脚。武王死，文王即位，卞和抱着璞玉在楚山下痛哭了三天三夜，哭干了眼泪后继而泣血。文王得知后派人询问为何，卞和说：我并不是哭我被砍去了双脚，而是哭宝玉被当成了石头，忠贞之人被当成了欺君之徒，无罪而受刑辱。于是，文王命人剖开这块璞玉，得见稀世之玉，遂命名为"和氏璧"。

　　两千年后，"和氏璧"的原貌及其真正的价值早已无法考量，但关于"和氏璧"的传说，却如一枚珍稀的文化瑰宝被世代传承，成为可以在政治、经济、文化等各个领域里"辗转腾挪"的一个万能隐喻，给每一个历史和现实的观察者以思考和联想的灵感。

　　当我久久凝视掌中那几粒晶莹如玉的大米时，它们就是几粒刚刚经过打磨、露出"真容"的璞玉，而那业已破碎、薄薄的稻壳，却如掩在璞玉之上那层粗糙的"皮"，意味深长，仿佛千年的时光、万里的路程。此时，这片土地的历史、土地上人们的命运以及与之紧紧关联的民族的、国家的、时代的气息和气象，已尽在一掌之中。

荆山，位于湖北的南漳县西，就是那座曾出过和氏璧的"楚山"。其实，现在已没有多少人相信那山上会出产宝玉了，因为中国的四大名玉——和田玉、独山玉、岫岩玉、绿松石以及后来又炒热了的翡翠、昆仑玉、金丝玉、长白玉等等，都不是出自于"楚山"。及至稻米，也是一样的境遇，从前，是没有人相信寒冷、荒凉的东北能出产水稻或大米的，似乎稻子从来就应该种植在温暖、湿润、多雨的南方。

有关"五谷"的说法，早在春秋时期就已经出现，但却有两种，

※ 卢城之稻碑

一种是稻、黍、稷、麦、菽，一种是麻、黍、稷、麦、菽。前者有稻无麻，后者有麻无稻。这是由于南北方差异造成的。中国古代稻米的主产区在南方，而北方却很少种稻。20世纪的下半叶，考古学家曾两次对浙江宁波附近的河姆渡遗址进行发掘，找到了大量古代农耕文明的物证。在考古现场的多数探坑中，都有20厘米~50厘米厚的稻谷、谷壳、稻叶、茎秆和木屑、苇编等交互混杂的堆积层，最厚处达到80厘米。稻谷出土时色泽金黄、颖脉清晰、芒刺挺直，经专家鉴定属栽培水稻的原始粳、籼混合种并以籼稻为主（占60%以上）。那是发生在最早七千年、最晚五千年以前的事情。据说，后来又有考古发现将南方种稻的历史推进至距今一万两千年以前。

这是历史的佐证。但历史从来都是一团浓重的雾霭，它所提供给我们的也常常是事物的局部或片段。正当人们坚信，稻原生于南国，也必生于南国时，在中国的北方，出了一个渤海国，并以轻轻的一笔"卢城之稻"改写了人们的一贯认知和中国乃至世界的稻作历史。

公元698年，是渤海国的立国之年。一千四百多年，在时间的维度里并不算遥远，但当我们的脚步再一次踏上渤海故地，当初那场轰轰烈烈的大戏早已散

场，只有一排突兀的皇宫柱石因为陷得太深而难以自拔，像几个误了列车的乘客绝望地呆立于荒凉的站台。据说从公元698年到公元926年，渤海国先后"传国十五世，历时二百二十九年"，十五个皇帝带领着十五代先民在一个巨大的空间里演绎出一场声势浩大的悲欢离合。如今，一切都归于沉寂，只有一张轻而薄的纸，画着它鼎盛时期的疆域——

最初，渤海国的版图只限于靺鞨的部分故地，至第十代宣王大仁秀时，大体上覆盖今东北大部、朝鲜半岛北部及俄国沿日本海的部分地区等广大地域。渤海全盛时期，以吉林为中心，其疆域北至黑龙江中下游东岸，鞑靼海峡沿岸与库页岛相望，东至日本海，西到吉林与内蒙古交界的白城、大安附近，南至朝鲜的咸兴附近。其时，其国设五京十五府，六十二州，一百三十余县。都城初驻旧国（今吉林敦化），742年迁至中京显德府（今吉林和龙），755年迁至上京龙泉府（今黑龙江宁安），785年再迁东京龙原府（今吉林珲春），794年复迁上京龙泉府……

对过往的历史，我们可以信以为真，也可以当作传说，毕竟一切都已经远去，让我们看不到彼时与此时的任何联系。但那些依然活着的植物和庄稼，却每每让我的内心油然生发出庄严和敬畏之情。有时，我会像追溯自己的血缘一样，通过各种方式追寻它们的蛛丝马迹，因为只有那些绿色的生命才能把时光深处的气脉带入我们的生命之中。有关卢城之稻，《新唐书·渤海传》是这样记载的："俗所贵者，曰大白之菟，……抚余之鹿……卢城之稻。"据说，其米重如沙、亮如玉、汤如乳、溢浓香，被誉为稻米中的极品。渤海国，中京显德府的卢州，也就是如今吉林省安图县石门镇，一千四百年之前是个什么样子呢？如今，除了小镇城边那块刻有"卢城之稻"的石碑之外，似乎没有留下任何时间的印记，但这里确实就是北方优质粳稻的圣地，只因为有了这个"卢城"，人类历史上才有了第一个亚寒带水稻品种——卢城之稻。在那个经济落后、生产水平低下的年代，粮食消费还无法挣脱充饥饱腹之"物质属性"，普通的南方籼稻尚属稀奇，更何况珍稀的"卢城之稻"！想来，当是米中的"和氏璧"吧，所以"卢城之稻"的传播路径只能是由种稻的先民供奉给渤海国的贵族，渤海国贵族又供奉给唐王朝，专供皇室享用。此后，随着族群和国家间的交流，"卢城之稻"逐渐被引种到日本与朝鲜半岛，成为日本和韩国优质大米的母本，对世界稻谷种植历史产生了深远影响。

很遗憾，随着渤海国的消亡，曾名噪一时的"卢城之稻"也在东北历史上销声匿迹。数百年间，东北稻作史在可查的典籍之中被忽略得无影无踪。翻遍了战争频仍的"宋"、兵荒马乱的"元"、忙于航海的"明"，始终没有发现稻米的身影。"卢城之稻"，似乎只是一念之间的事情，"放"与"收"纯属偶然。但科学发展到今天，人类认识和发现自然的能力有了很大进步，农业科学家们终于通过研究、试验、总结、统计等手段得出一个明确的结论，只有在地球北纬41°至北纬45°之间的狭长地带上，才会出产世界上最优质的粳稻。原来，上天早已经在北方的黑土地里给人类准备了一份丰厚的大礼，只等着人们开启自己的智慧和能力，亲自把"宝"找出来。

这是上天和人类之间的一个小小游戏。也许，只有像吴兴宏这样三十多年一直没有离开过土地和庄稼的农业科技带头人，心里才最清楚，这片黑土地上的"宝"藏在哪里。当他以一只手罩住中国地图上吉林省所在的部位，以一种不可置疑的口气告诉人们"中国大米看东北，东北大米看吉林"时，谁都能从他自豪、自信的话语和神情里猜出，此时，他定然"法宝"在握。

果然，当他摊开左手，我们看到的是一串儿数字，这是有关大地秘密和某些天机的解码——北纬40°52′至北纬46°18′、东经121°38′至东经131°19′；大部分积温2600度/年～3200度/年，无霜期一百二十天至一百六十天；年太阳总辐射量45.98万焦耳～54.34万焦耳……

※晨曦　李夏　摄

这样的一串数字意味着什么？

解析气温和天意的秘码！

上天的偏佑和关爱！

为了这样的一串数字，每一个生长其中的吉林人，都应该由衷地感激上天的恩赐，而不再有任何抱怨的理由。如果以往我们没有感受到这串数字所带来的运气和福祉，正是由于我们的时运没有到来，还没有人告诉我们这其中的秘密。凑巧的是，这串数字刚好覆盖了吉林省境内的"三大地带"（东部的火山岩暗棕壤带、中部的黑土带、西部的碱性黑钙土带）和"五大水系"（松花江水系、图们江水系、鸭绿江水系、东辽河水系和辉发河水系）。而水域和土质又决定了吉林境内五大天然优质水稻产区：松花江流域优质水稻生产区（包括九台、德惠、农安、永吉、舒兰及饮马河、沐石河、岔路河）、西部弱碱性优质稻米产区（包括松原、白城、镇赉及嫩江、洮儿河流域）、图们江流域优质水稻产区（包括延吉盆地、龙井市、和龙市、敦化市及海兰江、布尔哈通河流域）、辉发河流域优质水稻产区（包括梅河、柳河、通化县、辉南、磐石）、东辽河优质水稻产区（包括东辽、公主岭、伊通、梨树、双辽及新开河、小辽河流域）。

我们之所以要把这组数据理解为上天的偏佑和关爱，是因为它们有着天生的唯一性和不可篡改性。我们所了解的稻谷，与任何一种庄稼一样，都是真正的自然之子，它们的生长总是严格地遵循着自身的规律，不管人类的科技达到多高水平，植物们所遵循的一些规律仍然不会屈服于人力。

每年的8月1日到31日，是东北地区水稻的灌浆期，光照条件对大米的质量起着决定性作用。从日出到日落能见光的时间超过50%，且满足日间温度在20℃～25℃之间，昼夜温差超过10℃是必需光照条件。而这期间，吉林省绝大部分土地的光照率能超过60%，此条件甚至超过日本优质稻产区，日本产米的秋田、新潟、宫城等地光照率尚不足50%。光照越长，积累的干物质越多。

如果纬度再高，地理稍稍偏北，日均温度不超过20℃，水稻生长的积温不够，灌浆灌不完，成熟度就不够，所以不仅稻米产量低、口味差，"萼白度"也高。这样的环境只能种植早熟品种。但由于早熟品种的灌浆期短，米中的蛋白质在短时间内大量堆积且排列不均，而严重影响米的品质。

纬度再低，日均温度超过20℃，虽然生长期足够，但稻谷在灌浆期间，昼夜温差不足10℃，米中的蛋白质堆积过快过多，仍然难以均匀排列，稻米的品质还是难以提高。也就是说，同样的品种，只有种植到这组数据圈定的区域内，出产的稻谷品质才会更加优异。这是一件不可思议的事情，面对这个地域，有经验的农学家们连连感叹。

冬季来临，东北大地进入了漫长的休眠期。滴水成冰，皑皑的白雪像一条厚实的棉被将大地严严地捂在怀中，让她在工作了一春、一夏、一秋之后，安恬地睡上一觉，让地力、元气得以恢复；让疲惫的肌体得以修复和自洁，清除病害与有害虫卵。

当吴兴宏院长摊开右手，我们看到的是金色的种子，那是人类与大地之间沟通的"密语"，那是一把开启丰收之门的钥匙。

如果说，40年前优质大米的出产还仅仅依赖于"产地"要素，那么到了20世纪80年代以后，很快就变为由"品种加产地"双重要素所决定。并且随着科学进步和育种能力的提高，"品种"要素越来越显出它的重要性。时至今日，抛开品种光谈"产地"似乎已经有失偏颇。

在"天意"与"人力"之间，吴兴宏深知"人力"的不可或缺，如果没有人的不懈努力，"天意"终究是无法实现的，最起码不可能完美实现。当吉林省五大优质水稻产区乃至整个东北大地到处播撒着吉林省农科院的种子，当四面八方不断传来丰收的消息，吴兴宏以及他带领的农科队伍是有理由引以为豪的。但让吴兴宏更加自豪的不止于此，还有关于民族自尊的另一个历史原因。原来，日本人着手优质粳稻品种的研究早在一个世纪以前就已经开始并日趋成熟。从1860年开始的"水粳子"到后来的"白毛稻""红毛稻""北海""清盛""札幌赤毛""小田代""津轻早生""弥荣""兴亚"等，特别是"伪满"以来，东北粳稻品种主要来自于日本。直到新中国成立初期，还在沿用"青森5号""兴亚""北海道"等日本品种。

1956年至1965年间，吉林省开始选育自己的水稻品种，完成了"松辽1-5号"和"长白1-5号"的繁育。进入20世纪60年代中期，开始了"吉粳号"品种的选育推广。到1980年，成功研制出"吉粳41""吉粳53""吉粳60""长白6号"等优良品种，单产较新中国成立初期提高一倍，达到亩产350公斤。从此，才逐渐把日本品种赶出了国门。

1981年到2000年的二十年间，吉林水稻紧锣密鼓地开展了四个"五年计划"的持续攻关，水稻品种达到五十一个，其间的典型代表有"吉粳62""长白9""通35"等。繁育方向也从单一追求产量向个性化方向发展，出现了口味优、耐盐碱等特色品种。

2000年之后，当南方热火朝天搞籼稻，以产量为目标实现几个突破的时候，吉林省开始把注意力集中在优质粳稻品种的选育上。2005年，"吉粳88"通过省审并获国家科技进步二等奖，米质达到部颁一级标准，呈现出优质、高产、抗病几大显著特性，成为代表中国粳稻最高水平的优秀品种，累计推广应用超过5000多万亩，连续八年蝉联"中国粳稻第一大品种"。"吉粳88"的出现，开启了吉林省水稻以及中国粳稻品种的新纪元。不但彻底排除了日本水稻品种的干扰，而且在人们的日常生活中建立了一个新的概念——"优质食味稻"。

然而，吴兴宏手里这把魔幻钥匙并不是金属质地的实体。随着时间的推移，它会自动变化、消解，失去原有的魔力。像一段被下过咒语的树枝，到了时辰就变回原形；像一纸期限固定的通关文书，过了期限就不再有任何效力。科学，有时看似一种幻术，它的发生和结局，同样令人始料不及或惊异不已。那些经过千辛万苦选育出来的水稻品种，不管有多么优秀，过了三年或五年，都会退化或严重退化。当稻农们将退化的种子交付给土地时，土地将因为读不懂这个失去原意的暗语，而变得"六亲不认"，紧闭丰收的大门，不再像从前一样兑现自己的承诺。吴兴宏和他的团队不得不回到原初，再次进入育种的循环，如此往复，一次，又一次……

"吉粳88"

　　六十五岁的张三元手里攥着一把稻穗，目光平和，表情淡然，不慌不忙地行走在水稻所试验田的田埂上——

　　仅凭外表形象，很难判断出这是一个育种专家扮演了农民，还是一个农民扮演了育种专家。只有目光中偶尔流露出的光彩，传递着复杂而凝重的信息，让人想到他满脸沧桑背后的和岁月，想到掩在岁月背后那些人生经历以及经历背后苦苦甜甜的记忆。

　　自从十九岁离开上海，张三元就再也没有"返"过那座故乡的城。四十多年的时光，他深"陷"于东北，也忘情、流连于吉林。度过艰苦的"知青"岁月之后，紧接着求学，工作，娶妻，生子……直把他乡"客居"成故乡。

　　2011年张三元在吉林省农科院工作期已满，按常理应该退休了，但那时正是他科研成就如日中天的时候，院里说什么也不让他告老还乡。然而，此时张三元的心情别人怎么能够理解呢？近半个世纪的远走他乡，始终无法在父母身前尽孝，如今只剩八十多岁的老母亲，瘫痪在床。如果说原来公职在身，忠孝不能两全，那么现在已经到了退休的年龄，不抓紧最后的机会回家尽孝，以后还哪有什么机会啦？在他的执意要求下，院里不得不放行。院里第一天同意，他第二天就走了，思母心切呀！

　　时间或岁月，既短暂又漫长。短，是因为身在其间的人，心无牵挂；长，是因为人的内心有所期待或期待过大。时光飞逝，转眼三年。三年间，有很多的事情发生，日常的柴米油盐和鸡零狗碎难以尽数。对张三元来说，最大的变故就是母亲去世。三年守孝期结束的时候，正是2014年初，吉林省农科院吴兴宏院长不失时机地拜访了张三元，真诚请张三元再回到吉林农科院工作。这时，张三元的儿女和老伴都已经在上海定居，家人不同意他只身一人去长春工作，毕竟已是60多岁的人了。但只有到了这时，张三元才发现，一旦没有了对母亲的牵挂，他心里装得满满的仍然是他的水稻。一生做事从不犹豫的张三元，陷入了深深的矛盾之中。在安适的家庭生活、亲人的关心照料与牵肠挂肚的水稻繁育工作之间，他犹豫再三。其间，吴兴宏所长又多次以水稻繁育工作遇到很多困难为由，不断地暗示张三元，吉林需要他，吉林的水稻需要他。

张三元再也经不住这种有着浓重情感色彩的召唤了，他最后还是决定回到吉林农科院，回到他已经耕种了半辈子的试验田。早已过了知天命年龄的张三元心里清楚，如果人生终究要为什么所累，受什么所困的话，一定是自己内心最喜欢的事物。水稻，就是张三元这辈子一个过不去的"坎儿"。自从在农业大学的水稻专业毕业后，他就再也没离开过水稻。一辈子学的是水稻，研究的是水稻，种的是水稻，想的是水稻，吃的也是水稻。在张三元日常食谱里，一天也离不开水稻，面食和其他杂粮，他一概不喜欢吃，就算勉强吃下，也吃不饱，直到现在，家里包饺子还要单独给他做米饭。

既然水稻已经成为难以摆脱的宿命，他就只能认了。2015年5月，张三元像当初"上山下乡"一样，背着行李，又回到了吉林。但这一次他坚决不接受聘

※ 水稻田　　赵春江 摄

金，因为他回来不是为了钱，而是冲着对吉林省的感情和对吴兴宏的真诚而来的，是冲着已经在他的心里深深扎下了根的水稻而来的。这一手，对张三元本人来说，自然是畅快又安然，但却给院长吴兴宏带来了巨大的压力和负疚感。吴兴宏也是一个重情义、明事理的人啊！这样的事情他怎么能够接受得了呢？说一句"不通情理"的话，你张三元要使吴院长陷于怎样的一种境地呢？

在世俗领域，张三元这个典型的"科技分子"，确实显得有些呆板、生硬，有时，甚至有些令人难以理解。比如一条鱼，离开水，你把它放在哪里它都会显得局促、僵硬、不自在或很痛苦，哪怕把它供奉在庙堂之上。它只能生活在水里，哪怕是一个小小的池塘，哪怕是一个如囚笼般的水盆，它都会表现出它本性的自在和从容。

坐落在吉林省公主岭市南崴子镇的省农科院水稻所，前身曾是"伪满"时期的种子试验、研究机构。现在看上去，感觉已经有一些简陋、朴素、陈旧。在满眼稻田的映衬下，那排建于20世纪的房舍看上去根本不像什么科研机构，而更像一排地道的农舍。站在房舍前一棵巨大的柳树下面，张三元的表情生动而快乐。当他以极其抒情和满足的语气告诉我水稻所就是个世外桃源时，我深受感动，也深有感触。他那一瞬间的神情，让我们想到了一个普通却又十分深刻的词汇——"理解"。也许，人与人之间、人与事物之间，只有通过正确的理解，才能毫无障碍地沟通，才有切入本质的抵达。一条鱼，只有把它放在水里去理解，那才是一条真正的鱼。张三元，只有把他放在水稻所和水稻所的试验田里去理解，才是真正的张三元。只有在那里，他才会"如鱼在渊""如虎在林"。

张三元的办公室很简单，一张办公桌、一台电脑、一张沙发，连一把多余的椅子都没有。办公桌上堆满各种材料和一把水稻。当他用粗壮又粗糙的手指，小心、细致地把稻粒摘下，剥开稻壳，逐层逐次地讲解水稻的结构时，或明或暗的往昔时光或远或近的人生经历，便随着他娓娓的话语流淌而出。他引领着我们进入了对另一类事物的理解的领域，有关土地，有关庄稼，有关季节，有关水稻，有关种子，有关更加精密的微观世界，也有关生命……

本来，农大毕业时老师们是想让张三元留校任教的，可是张三元坚持一个学农学的人不应该离开土地和庄稼，他可不想一辈子纸上谈兵。于是，他就回到珲春农业技术推广总站，这是他当知青下乡的地方。1980年，全省科学技术大会开完以后，大兴科技之风，大搞科研，到处招募科技人员。省农科院去农大招募人才时，农大老师极力推荐张三元，他就从珲春被招了回来。当时吉林省常规水稻育种最具权威的老专家名叫李彻，知识渊博，勤奋敬业。张三元来到水稻所以后就师从于他，成为他的贴身"弟子"。

老专家向下一代传承的首先是他们自身的价值观和精神核心——认真、投入、忘我。他们把水稻理解为自己不会说话的孩子，于是，他们就有了千千万万不会说话的孩子。对每一个孩子，他们都要精心看护，倾注全部的心血和情感。每一个孩子的气质、本性、外在、内在，都要一个个品透。李老师每次在地里选水稻，都要坚持连续一个多小时观察植株，一根秆上有多少籽粒，其中有几粒是成熟的，有几粒未熟，有多少是有病的。每次都要一清二楚，毫不含糊。特别在水稻的抽穗期，专家们和水稻在这一个月里，会形影不离，不论外面发生了什么，都不会离开。每天抽穗多少，什么时候出齐等等，都必须掌握得十分精准。为观察、确认水稻的授粉情况，要一个一个地扒开花萼，根据花粉粒的状态，选择出最优秀的父本和母本，做一个最优育种组合。每当在地里看到一个好的"材料"，李老师和张三元两个人都特别高兴，一看就是几个小时，陶醉在幸福、满足和欣慰之中。张三元跟随李老师一共十年。十年间，张三元由一个普通的科技人员，熬炼成了小有名气的育种专家，职务从项目主持人到室主任，又从室主任到了副所长。

20世纪90年代初，吉林省水稻产销进入低谷时期，稻谷产量增加，积压严重，原因是品种少，品质差，外观不好看，出米率低，又不好吃。全院的水稻专家都抬不起头来，但心里有一股劲儿。一代老专家带领着年轻人，起早贪黑，玩命地干。由于水稻育种是一个渐进的过程，一个好品种从繁育到种性稳定，有时需要六至七代的优育，周期漫长，如果拘泥于东北的种植环境，一个品种下来就是七八年的时间。为了快出成果，育种家们都是夏天在长春，冬天去海南，每年就能抢回一个生长周期。从1985开始，所里的育种人员轮流去海南育种，春节也在海南的稻田里过，而张三元基本每年都要在海南度过。一生，他一共去海南二十七次，每次都是从头一年的10月份走，第二年4月份回来。

从水稻所出发，驱车二十分钟就到了公主岭市区。为了让晚年复出的张三元不再因为工作继续过着"流离失所"的生活，院里给他在市区租了房子，

※ 严阵以待

希望他工作之余能回到"家"里好好休息。可是那个没有女人又没有孩子的"家"，不过是个存放衣服的地方，除了每天去睡几个小时的觉，张三元基本不在那个"家"里停留。一入"家"，自然会想起一个正常的家庭应该有或发生的一切。这时，这个空空荡荡的房屋就显现出了它的冰冷和可恶。秩序凌乱的床、落了灰尘的地板、简单稀疏的家具、久无烟火的灶台、无声无息的空间……一切都会随时提醒着张三元，他是一个无家可归的孤独老人。与其老老实实待在那房子里，让一生的不快和遗憾在头脑里翻江倒海，还不如去水稻所守望那些自己亲手培育出来的水稻。看着一片片、一池池随风舞蹈的水稻，就有了一种儿孙绕膝的感觉。时间、空间和万物之间的界限，常常在阳光和风的搅拌下从张三元的眼前和心中消失。在物质和精神的临界处，时光的秩序瞬间混乱，他让自己消融于一片模糊的遗忘与快慰之中。

1993年，吉林省终于选育出"长白9号"，不仅解决了吉林省水稻品种的产量问题，同时也解决了适合西部土壤的耐盐碱性难题。从此，吉林省自己的育种渐渐占了优势。由于糙米率和精米率比日本品种高，碎米率也少了，同时日本水稻品种在田间的抗病性越来越差，所以市场自然而然就做出了选择，于是吉林自己繁育的稻种，得到大面积播种推广。从1996年开始，吉林省农研所又与陈温福院士合作，引进陈院士的材料进行组配，并开始把育种目标设定为优质、高产、抗病。围绕这个目标，张三元每年要做一百多个组配，其中一个重点组配就是"吉粳88"。

直到今天，再提起"吉粳88"时，张三元的眼睛仍然闪烁着快乐的光芒。有关"吉粳88"培育过程的讲述，也充满了温情。在确定母本时，张三元曾花费很大的心力寻找、选择出抗病特性特别优秀的品种，而父本，则选择了一个株型最好看的品种。"吉粳88"初配在海南完成。当第一代品种出来以后，张三元非常激动，因为这是他育种生涯中见到的最漂亮的水稻，凭直觉，他预感到有一个优良品种即将诞生。接下来，他认真查了这水稻的系谱，确认不是近亲繁殖。为了好好地培育这棵"苗子"，让它成为一个稳定性最好的优秀品种，还没等下一个环节开始，他就已经暗暗地下定决心，不怕费事费时，要把这个品种的优育周期加到七代。回到长春以后，进行第二代优育，出于谨慎，只种了四行。稻子出来后，他左看右看，还是觉得好，不论从叶子开张的角度、叶片的厚度，还是颜色深浅，都招人喜欢。只要没有其他事情，张三元就蹲在地里看他新育出的水稻，有时顶着大日头一看就是一上午，中午叫吃饭才回来，逢人就介绍，特别是在出穗的时候，更是喜欢得不错眼珠儿。

第二年，他又在地里种了两行，秋收时，选最好的株，优中选优。收完的种子再拿到海南种，一直加种到第七代，都是优中选优。第七年稻子成熟，张三元把稻穗儿拿在手里掂了又掂，脸上露出了满意的微笑。他觉得时机已经成熟，是到了拜见"公婆"的时候了。于是，他就把新品种拿到省里去审定，一下子就引起了高度认可和广泛关注。第一年推广种植后，"吉粳88"表现出极好的特性，不但产量高、抗病、抗倒伏，出米率也高，一般稻子出米率6.5，而"吉粳88"出米率在7左右。更难得的是"吉粳88"做出的米饭伸长度和口感俱佳。米商和百姓都认可了，收购"吉粳88"时，宁愿在原价上加3分钱。从2004年起，很多地方都开始种植此稻。2007年当年，仅吉林省就种了800万亩。

农科院的专家们一致认为，"吉粳88"凝结了张三元一生的心血，而张三元却几乎在任何场所、任何时间都坚持一种说法："'吉粳88'，是几代育种家和几代人的心血，是集体劳动和智慧的结晶，我只是一个带头人……"

"吉粳88"的种子销量猛增，按理说是好事，证明"吉粳88"得到了广泛认可，但张三元却有些坐立不安了。他马上去各地进行调查，结果大部分农户都种了"吉粳88"，全省推广面积已经达到80%以上，这时，他已经不是不高兴，而是有点儿害怕了。因为每一个品种的推广范围都是有限的，有的土地并不适合种这样的品种，种植后有减产的可能。一方面他要对老百姓负责，不能让农民受损失，另一方面他更不愿意看到因为操作不当而毁掉"吉粳88"的信誉和品质。

记得《圣经》里有一个所罗门断案的故事。大意是说有一次两个妇女争夺一个孩子的抚养权，僵持不下，两个妇女都坚称自己是孩子的母亲。断案进入僵持阶段，法官一筹莫展，来向所罗门求助。智者所罗门说，这事好办，既然双方互不相让，干脆把那惹起事端的孩子杀掉算了，没有了争执的缘由，自然也就没有了争执。当所罗门下令把孩子杀掉时，有一妇人哭着请求所罗门，不要杀孩子了，她愿意放弃，于是所罗门就把孩子判给了她。这才是世上"亲妈"的真爱，宁可自己"舍弃"也不愿意看到孩子被别人伤害。此时张三元对"吉粳88"的心情就像那位"亲妈"。他回到所里，立即给省里打报告，建议缩减"吉粳88"的种植面积，总面积一定不要超过500万亩。

最让张三元痛心的是，后来市场上又出现了一些侵权现象。有的企业没经过授权，就盗卖"吉粳88"种子，尽管换了名字或换了代，只要他去地里一看就知道那是自己的种子，或者有自己种子的血统。用张三元的话说，"自己的孩子还能不认得吗？苗期看颜色能看出来，成长期看速度能看出来，特别是出齐穗的时候，从形态上一眼也能看出来，就算是用它做母本又繁育出下一代种子，依然能看出来是否有血缘关系，这就是水稻的系谱。"

"吉粳88"之后，吉林省的优质水稻品种进入到第六次更新期，先后又出现了"吉粳511""吉粳809""通禾899"等，最高亩产已经达到每亩510公斤。然而，在张三元这个老育种专家的心里，仍然有着拂不去的隐隐忧虑，因为他自己也不确定，未来十年或更长时间，社会将发展成什么状态，需要什么样的品种。那天，张三元一边吃着所里自产的大米饭和白菜炖土豆，一边说了一番让我不知为何又有一点似懂非懂的话："有时候，我会把办公室门一关，好好反省一下，我都做了什么，有什么做得不够好或不对。"

这让我想起了曾子的一句话："吾日三省吾身——为人谋而不忠乎？与朋友交而不信乎？传不习乎？"若真是这个意思，那么，老专家已经在品格上修成了圣贤之"范儿"。

"吉粳511"

　　每天早上，吉林省农科院水稻育种专家郭桂珍都会在心底深情地问候她的"小家伙儿"。当它们只有瘦弱的1厘米高，当它们变得绿油油，当它们羞涩地开满了细细小小的花儿，当它们偷偷地结出饱满的籽粒……

　　这是4月里的清晨，天色微明，郭桂珍就来到水稻所。一盘盘"小白芽"正焦急地等待她的到来！她仔细地把"小家伙儿"分好类，送进大棚，四十八小时以后，白白的小芽儿就绿了。这时，它们才成为真正的稻苗，在阳光下耐心地积累着能量，蓄势待发。

　　对郭桂珍来说，这情景仅仅是无数个春秋中不断开始的某一个春天，春天里司空见惯的某一个清晨。同样的情景、同样的细节已经被郭桂珍以及她的同行们"复制"了不知有多少年、多少遍了。

　　这就是中国乃至世界上所有育种家的生存状态。冠冕堂皇的称谓背后，隐蔽着一个地道农民的生活。看似新奇，却了无新意，一村、一田、一稻，岁岁年年，在寂寥中期盼，在期盼中劳作，在劳作中消耗着生命的火焰。

　　和所有的育种家一样，郭桂珍已经踏着前辈们的脚印，在大棚和农田之间默默工作了三十年。三十年的辛劳、三十年的苦守、三十年的汗水和三十年的情感，到头来最终的回报也不过是一把种子。

　　然而，就是这一把种子，让她在数不胜数的同行里成为令人敬佩和羡慕的幸运者。毕竟三十年的人生长句，在快要收尾时结出个金色的句点。如果没有"吉粳511"的繁育成功，也许三十年或更长时间的付出都呈现不出明确的意义。

"春种一粒粟，秋收万颗子。"一般情况下，人们对一个农民的艰辛还是了解和熟悉的，但对一个育种专家的艰辛却一无所知。一个农民的劳作周期至多一年，有一些地域，可能半年之内就可见分晓，而育种专家们，即便是幸运者也需要十年才能看到成果，不幸的人或许守候终生也看不到一丝"曙光"。在此，我们先放下所谓的成果不说，但说其过程，就足以令人感叹。据专家透露，选育出一株十对纯合性状都优良的品种，至少需要了解和研究近500万株水稻。500万株水稻是什么概念呢？如果把它们同时种到地里，需要50公顷的土地。5厘米的株距，要种500里地。水稻育种专家，从某种角度说，一直在用时间来兑换空间。他们要用接近五十年，几代人的积累，来解读这500万株水稻。而选拔之后要稳定住一种良好的性状，还需要十年的时间。这时，他们又不得不飞往海南，用空间来换时间，利用海南的气温，通过多种一季水稻，来缩短稳定性状的时间。

即使这样，育种专家们育出成功品种的概率，仍然是1%，仍然有一大批育种专家，花了一生的心血，也未能选育出一个被市场认可的大品种。

2003年，郭桂珍受一篇论文的启发，决定以张三元研究员选育的"吉粳88"为受体，通过花粉管导入法，授菰的花粉结实，经系谱法选育成一个新的品种。

菰是一种野生植物，与水稻并非一个属，为了寻找菰的花粉，郭桂珍来到吉林市老家金珠乡一个偏远的小村——岗子村。早上，天刚刚放亮，她就在村子的小河边蹲守，等待花开。

7月的一天，她终于等到了。一棵小小的菰，开出了花儿，郭桂珍高兴极了。第二天，又有几棵菰，次第开花。第三天，第四天……河边的菰都开花了，足足有二十多棵，郭桂珍把这些盛开的花送到实验室，为了不破坏一粒花粉，一路上，她连呼吸都小心翼翼。

郭桂珍将菰花粉授在去雄的"吉粳88"柱头上，不敢离去，等过二十四小时，又给其授上"吉粳88"自身花粉。

授粉后的"吉粳88"很快结出了籽粒，秋收时，籽粒格外饱满。郭桂珍仔细把它们保存好，这就是"吉粳511"的F0代。

2004年，她将头一年的种子种到试验田里，称为F1代。2005年，在逆境条件种植F2代群体，选拔优良单株七十份。2006年，她背着种子飞往海南加

代（F3），从优良株系中继续选拔优良单株。2006年～2007年继续在逆境中从优良株系中选拔优良单株至F5，同时进行小区测产。2008年参加课题品比及所内联合品比，同时进行多点异地抗病鉴定。2009年参加省筛选试验，2010年～2011年参加全省区域试验，2011年参加全省生产试验，完成全部育种程序。

2012年3月通过吉林省农作物品种审定委员会审定，命名为"吉粳511"。

就在"吉粳511"通过审定第二年，郭桂珍被查出患有癌症。医生建议马上手术。

"能不能'十一'之后做手术？我的水稻还在地里。"

"除非你不想要命了。"医生气愤地看了看郭桂珍，没等她回答，就给她下了手术通知单。

手术后，郭桂珍时时刻刻担心地里的稻子。那天，郭桂珍刚出院，第一时间给同事杨春刚打了电话要去田地看水稻。郭桂珍的家人们极力反对。

"我只是去看一看它们！"郭桂珍执着地下了地。那一年公主岭遭遇低温，她的稻子看起来无精打采，郭桂珍的心，抽搐着疼，眼泪扑簌簌落下来。课题组的同事们帮她收割了她的稻子。还好，籽粒都没受到影响，依旧饱满、剔透。

2016年3月，由中国北方稻作技术协会与日本佐竹公司联合主办的"中日优良食味粳稻品种选育及食味品鉴学术研讨会"在日本广岛举行。由省农科院水稻所所长周广春带队，郭桂珍、全东兴研究员参加的吉林省代表团，携带"吉粳511"大米参加研讨会。研讨会上，二十五名中日大米品鉴专家对十个优良食味品种的食味进行"盲评"，"吉粳511"以微弱之差屈居日本新潟鱼沼"越光"米之后，排名第二，获食味"最优秀"奖。在参评的六个中国优良水稻品种中，排名第一。

自己培养的"孩子"被国际认可，郭桂珍心里高兴。那天，她的脚步轻快了很多。然而，郭桂珍的身体依然有些虚弱，育种是她唯一的精神支柱，支撑着她意兴心盛地走下去。

2016年一开春，她又开始了新品种的繁育，仿佛她从未成功过，一切仍需要从头做起，重新努力。早早地，她又开始把自己要选育的种子挑好，晴天的时候，把它们摊平在室外，陪它们一起晒太阳。种子晒饱了太阳之后，再把它们一颗颗浸到水里，并给它们消毒，防止它们成长过程中生恶苗病。

然后，催芽、播种、育苗、插秧……

时光，淘走了年华，却把深情沉淀。多年后，很多人可能都不再记得有一个叫郭桂珍的人，但"吉粳511"会记得。是她，缔造了它们的生命。

端稳政策的"竹竿"

一

2015年的秋天异常繁忙。

虽然各地的统计数据还没有上来，但通过吉林省粮食局的实地踏查和基层粮食部门、粮食企业陆续反映上来的情况看，全省将迎来又一个大丰收。从乡村到城市，从田野到会场，到处是一片热烈、忙碌的景象。所有与农业有关的人们都在谈论着同一个话题：粮食，尤其是水稻的收储与销售，更是今秋粮食工作的中心之中心和重中之重。它不仅涉及本年度粮食的生产规模、农业收入和广大农民的福利、福祉，更涉及全省粮食发展格局和未来的方向。

刚刚与各地粮食局商讨完全省水稻定收储方案，韩福春局长匆匆从会议室走出，情绪和表情仍停留在会议之中，儒雅、礼貌却异常简捷干脆。他脸上带着真诚的微笑说："非常抱歉，这个季节，我们的事情太多了，我只有一个小时的时间。"

那就谈谈吉林大米的品质和优势吧！

韩福春坐到会客室的沙发上，状态慢慢放松下来。仿佛一个人刚刚结束遥远的旅途，回到了久违的家中，表情如来自冬天又复入春水的鱼儿，一点点变得温润、生动起来。他开始掰着手指细说起吉林大米的渊源和天然优势。说到得意处，神情自然、愉悦、陶醉，很像一个自足的农民夸耀自家的田园。说起吉林的山、吉林的水、吉林的黑土地，他不仅态度平和、亲切，而且语调委婉

※ 吉林省粮食局局长韩福春："为耕者谋利，为食者造福。"

流畅，如吟唱着一首动听的歌谣。

此时，人生种种的起伏波折和仕途种种的风云变幻，都如风中的浮云，随着娓娓的讲述，纷纷消隐得无影无踪。对坚守了三十多年的事业，对家乡，对土地，对粮食，对父老乡亲那份情感，让他焕发出一种平易的温暖和醇厚的韵致。办公桌前正襟危坐的领导消失了；摄像机镜头前的受访嘉宾消失了；那些格局宏大、思路清晰却毫无情感、毫无色彩的报告和讲话消失了，一个血肉丰满、情感真挚、心系粮食和粮农命运的普通粮食工作者呈现在我的面前。我开始尝试从他的处境、角度出发，进入另外一种思考。

一个普通的农家子弟，从农家小院儿走出，因为义无反顾地前行，一路跌跌撞撞，不知道跌倒过多少次，又爬起来多少回，付出过多少血泪和疼痛的代价！他自认为，一颗赤子之心始终如一，从来不曾改变。虽然目光一直凝视着前方，脚步坚定地向前迈进，但他的心却如一只风筝，被一缕看不见的情愫牵动着，不管飞得多高、多远，根始终在大地上。只不过随着高度的增加，站在远处的人已经看不清他的内心，看不清他内心仍然还与大地之间有着无法割舍的联系。就连他自己也看不清那条精神的根系究竟牵在谁的手里。如今，他只是能够隐约感觉到来自远处的牵扯，快乐、疼痛、欣喜或忧虑……但那源头早已经不再是父母、兄弟和具体的故里、乡亲，而是那片承载众生的热土和覆满庄稼的大地。

长岭二中，这个人生的出发之地，转眼已阔别多年。当初在熙熙攘攘的一百五十人中，只有五人通过升学"远走高飞"，体现的是实力也是命运。当往事在韩福春的记忆中再现时，他心中充满感慨。当年，由于一心想挣脱祖辈为农、劳苦又贫穷的深辙；一心想做一个吃粮不靠种地的城里人，才选择了求学和超离之路。从中学时代的奋发苦读，到粮食学校的专业积累，再到工作岗位上的兢兢业业，一路拼命地扑打着翅膀，靠的就是那种既兴奋又恐惧的力量。不断地向高处攀升，又不断地增加着从空中跌回地面的惊恐。如今，自是羽翼丰满，逍遥云中，不再有昔日的兴奋与惊恐，但环顾四周，孤独无朋，昔日的伙伴早已杳无踪影，通往校园又连接着农田、农舍的故乡之路，则隐没于苍苍茫茫的白云和树丛之间。

也许，这就是命定的渊薮。芸芸众生之中，注定会有人从地面上飞起，也注定会有人在大地上守候；有人在前引领，有人从后跟随；有人被同情，有人被憎恶；有人被亲近，有人被提防；有人被理解，有人被误读……不同的姿态、不同的层面、不同的色彩，共同构成生活的洪流。一首交响乐，高音与低音交相辉映，圆号与丝竹同奏共鸣；一条大河，沸沸扬扬的水不断在河面上涌起浪花，又不断从高处落下，潜入河的深处与泥沙共舞，沉浮起落，亦清亦浊，奔流不息，遂成就一段浩浩荡荡的生命之旅……

如此这般。水有水的际遇，沙有沙的经历，各自在无形之"力"的推动下，沿着自己的轨迹运行。已经到了知天命的年龄，韩福春并不再指望自己的心意和情感能够深刻、全面地被人了解或理解，但却要事事问心。他的工作性质决定了，他必须在感性和理性之间找到平衡。其实，也不仅仅是感性和理性之间，在很多方面都需要他有一种超强的平衡力。

他心里非常清楚，自己正是一个端着政策的"竹竿"走钢丝的人。

无人时，韩福春偶尔就会打量一下自己那双纹路纵横的手。这双拿过笔、握过锄、翻过书也抓过土的手，如今掌面空空，看似不再有什么外物需要负载，但他却时时感觉到有一种无形的力作用其上。有时，甚至会让他感觉到，不拼出生命里的全部能量做一个向上托举的动作，手臂都会沉重得无法抬起。那都是一些巨大而无形的事物啊！然而，看似空空的掌面，有时似乎又有些清晰可见的字迹赫然显现出来，让他不敢懈怠，并奉为圭臬——

一手托着国家的粮食安全，一手托着本省的粮食效益。

素有"黑土之乡"之称的吉林省，多年来一直是我国的重要商品粮基地。现有耕地面积579.86万公顷，占全省总土地面积的31%；人均耕地面积0.25公顷，是全国平均数的2.78倍；2015年粮食总产量729.4亿斤。其粮食人均产量、提供商品粮总量、出口粮食总量三项指标多年来一直稳居全国之首。虽然GDP在全国站不上靠前的位置，但其对粮食安全的重要性是可想而知的。作为负责全省粮食宏观调控的执行官，国家对粮食的总体需求要考虑，本省粮食的自足、效益及合理平衡也要考虑；国家规定的某些限制额度不能突破，本省的需求还要兼顾；既要千方百计实现农业效益的最大化，又要坚定不移地维持国家以及全省的粮食安全。所以，自上任那天起，他的头脑中就不得不整天盘旋着"既要……又要……"的句型，不仅要提出一系列调动农民种粮卖粮积极性、刺激总量增加的保证措施，而且还提出了"玉米做深，稻谷做优，粗粮做细，杂粮做精"的精优发展战略，为的就是要在有限的条件下，尽可能提高农业总体效益。总之，就是要兼顾、兼顾、再兼顾。

一手托着全民的福祉，一手托着农民利益。

几千年粮食生产运行规律和中国农民的脆弱，让他不得不每一年都如履薄冰。歉收时自然危机四伏，唯一有效的就是动用库存，用以往的"丰"弥补今年的"歉"，如果到了关键时刻没有足够的储备，拿不出补歉实力，便于国于民都无法交代。遇有丰年，当然皆大欢喜，但一手好牌打不出来，仍然只欢喜一半，从上到下"怨声""骂声"一片："辛辛苦苦干一年，只赚口粮不赚钱，吃亏吃苦白挨累，不如退田守清闲。"最可怕的是"谷贱伤农"，下一年，农民会因为"伤心"而纷纷转产，造成新一轮的混乱和失衡。韩福春非常清楚粮食工作的根基应该打在哪里，就像清楚庄稼的根系应该扎在哪里一样。所以，每一年他都要拿出三分之一的时间去乡下，看庄稼、见农民、走访粮

食加工、贸易企业，了解不同品种粮食的种植面积、种植成本和基层粮农、粮企的需求，收集、汇总各种数据、信息和情况。对农民和基层粮企的任何问题，从来不推不拖，尽快、尽力给予解决。省内很多地方的农民沿袭传统的粮食储存方式，就地打囤，贴土而积，造成粮仓底层粮食的浪费。他发现之后，立即风风火火跑回局里，组织人员制定方案，帮助他们科学建设粮仓，实行科学储粮；农民提出卖粮点儿太少卖粮不方便，他就立即落实资金和人力，在粮食主产区每隔15千米建一个收购点儿，保证了农民卖粮便利。

一手托着"为耕者谋利"，一手托着"为食者造福"。

想当初，韩福春像发表某种宣言一样说出要"为耕者谋利，为食者造福"时，考虑的多是如何不让耕种者吃亏，又让广大消费者吃上货真价实的放心米。但实际上，这句话的真正内涵要比它的字面意义更加深远。说是中国的农业和农民脆弱，由于粮食价格长期在低水平下运行，致使"三农"问题始终深陷于价格泥潭，得不到根本意义上的解决。然而，让人始料不及的是，综合物价指数和城市居民的心理承受能力也很脆弱。蔬菜、副食、房屋、汽车、各种日用品和奢侈品等等，什么都涨了，就是粮食不能涨，粮食一涨，物价指数就敏感了，城镇居民就敏感了。更可怕的是，粮食安全也跟着进入敏感区，本省的粮食价格一旦涨起来，便马上失去市场竞争力，外省的粮食、外国的粮食便会潮水般涌进来，吞没农民已经到手的丰收成果，摧毁政府的调控能力，甚至摧毁国家的政策堤坝。如果普跌普涨、大起大落的恶性循环得不到控制，不论是生产者还是消费者，每一个人面临的都将是灭顶之灾！仅凭一己之力，一介管粮食的地方官，又怎能主宰得了如此重大的事情？但一条"大梁"落肩上，能担几分就得担几分，说大了，那是职责使命，说小了那也是应有之"义"。挺住，需要的不仅仅是"义勇"，更需要的是"谋略"。他这些年总结出一条基本经验，就是牵住市场这头"大牲口"的鼻子，充分调动市场要素，发挥其平衡、调节作用，稳住80%这个大数和基础，打造和放飞20%的精优、高端品牌，既兼顾了大多数城乡居民的心理需求，又有效刺激了基础农业的活力。也只有这样才能从根本上压制住物价指数和粮食安全这两头驴子，让它们不会上蹿下跳，尥蹶乱踢。

2015年3月到4月间，国家领导人曾连续两次对吉林粮食工作做出明确指示，强调吉林大米是品牌，要打出、打好这个品牌。这对吉林省粮食工作和韩福春个人来说，无疑都是一个福音。用他自己的表述就是："既然国家层面已经指明吉林粮食要打品牌，这就是个明确方向。作为省级的粮食主管，就不能再定目标和方向了，到我们这个层面，就是实打实地干活儿，想办法把国家的意见落到实处，哪怕是五个字，也得变成五页纸，甚至五个扎实、细致的实施方案。"表面上看，从稻秧落地、分蘖、扬花到灌浆、结实，再到大米以粮食或商品的身份走入千家万户，哪一粒米的生产都不归粮食局直管，但哪一粒米实际都和这个以粮食命名的部门密切相关。不管是种植、储运、加工、宣传、推介，哪个环节不用足心力，不费尽心血，都会出问题。

按职能，稻谷种植环节并不归粮食系统指导统筹，但如果没有一个正确的引导，产销脱节、信息失衡，其结果仍然会给农民利益和大米品牌造成不可估量的伤害。普通米、绿色米、有机米的种植比例一旦失调，比如，低端米种植面积过大，虽然产量高、成本低，但品质偏低，整个产业中就没有高端产品，满足不了市场对中高端米的需求，就会造成稻米平均品质偏低，稻农总体收益下降；如果有机米比重过大，虽然米质优良，但其成本高、产量低也是必须面对的事实。一旦高端米市场饱和，造成滞销，给稻米生产者带来的损失将非常巨大。及时提供科学准确的市场信息，引导粮食生产者合理确定自己的种植结构，正是韩福春几年来一直苦苦思索、高度关注的问题。

稻谷收下来，紧接着就到了加工环节。"好吃、营养、更安全"是吉林大米的应有品质。可是，它们就像同时集中到一个人身上的几种特性一样，也是相互制衡、此消彼长的。一粒米从田里出来，到最后面对消费者，就如一个刚刚长成的少女，虽然带着一段天然的品质和韵致，但不经过调教和装扮，是做不得新娘的。只是经过一段时间的人为干预和刻意"加工"之后，却并不意味着一定会变得完美，也许真的会让那女子"内质"和"外形"互映互现，越发展现出耀人眼目的绚丽和曼妙；也可能因为某些不妥当的"装"和"扮"将原有的某些优秀品质遮蔽掉。大米的加工，一般要经过几十道工序，往往会因为过分强调好看、好吃而伤害营养；而因为过分强调营养而影响好吃、好看。

中国旧时代的买卖婚姻和新时代的大米销售几乎如出一辙。有时，姑娘能否顺利嫁出，并不完全取决于姑娘自身的品质和容貌。也就是说，大米好也不一定能卖得出去。卖不出去的原因有多种，最主要的原因有两个，一是宣传、推介不够，"婆家"不认识、不认可。不被人知的好，再好也是枉然。二是知道好，但"娶"不起，成本太高，"身价儿"太贵。人工、土地、种子、肥料、包装、运费等各项成本加一起，就相当于待嫁新娘的教育、生活成本，外加彩礼和安家费用。东北大米如果不考虑运费，在全国来说成本处于较低水平，但加上运费价格就高了起来。价格一高自然也就失去了竞争能力，优势变劣势。"卖不出去的米，嫁不出去的女"，不能在当年卖掉的稻子，就得存储起来，这又涉及了另一个专业。既要让稻谷经受时间的淘洗，又要让稻谷保持原有品质，所耗费的还是人的智慧和资财。

采访正进入高潮的时候，秘书进来提醒韩福春车已经备好，到了出发时间。韩局长要按计划去"吉林大米产业联盟"下属的三个新型稻米生产组织调研。这样的季节，他的心无法在会议室中久留。既然心已经飞到了农田和基层粮企，那么人也自然要随心而去。这些年，韩福春基本上养成了一个独特的工作方式，他要让自己的脚步追着农时和粮食加工企业的生产节奏走，边走，边看，边问，边思考，每一次下乡都带回来一堆想法、一堆事儿。车辆，成了他流动的办公室，田野给了他无尽的思路和灵感。

二

这次下乡，韩福春要去的第一站就是与黑龙江省五常市隔河相望的榆树市。在过去的十年里，这个市的很大一部分稻谷都以原粮的形式出售给五常市的稻米加工企业。据当地的农民反映，五常那边的米商，每年很早就来下了订单，因为价格平均要比本省米商出的价格高出两毛钱，所以农民们很乐意把稻谷卖给他们。本省的米商因为选择的空间较大，很多地方出好米，一般不会和外省来的人拼价格。想一想，这里65万吨的产量，有三分之一强的高端优质稻谷就这样以很低的价格源源不断地流入外省。虽然在以价格为主导的市场中，稻农们以合理价格出售自己的稻谷无可厚非，在某种意义上说，也算好事儿，但作为一名粮食官，眼看着自己省里的米支撑了别人的品牌，产量和数据留给了自己，利润和声誉去了省外，他心里多少有些不是滋味。他这次要看看，今年的情况是否发生了变化；同时，他也要隔河望一望那边，认真地想一想，如何总结和吸取邻省和全国米业品牌的经验教训，把吉林大米的品牌打响、擦亮。

河对岸的五常大米，品牌建设起步较早，这一点应该承认，确实走在了吉林省的前边。特别是纪录片《舌尖上的中国》称五常大米为中国最好的稻米之后，这个东北稻米品牌更是风生水起，国人就只听说有五常而不知其他了。但正当"五常"的声名最响时，出现了品牌建设过程中经常会遇到的老问题。最近两年，频频曝光的五常大米的问题引起了韩福春的高度注意和深深的思考。他由此及彼，联想起吉林大米品牌的建设。俗话讲"酒香不怕巷子深"。对吉林大米的品质他是有着足够自信的，对吉林大米品牌传播的深度和广度，他也没有过度的担忧。他知道，在这个信息化和物流业高度发达的时代，只要你的东西好、品质过得硬，总有一天会被广泛认识和接受。就是现在，吉林的大米也不愁卖，各产区的中高档米已经通过各种渠道被全国各地的米商订购一空。他要考虑的并不是市场的短期反应，他要考虑长远，三年、五年或更长的时间之后，人们是不是仍然对吉林大米充满期待又情有独钟？如何让吉林大米永远保持住它的优秀品质，而不是因为种种干扰和原因，中途跌倒，自毁家门，这些才是他要考虑、研究的重点。

　　韩福春下基层时，不愿意像一个领导一样，站在人群的对面指指点点。他习惯于和那些普通的粮食工作者或粮农"搅"在一起，肩并肩、面对面地思考和研究问题。据他自己解释，原因很简单，因为他只有处于这样的状态时，才能够从情感上和理智上把一些不太容易想清的事情想清楚。这也是他经常在下边跑的根本原因和动力。站在十米开外看韩福春，他与那些普通的劳动者并没有什么明显的区别；就是站在两米外的对面看，也看不出有什么特别，因为他经常处于聆听的、沉默的状态，只有当他抬起头放飞他的目光或偶尔说出一两句话时，才让人感觉到他与众人的差异。尽管在很多场合他都极力掩饰，但有一些东西是从生命内部散发出来的，原本就无法掩抑，刻意掩饰的结果无异于另一种张扬。这事儿，"怪"不得别人，要"怪"，就只能"怪"他自己。从小养成读书的习惯，《论语》《周易》《钱商》以及其他天文地理、哲学经济方面的图书……一路的阅读和思考，结果自然会外化成一种独特的气韵或气场，这个场，势必让他无处"藏"身。这是文化的力量，这种东西在稀薄和微弱时，常常显得淡如云烟，似有似无；一旦积累到一定程度，就会强大无比，它能够从根本上改变一个人、一个团体、一个领域甚至一个民族和国家的面貌。

　　"我们要懂得敬畏市场！"韩福春不经意间说出的这句话，让所有在场的人都感到有些惊讶。虽然他们并不十分清楚"敬畏"的文化内涵，但还是觉得"敬畏"这个词用得很独特。当他们还没有把伸出的舌头及时收回的时候，韩福春已经掉转了话头，他说："但是，现在我们要解决的问题并不是敬畏市场这个理念，空话说上一百年仍然还是空话，也变不成我们的文化和品质。我们需要研究如何从机制、标准、规范等各个方面入手，用实际的市场行为体现出我们对市场的敬畏，并通过不懈的坚持，让市场因为我们对其敬畏而敬畏我们！"韩福春说出这番话的时候，田野上的稻子已经成熟，到了应该大面积收割的时候。这时，经过长时间的酝酿，产业联盟的组建框架和运行规则也渐渐成熟，也到了应该公之于众的时候了。

　　吉林大米联盟，在韩福春的设计理念中，就是一个承载着吉林大米品牌的巨大载体。形象一点说，就是一个功能齐全的"航空母舰"。原则上要吸纳不低于五十家实力雄厚的企业。因为要打品牌，一定要选真正优秀的企业，所以规格标准定得比较高也比较严格。企业要有相当的规模，要有足够的土地流转数量，也就是优质稻种植基地。只有土地规模上来了，才能统一品种，统一了品种才能有统一的标准，统一了标准，才有恒定可靠的品质保障。同时，要有良好的信誉，不但要有雄厚的资金实力，而且在金融方面资信等级高，没有呆坏账，具备优良的偿付、收储能力，诚信意识和诚信度俱佳。此外，企业还要有高标准的收储库，保证水稻在储藏或较长时期的储藏过程中稻谷的品质不变；要有高水准的加工厂，保证加工工序、工艺科学合理，满足用户的各种需求；要有自己的营销体系和销售区域，证明你在品牌方面有积累而且有很强的品牌意识。

这个想法提出来之后，各粮食企业反响强烈。对粮食局提出的这一设计，他们一方面高兴，另一方面也是半信半疑，粮食局真能做到吗？韩福春心里清楚，建立政府与企业间的信任关系是一个艰难、缓慢的过程。他并不急于求成，但却暗暗地拿定主意，一定要把握好自己的定位，高度尊重市场规律，尊重人们的意愿，"只搭台，不唱戏"，绝不因为着急见到成效而"越俎代庖"，宁可不作为，也不能乱作为。他相信"路遥知马力，日久见人心"。更相信"信"是靠身体力行做出来的，不信不服。为了把大家的"身"和"心"都吸引到大米联盟这个"航母"上来，韩福春采取古人治水的方法：疏导，而不围堵。一方面，他亲自带队去各地宣传品牌，只让企业跟着走，不让他们花一分钱，让他们亲眼看到自己在做什么，在怎么做。另一方面他坚持不厌其烦地一次一次讲解他的企业联盟和品牌战略，帮助企业慢慢消化理解"大"与"小""远"与"近"之间的利益关系。

首批七家实力企业加入联盟后，韩福春开始研究联盟内部运行机制。在市场经济的背景下，最难解决的问题就是联盟成员步调统一的问题。此前，各市县区都有自己的特点、优势和想法，比如，吉林市的万昌大米、舒兰大米、梅河的梅河大米等原来就已经小有名气了，而吉林大米品牌毕竟刚刚起步，还没有真正打响，未来能走多远，还是个未知数。所以，全省统一品牌，首先需要的是各县区的小品牌要做出暂时的让步和牺牲，联盟中的每一个成员都要有长远的眼光、坚定的信念和大局情怀。虽然大家的基本认识是一致的，但具体操作时让某一家企业冒险放弃眼前的利益从头做起，仍然难以实施。联盟建立起来之后，政府管理部门就应该及时退到"场外"，把控制权交给企业，充分发挥企业的市场主体作用，让他们自己集聚智慧，开动脑筋，一步步走出品牌之路。接下来，由谁来当盟主，仍然是一个问题。每个企业都要维护自己的利益，政府作为中间人退出之后，由谁来推动联盟的正常、科学运转？为了解决这个关键性的问题，韩福春进入了有生以来最为艰苦卓绝的一次苦思冥想。古时曾有"吟安一个字，捻断十根须"的典故，而韩福春的思虑又岂止是十根须的问题！那些天，他是走着想，坐着想，吃饭想，睡觉也想……直想得"天昏地暗""日月无光"。突然有一天，他头脑中灵光一现，想到了"联合国"模式。为啥联合国一直持续这么多年，仍然健康、稳定地运行着？这种形式是全世界70亿人的智慧呀，我们为什么不能借用？从此，在他的倡导下，各家企业轮流做盟主。联盟内实行民主决策，按规则办事。这样一来，就有了一举两得的功效，既可以通过大米联盟的缔结推动优质米的稳定生产供应和吉林大米品牌建设；又可以有效地培养和锻炼一批企业家队伍。

　　"一项大的工程即将告成，应该好好地休息和放松一下了。"趁访谈结束的当口儿，我以一种关切的语气对韩福春局长说："你也应该歇一歇，品味一下自己劳作之后的喜悦。"他定定地看了我足有五秒钟，然后淡淡一笑说："我们的工程还没有结束，这只是一项大计划中的一小部分，仅仅是一个开头，下一步我们的目标是建立四五个大米产业集聚群，通过产业集聚群，力争把吉林大米做成一个世界性农业品牌。现在，我们占据着全国甚至全世界最好的资源，就不能光考虑一省、一区和眼前的事情。仅仅把吉林的米卖出去，不算什么，让一国之人都能享受到黑土地上的出产才是我们的理想；吉林大米的品牌在中国打响也不算什么，将来有一天冲出国门走向世界才是我们的目标……"我知道，我们的思维并不在一个方向，但此时，我还是愿意把他说的这些理解为一种情怀。

"弱碱性"的契约

一

奔腾的松花江在松嫩大平原上纵横驰骋，一路向西、向北，过松原市的哈拉毛都，突然松弛下来。原如拧足了劲儿的一条绳索，一旦失去张力之后，就松散成一段多股并列的网状丝缕。河道宽阔，江水涣漫，丰沛而又舒缓，欲走欲停之间，便流露出一派依依眷恋之态。对两岸的沃土来说，承接的恰好是这水系不急不躁的恩泽和滋养。

由于水系的发达、复杂和地势的平坦，历史上曾流过这片土地的诸河流，如嫩江、霍林河、松花江等，共同构筑了这个地域泡沼棋布、水脉交织的湿地特征。再向北，松花江即将和嫩江汇合，携手东流，闻名遐迩的查干湖湿地则在不远处与之呼应。

关于这湖，清代的《科尔沁十旗地理图》有过清晰的标注。今日的查干湖那时被称作"奔布尔·查干额莫"，取义"浑圆至圣的母亲湖"。及至辽代，又称之为"大水泊"。《武经总要》记载："大水泊周围三百里……"实际上，查干湖自然保护区的总面积共有506.84平方千米。此湖分为三区：核心区、缓冲区和生产试验区。其核心区位于辛甸泡，泡内生满芦苇，是鸟类的主要栖息场所，面积为155.31平方千米，占保护区面积的31%；其缓冲区位于查干湖夹芯子岛以北至辛甸泡水域，面积193.34平方千米，占保护区面积38%；其余为生产试验区，主要功能是水田灌溉，位于新庙泡、库里泡、菱角泡和查干湖夹芯子岛以南水域，面积为158.19平方千米，占保护区面积的31%。

据科学考证，查干湖是河成湖，历史上曾是嫩江主河道的一部分。由于地壳运动，气候变迁，河流摆动、淤积等原因，嫩江改道，东移至大安台地以东，留下了大安古河道。这里是蒙古族先民圣洁的故乡，也是历代皇帝游乐的天堂。自辽金以来，历代帝王都有到查干湖"巡幸"和"渔猎"的习惯，在此地设"春捺钵"，举行"头鱼宴""头鹅宴"。相传1211年，成吉思汗也曾率领九万蒙古族铁骑，在大水泊（查干湖）边焚香祭拜。他认为，山水是天神赐予蒙古民族的恩惠，是兴旺发达的守护神，并向大水泊中洒马奶，宰杀了九九八十一只绵羊，供奉在岸边，以示祭祀。从此，查干湖就有了圣湖的称号。

一个普通的湖之所以能够称"圣"，不仅仅因为它营造了一个渔猎的天堂，同时也因为它滋养了一片适合农耕的"宝地"。更重要的是，游牧的、渔猎的、耕种的纷纷看好了这个地方，都想用鲜血保卫或祭奠它的神圣。于是，这个汉蒙文化的交汇地、满蒙文化的交汇地、农耕与游牧以及旱作与稻作文化的交汇地，便不可避免地要发生一次次温和的交融与流变，一次次激烈的矛盾与冲突，一场场惨烈的征战与杀戮。自有文明记载的三千年以来，在这里发生的大小冲突和征战又何止千百！但有一起极具文化意义的事件或斗争，却常常被人们忽视。也许，被忽视的原因，正在于它的难以评说。

1905年，郭尔罗斯前旗旗长、此地最后一个蒙古族王爷齐默特色木丕勒为了晋升高位和偿还巨债，下令开放二龙索口、赛音胡硕和塔虎城一带荒地，卖地招垦。为求生计，塔虎城一带世代以牧业为生的百姓公推德高望重、胆识俱佳的四等台吉陶克陶胡去王爷府请愿，要求停止开放和移民。结果，陶克陶胡以抗上的罪名，遭到责骂与毒打。1906年9月23日凌晨，陶克陶胡带领三个儿子及亲族、义友等三十二人宣誓起义。起义队伍首先捣毁了二龙索口垦务局，缴获二十余枪支。又于当晚23时到达茂林站，处死十二名日本测绘人员及守卫清兵，缴获大批枪支弹药与军装。清廷急令哲盟十旗派出骑兵追剿陶克陶胡。1907年6月，东三省总督徐世昌又派前路统领张作霖的巡防队等多股兵力进行围剿。当年7月，陶克陶胡率部占据醴泉县城德隆烧锅大院，与八千多官军激战六昼夜后突围。次年3月，又转战于扎赉特旗、土谢图旗之间，在土谢图旗与五千多追剿的官军激战三昼夜。陶克陶胡打着反抗蒙古封建王公及清廷的义旗，以区区数百人的兵力与成千上万官军在东北与东蒙广阔地带进行了一百余次激战。起义的四年之间，他率部转战于郭尔罗斯、乌珠穆沁、呼伦贝尔等广袤地区，曾两次南下，三上索仑山。

1910年春，陶克陶胡率部经锡林郭勒盟到达中俄边界，在众多清兵追击下进入俄罗斯境内。后几经周折进入外蒙古库伦。于1922年4月在库伦（即乌兰巴托）病逝，终年五十九岁。陶克陶胡作为游牧文化的象征，最终被王爷和官府驱逐。之后的"蒙荒"陆续开放，虽然其间围绕此事发生过多起暴力冲突事件，但总体的形势始终没有发生根本性的逆转，农耕文明到底还是大面积地取代了游牧文明。很难说这是历史的缺憾还是历史的必然。

之后，我们最不愿意看到的事情发生了。日本侵略者的身影开始频繁地出现在这片土地上。

1941年12月，太平洋战争爆发。随着日本军国主义侵略野心的膨胀，在资金、物资，特别是粮食等方面出现了严重的紧张状况，为了支撑和扩大侵略战争，他们决定把东北地区变为在太平洋战争中的后方粮食供给基地，实行"以战养战"。

1942年8月，一个称为"日满农政委员会"的机构，拟定了"日满共同造田和增产米谷的方案"，提交给日本政府。1943年9月，日本政府以这个方案为依据，声明建立"日满共同粮食自给体系"，并通过内阁会议做出了《满洲国紧急造田事业文件》。在这项"紧急造成农地计划"之中，郭尔罗斯前旗灌区被列为重点。按此开垦计划，所开垦的农地、农产品，除生产者自行消费部分外全供给日本。所需的劳力，以所谓"国民勤劳奉仕队"为主，以自由劳工补充其不足。实际上，此时日本的"开拓团"已经进驻东北，土地上的劳动者既有"即时迁入之日本移民"，也有被日寇胁迫而来的朝鲜农民，同时也有部分东北农民。工程投入"成农地事业之资金"总额达43160万元，由日本和"伪满"政府各半负担；所需的资材、资金及技术等统由日本负担。在机构设置方面，将满洲土地开发股份机构改称为"满洲农地开发公社"，以此为"造成农地事业"的主体。为了推进这项计划的实施，"伪满"政府决定在郭尔罗斯前旗设立工程施工管理机构，称为"满洲紧急农地造成第二松花江土地开发本部"。

按照"伪满"当局的规划，"第二松花江"（即松花江正源）流域开发的灌区具体分为前郭旗、新庙两个灌区。前郭旗地区由第一、二抽水站供水，总

※张桂芝 摄

面积为96万亩，计划水田面积48万亩；新庙地区由第三抽水站供水，总面积为54万亩，计划水田面积27万亩，共计开发水田面积75万亩。这项工程从1943年7月开始，预计总投资额3800万元，施工面积达六万"町步"。预计使用劳工九千人至一万人，全部依靠各县（旗）提供的劳工，而实际动员的劳工数要远远超过计划数额。

1943年春，"伪满洲国"发表收买郭尔罗斯前旗土地的决定，共为18万垧，也就是除了该旗的岗地4万垧外，全部被收买。伪开拓总局所发地价比当时地价低数成，一等地所给最高额还不到时价的一半。"伪满"政府将土地划成四十个等级，最高等每垧140元，最低等每垧2元。蒙古族农民不愿出卖自己的土地，伪警察便进行威胁，强迫出卖。伪吉林省公署低价强购了上述5万垧土地后，又从附近的农安、扶余等九县，强征劳工五千四百人来郭前旗挖水渠，为日本开拓民造田。这些水田造成后，大约可供三千日本开民拓耕种。

1943年秋，日本开拓总局向农地开发公社派遣应援技术官指导施工。同时从吉林省舒兰、伊通、双辽、怀德、农安、扶余、德惠、九台、瞻榆、大赉、安广、郭旗、开通、榆树十四个县旗，征集大量劳工和所谓的"勤劳奉仕队"，在郭尔罗斯前旗沿江以西计划内的土地上全面动工。工程以第一抽水站及第二抽水站和一、二灌区内的引、排水渠道工程为重点。第一年每天使用劳工约四万八千人，第二年每天使用劳工约六万八千人，第三年每天使用劳工约八万人。此外，在抽水站工程现场每天使用来自山东的劳工约三千人。当时，没有任何施工设备，均是锹挖肩扛，条件艰苦，劳动强度很大。同时，生活条件十分恶劣，穿的是更生布做的服装，住的是低洼潮湿的工棚，吃的是粗粮素菜，且劳动中，经常挨打受骂，因劳累过度和疾病致伤、致亡现象经常发生。

1945年计划种水田3467公顷，生产水稻7017吨。为了完成预定的计划，伪当局从黑龙江省、"间岛省"等地移民六百二十七户，组成四个耕作队，分别驻在吉拉吐、扎拉吐、十二马架、西六家子等屯，经营水田908公顷。同年8月15日，日本帝国主义宣布无条件投降，"伪满洲国"垮台，原日伪当局拟定的宏大水田开发计划半途而废。新中国成立后，修复了第一、第二总干渠，灌区内的水稻种植得以延续，种植面积进一步扩大。

20世纪70年代末期，查干湖上游的霍林河修建了大型水库，致使河水断流，大面积湿地逐步退化，湖水趋于干涸。最后，水面仅存 50 平方千米，湖水变色，水质的PH值由原来的8.5 逐渐上升到12.8，鱼类及湿地动物、植物近乎灭绝，整个湿地生态系统遭受灭顶之灾。素有"天然宝库"美称的查干湖变成了鱼苇绝迹、盐碱泛起的"害湖"。昔日的部分水田因为无水可灌，不得不改作旱田；昔日的渔民也只能靠熬碱度日。

1976 年，前郭县委、县政府在几乎没有大型机械的情况下，发动全县各族人民，靠手抬肩挑，经先后两期，历时八年的艰苦奋斗，终于在1984年修通了一条长53.85 千米、底宽50米的人工运河——引松渠，使松花江水源源不断地流入查干湖。从此，查干湖成为松花江水系中一个争光又争气的嫡亲。

俱往矣，那些五味杂陈的往事！

如今，站在哈达山水利枢纽工程的大堤上，沿江远望，两岸的农田、水泊广阔无际，浑然一体。高大伟岸的玉米地、低矮平展的水稻田、大片开着芦花的苇荡和在阳光下闪着银光的湖水，依次排开，错落有致，如一曲音乐中的不同音阶，正因为高低不同，错落有致，才显得优美动听。作为东北四大灌区之一的前郭灌区，目前所覆盖的良田面积已经达到 300万亩之多，其中水田就有60万亩。这是一个听起来单薄、抽象的统计数据，但若以我们的肉眼去勘测，却是一个无边无际的巨大存在。如果能够站在高空向下俯瞰，300万亩良田将是一块接一块的方格子，一直铺展到天边——春天明丽，夏天翠绿，秋天金黄……

二

松粮集团在加入吉林大米产业联盟之前，就已经是一个小有名气的企业，虽然集团公司组建的时间并不是很长，但它的积淀却已十分深厚。旗下的主要粮企和种植基地，都处于灌区内的核心区域，几十年的稻作文化传统和涵养、几十年水利基础设施建设、几十年的耕作加工和育种经验，再加上格力集团这样大企业资金的注入和实力支撑，使松粮集团一组建就拥有了先天的"强""优"之势。短短的几年时间，不但品牌战略框架已经形成，而且依据自身的品质优势和品牌意识，将区域内的优质大米销往大半个中国，实现了50万吨中高档米"零库存"的营销目标。

松粮集团之所以加入吉林大米产业联盟，实质上是二者建立于智性基础之上的双向选择。此间，松粮集团看重的是吉林大米产业联盟宽广的平台，巨大的整合能力和宣传策划能力，权威的评估、认定、定价和标准体系以及它能够给企业提供的巨大管理、发展空间和营销机遇。而吉林大米产业联盟看中的却是松粮集团的天然优势和发展潜能，更重要的是这个企业领导人所具有的优秀农业企业家的潜质。

在我们采访过的粮企带头人中，松粮集团的董事长宝蒙权确实有些独特。首先，他的经历是独特的。二十四岁参加工作，就落户在政府行政机关，先是政府办，后是宣传部，再后来又去了县委，就算是到了基层乡镇任职，也还是在"官道"上行走。怎么也预料不到，他会突然"转身"，从政府进入企业。这个世代操练马术和刀法的蒙古族后裔，一旦在理念上放下祖先的传承，念起农耕文明里的"种田经"，还会具有我们所期待的精干、智慧和英勇吗？

第一次见面，宝蒙权给我"耍"的就是"大刀"，一开篇他就表情庄严地说出了一条格言"一流企业做文化、三流企业做产品"这样的"过门儿"，如果对面坐着的是一个经验不够丰富的采访者，一下子就会被"镇"住。不过对我而言，这样的漂亮话听得多了，虽然有时也喜欢这样的警句，并懂得欣赏其中的哲理，但更多的时候还是对这些保持着足够的警惕，因为越是深刻的、漂亮的、近于真理的话，越是难以落实。不能落实，又不想放弃的结果，就是天天讲，月月讲，以说代做，用这些华丽的辞藻装点门面。这样的话如果出自一个老实巴交的种田人之口，也许我早就无话可说，只有信服和崇拜了，但出自见多识广的宝蒙权之口，我却不得不拿起理性的显微镜，对准他的产品和企业，仔细地瞧一瞧，他的一籽一粒、一招一式中到底有多少含金量。

宝蒙权汉语话锋极其敏捷、锐利，不需要靠多余的手势助力，就可以不动声色地把头脑中的思想梳理得条理清晰。我理解，那些就是他经营思想或思路中的招式。

应该承认，宝蒙权的集团公司若从企业规模、生产历史和综合实力论，在吉林省西部地区就是理所当然的"龙头"，所以他在想事儿、说话的时候都有一点儿"老大"的气势。他说松粮集团就是要靠品牌的引领作用，把"查干湖大米"的品牌大旗扛起来。可是"品牌"是通过什么程序认定下来的他并没有细说。也许，市场和同行业的认同就是依凭吧！品牌，不需要政府的红头文件，也不需要广大人民群众举手表决。只要消费者都愿意把自己腰包里的钱掏出来买你的产品，投你的票，你的产品就是他们心中的品牌了。既然现实所呈现出的局面是松粮集团在前边走，马上就有十四家企业紧随其后，加入了查干湖大米产业联盟；那么，我们就只能承认松粮集团的凝聚力和感召力了。在这个品牌建设的"春秋战国时期"，产业的集聚有如兵马的集聚，没有大品牌的统领和整合，小品牌之间的无规则竞争势必要造成市场竞争的无序、混乱以及资源的无效消耗甚至浪费。企业很容易失去目标和方向；市场很容易失去引导和理性；消费者也很容易失去产品供应及消费安全的保障。

然而，从现有的各项指标和数据看，松粮集团的生产能力、加工能力、用户信任度、市场占有率等都在逐年攀升，所以我决定暂时放弃对这个企业健康、品格以及未来前景的怀疑。

然后，我看到了松粮集团以及"查干湖大米产业联盟"的管理者，纷纷把脸转向了土地，转向了土地上那些种地的稻农："你们在这片土地上给我们种出最好吃的稻米吧！"稻农们齐刷刷用怀疑的目光看着他们，仿佛他们是从外星来的强盗，蛮横且无理。但他们又接着说下去："你们可以领取我们提供的种子、现代农具、有机肥料，按我们的要求进行田间管理，我们还承诺你们每公斤水稻高于市场平均价格0.3元～0.4元，如果一切按我们的要求去做，即使遇到自然灾害每垧产量不足7000公斤，我们也按7000公斤的保底产量付给你们粮款。但我们也有一个条件，如果你的垧产超过了9000公斤，我们就认为你们没有按要求施肥，而是因为施加氮肥过多造成产量过大，已经影响米的品质，我们坚决拒收，一切后果由你们自己负责。对不起，这是我们铁的纪律。"

于是，一份相互制衡的契约成立了。显然，这契约的成立和履行背后要有一只看不见的手在起作用，那就是资金。资金，只有雄厚到可以为自己的理念预付，可以为系统内的风险担保、托底，也可以对规则的破坏者形成重压时，才能成为一种实现渠道和控制手段。用农民的话说叫"指挥棒"，用宝蒙权的诠释，就叫资金驱动。而我，却感受到了契约如可爱又可怕的火，既温情又残酷，既成就，也摧毁。

在不可回避的商品时代，企业、稻农、消费者在不知不觉中都已经被放到这把火上"炙烤"了。这是一个看不见连线的体系，每一方面都有自己应负的责任，每一方面都会因为自己的正确选择而获得应得的利益，每一方又都要为自己所犯的错误付出代价。

　　农民，不过为了生存或更好地生活。如果能够恪守契约，将几千年的文化和品质在踏实的劳动中注入所种植的粮食之中，无疑会得到起码的回报和尊重，但如果因为贪图小利而违反了契约，将受到严厉的惩罚和打击，甚至是灭顶之灾。农民命苦，几千年苦涩的命运如同有"种"一样，一代接一代地传了下来。当他们恪守本分的时候，总会有很多人因此而获得巨大的福祉，但农民自己却从来不可能获得大利而大富大贵；当他们无法满足基本生存条件时也会放弃觉悟，见利忘义，以次充好，让"激素菜""掺假米"流入市场。这时，他们的行为又将遗患无穷，不知道有多少人因此而受到坑害，但他们的利，终究还是小利，甚至微乎其微。对于这样的群体，单一的企业和个人确实无力改变他们的整体命运，但他们的要求也很容易满足，只要我们稍微慷慨一点，也许拿出我们资财中微不足道的一小部分就能滋养住他们的品行。我们可以算一算"账"，在日常生活中或社会消费结构中，米的费用能占到多大比例。恐怕，一年的米钱还不够买半个苹果手机呢！我们还有什么必要因为吃到肚子里这点儿米的贵贱而计较、吝啬呢？米的生产者们毕竟是弱者呀！我们必须警惕，不要让他们在无望的"苦"中滋生出本可以避免的"恶"来。

　　企业和商家原则上是为了自身之"利"而来，但如果不能够始终如一地

※ 金色秋天　　李春 摄

对稻农守约，那么最终将没有人愿意为他们种地或按照他们的要求种地，因此也就没有办法保证稻米的产量和品质，其结果自然是遭到市场的遗弃。如果他们不能够始终如一地对消费者守约，而是虚张声势、以次充好、哄抬物价或制假卖假，其最终的结果必然是遭到市场的遗弃。企业、商家一头连接着稻米或粮食生产者，一头连接着消费群体。他们的存在，不仅仅为了建立一个通道，把稻米从农田运送到千家万户，而且还应该在契约中发挥核心作用，在品质、价格、利益体系中培育、建立起"契约精神"。看样子，宝蒙权深晓契约的本质，也深知他所拥有的资金在这份契约中的作用。他的想法很直接、有力，就是要让加入"查干湖大米产业联盟"的小企业手头有钱，让按要求踏踏实实种地的农民手里有钱。有了钱才能实现订单农业，才能保证出产优质原粮，才能保证大米的品质和口感稳定，也才能保证小企业和集团的步伐统一，农民和企业的种植标准统一。

消费者的终极目标，不过就是能吃上安全、营养、好吃的大米。虽然在任何契约里都没有列入消费者，但任何一份契约中都有消费者隐藏着的身影。卖与买，失去一个字，另一个字就不复存在。不管你是否把它们并列写在纸上，它们都无时无刻不并列在一起。在这个体系中，消费者常常以"上帝"的身份站在至高无上的位置上，但大部分消费者往往只看到自己的权利而意识不到自己的责任，不知道自己的消费行为在时刻影响和引导着市场。市场，正是由消费者的综合素质、鉴赏能力、消费心理、兴趣爱好所决定的，有什么样的消费者就有什么样的市场。有时，消费者对契约精神的轻慢或无视，最后也将会因为自己的过错或局限而自食其果。比如：迷信、贪图便宜、缺少常识和鉴别能力、盲目从众、缺乏担当和道义、忽视或摒弃消费中的文化要素……都将会导致市场的畸形、混乱和生态失衡。

一切都将遵循着一个统一的标准。产业联合、集群发展、基地保障等一切方式和方法都是为了要把品牌做好，而做品牌的核心环节就是做标准，没有科学、稳定、叫得响的标准，一个品牌很快就会被砸掉。标准的统一，往往要经过全过程的管理和严格管控来实现。在松粮集团的产业布局中，我们能够清晰地看到他们对标准的敬畏与恪守。在他们这里，标准已经不仅仅是针对产品的单一数据，而是一个完备的管理体系。从选种育苗，到松土插秧，到田间管理，再到收割、仓储、加工、营销，标准体系覆盖全程。就连肥水施放、环境监控、仓储管理等很多国家或国际上没有标准的环节、领域都有明确的控制标准和操作"规程"。比如仓储，他们的稻谷收下来后，从来不直接入库，在库外保存至12月初，库内温度和粮堆的温度达到一致，均已结冻时，再清理、除杂入库。这样，直到第二年5月份的时候，库内稻谷的温度仍保持在0℃左右。过了5月份，由格力电器提供的太阳能制冷设备开始启动，让稻谷始终保持在15℃以下的低温休眠状态。科学实验证明，稻谷在18℃以下的环境里保存，基本上不再继续代谢，脂肪酸含量一直保持在较低水平，且有效地抑制虫卵孵化。按照脂肪酸值达到25%即为陈米的标注，松粮集团的米，一年四季保持着新鲜。

自从国内有大米重金属超标事件曝光后，吉林省粮食系统普遍强化了土壤环境保护的监督管理，建立了水稻耕地质量档案，对种子、肥料、农药等农资投入品加强监管，严格控制国家明令禁止的高毒农药使用，并依托大米加工企业，逐步建立大米质量可追溯体系，从源头开始，严把水稻生产、流通的安全关。2014年后，在省内挑选了五十家大米加工企业先行试点，免费提供稻米信息采集和监控设备，对企业收购、储存、加工、销售等环节全程监控，做到"生产有记录、信息可查询、质量可追溯"。松粮集团，自然是这五十家企业之一，但他们总是要做到极致，在公共约束体系之外，进一步加强了自我约束机制。为了严格控制产区内的环境和生态，松粮集团自行在社会上招募了二百名生态志愿者，一旦发现产区内存在污染源或污染现象，一旦发现有人施洒超标肥料或农药，立即报告集团公司，以便及时、坚决做出处理。

50亿立方米的松花江水经过哈达山水库的自然沉淀、净化之后，缓缓流出，如一支神奇的画笔，将"水墨"所及的下游土地一一染绿；300万亩良田集中连片……一个热爱土地的人，想一想这景象都会心潮激荡。在宝蒙权的言谈里，最让他得意的还不仅仅是这些，除此之外，还有他的"明珠1号"。这是他们在母本"吉粳88"基础上，自行研发延伸的一个优质水稻品种。"吉粳88"虽说是最典型的北方优质稻种，但已经连续种植十年，到了提纯、换代周期。近些年，松粮集团与吉林省农科院、中科院、沈阳农大等科研单位密切合作，每年推出不少于一百个单品。2015年推出的这款"吉粳明珠1号"，成功地把南方香米的外香品质导入北方的内香型粳稻里，解决了优质水稻内外兼香和口感与香气兼具的难题。由于"明珠1号"籽粒浑圆，稻米的胚芽又比普通大米的胚芽深，磨米的时候，就会留下一部分，有效地保护了大米的品质和营养。这样的米，在锅里蒸煮三十分钟，就已经芳香四溢了。

　　每年的9月29日是松粮集团的丰收节。在全国各地的粮企和地方都在搞各种各样的文化噱头的背景下，策划一个什么节日或所谓的民俗本没有什么，但宝蒙权并不这么看。他说，这仪式并不是单纯的形式，而是文化，是对秋收和劳动的尊重。不管年景如何，别的企业过与不过，松粮集团都会把这个节日过得很隆重。不但在秋收，春天插秧前还要像很早以前的人们一样，过一个插秧节，就像打鱼人要"醒网"一样，通过手工插秧比赛和秧歌表演把沉睡了一个冬天的土地唤醒，把人们的劳动热情唤醒。隆隆的鼓声，宛若有关季节、宇宙和生命的往复律动，宛若深远的乡愁，让人们在感动和振奋中怀想起那些渐行渐远的"手艺"和从前的劳动、生活情形。

海兰江畔的"白衣民族"

在那辽阔的满洲田野上

飘散着沁人心脾的稻香

我们到达的地方

便有水稻生长

有水稻生长的地方

便有我们歌唱

我们身无长物

只把锄头和水瓢带在身上

锄头用来刨地

水瓢用来装籽

一粒粒种子撒到田里

根儿就扎在新的家乡

这是20世纪初期迁入东北地区的朝鲜族垦民传唱的一首民谣。

这首民谣以质朴而真挚的感情描绘出了朝鲜族人民与水稻生产的密切关系，以及先民们在东北开拓水田时的情景。翻开东北的稻作历史，似乎每有水稻种植的文字记载都有朝鲜族先民的身影。曾有史学家评价："在晚近的两个世纪里，朝鲜族人民充分发挥吃苦耐劳的品质和勇于征服自然的精神，用勤劳的双手开创了崭新的东北稻作史。"这个评价看起来有些高，但也并不夸张，特别是1677年开始清政府断续封禁的二百多年中。正是朝鲜族先民们冒着生命危险垦荒耕种，才维持了东北地区的水稻生产。由于朝鲜族是一个世世代代以米为主食的民族，所以正如前边民谣中所唱，他们走到哪里，就把水稻种植技术传播到哪里。

在朝鲜族的食谱上，除了大米和打糕，很少有其他主食。走进任何一个传统的朝鲜族民居，首先映入眼帘的总是一口"朝式"铸铁大锅。如果锅里边蒸的是粳米，掀开锅盖，一锅油汪汪、香喷喷的大米饭便呈现眼前，盛出来，以一碗大酱汤相佐，就是一顿传统的朝鲜族美餐；如果锅里边蒸煮的是糯米，一种最受朝鲜族喜爱的美食制作，则可能刚刚拉开序幕，接下来就要进行程序繁复的打糕制作。

煮糯米饭之前，先要将糯米洗好，用清水浸泡十几个小时，直泡到用手指能把米粒捏碎为止，之后把米捞出滤干，放入蒸笼用大火蒸半个多小时。将蒸好的糯米放在木槽之中或砧板上，用木槌蘸水反复捶打，一直打到看不见饭粒，"打"的工序才算完成。最后，将打出的"糕"切成便于食用的小块儿，

※ 民俗表演　李光平 摄

撒上豆沙或熟豆面即可食用。喜甜食的，可蘸上糖；喜咸的，可佐上盐。随着物质的丰富、人们生活水平的提高，传统的打糕也派生出很多口味，如豆沙、芝麻、山楂、菠萝、花生、草莓等。

早在18世纪，朝鲜族的官方文献中就已经有了制作、食用打糕的记载。当时，打糕被称为"引绝饼"，截至文献形成的年代，"引绝饼"已经成为朝鲜族的传统食品。以此推算，朝鲜族打糕出现的年代应该远早于18世纪。旧时，打糕用以农历三月祭祀、供神之用。打糕制作时，往往要分期分批往出打，第一次打出的"糕"称"擦台糕"，一般不用作供神；第二次以后打出来的因石板或木槽已干净，方可用于供神。如今，每逢佳节或红、白喜事，各家都用打糕来招待亲朋好友。

近年，延边朝鲜族自治州又多了一个与打糕有关的风俗，每当孩子高考升学前夕，家长就会来到孩子想去的高等学府大门外，在天亮前把事先在家做好的打糕扔到学校墙上和大门上，扔得越高代表孩子考上大学的希望越大，此寓意：蒸蒸日上，金榜题名。

朝鲜族素有"白衣民族"的美称。《隋书》（卷八十一）记载："朝鲜三国时期新罗衣服略与高丽、百济同，服色尚素。"《宣和奉使高丽国经》（卷第十九）又记："农商之长、农无贫富、商无远近、其服皆以白苎为袍。"对于朝鲜族喜穿白衣习俗的成因，曾有多种推测，其中之一是朝鲜民族自古以来"其俗皆洁净"，白色象征着纯洁、干净。因为在漫长的农耕时代，朝鲜族人始终逐水耕作，择水而居，自然深得水的意境和品质。特别是男人，因为从早春起就要赤脚下田耙地、插秧，一年中有一两个月的时间浸泡在冰冷的水中，更识水"性"，更得水的精魂和要义。正因为男人这份难以想象的辛苦，女人们便对男人特别心疼和敬重。当男人从田里回到家中，女人不舍得让男人再做任何家务。时代变迁，岁月轮转，虽然男人女人的社会分工已经发生了巨大的变化，但朝鲜族男女间的关系和相对地位却作为一种风俗和文化固定下来。

朝鲜族是一个勤劳的民族。在家庭之外的领域，男人们还有十分广阔的驰骋空间。据和龙市东城镇淳哲有机大米农场有限公司董事长金淳哲回忆，他从小所受的教育都是如何热爱劳动、如何树立远大理想。至今，他还清晰记得小学时上的那些劳动课，每一堂都印象深刻。所以，当他多年后重返农业，操持起大米生产和营销事业时，一点也没觉得有多么陌生。

　　金淳哲所在的光东小学有自己的水田地。每年从4月份开始，学生们就要跟着老师定期上"劳动课"，一直到秋收，孩子们陪水稻共同成长，经历每一个生长的重要环节。4月的一天，老师抱来"一沓"育种盘，孩子们的"农学"便从育苗开始。他们学着老师的样子，在小网眼儿里撒上一层土，再数七八粒种子放进去。然后，在每一个小眼里撒一层土，浇上水，慢慢等待。5月来临，育种盘里的稻苗长到了"一拃"高，已经到了插秧时节。班主任老师朱美兰带着二十四个孩子一起到离学校不足一百米的水田里去插秧。孩子们也模仿大人的样子，赤着脚，像小鸭子一样，扑通扑通跳下水。插秧时，一个池子分几组，每个人负责五排，看谁插得又好又快……收割的时候，孩子们拿着镰刀，将成熟的水稻放倒，铺排在地上，由家长跟在后边打捆……

　　在这样环境里成长起来的孩子，对土地，对粮食，都有一种特殊的情感，不论走到哪里，心中都深深切切地藏着故乡情结。多年以后，只要一息尚存，终究还是要找到一种方式"回归"的。2002年金淳哲去日本留学，学的是企业

※ 朝鲜族象帽舞　　李光平 摄

经营管理，毕业后，他果断地放弃了在国外发展的机会，回到故乡，管理叔叔的水稻种植合作社。

合作社种植面积65公顷，订单100公顷，全部都是有机田，就位于著名的海兰江畔。本来，海兰江是图们江上游一条不大的支流，只因为上世纪中期，有一首全国传唱的歌曲里有"海兰江畔稻花香"一句歌词，便名扬大江南北。海兰江又名"海林江"，源于满语，意思是"榆树"。海兰江发源于和龙市甄峰山东北的峡谷里，水质以清冽甘甜著称，向下流经和龙市、龙井市，与匠人河、福洞河、六道河、八道河等支流汇合后，经延吉市河龙村附近的海兰江河坝，汇入布尔哈通河。一百多年前，海兰江畔的平岗平原和瑞甸平原还是榆树茂密的荒地，朝鲜族先民们移居到这里后，把荒地开垦成良田。

尽管全国闻名的海兰江并没有使延边的"海兰江大米"拥有同样的知名度，但海兰江畔的稻花却在年年飘香。海兰江的水，来自老里克湖，那是从长白山流下来的雪水，清纯温润没有一点污染，方圆100千米内又没有任何工业，甚至连村庄都少见，正是种植有机稻的好环境。从1997年起，金淳哲就开始帮助叔叔在海兰江畔种植有机稻。

转眼，二十年过去了。二十年前，省内乃至全国都没多少人种有机稻，从

※ 朝鲜族传统摔跤　李光平 摄

行业上看，他们还是走在了最前边。但和许多水稻业的农户或老板不同，金淳哲并没有太大的"野心"或"雄心"。虽然种植的目的无非都要追求一定的产量和效益，但金淳哲看上去却总是不急不躁、不温不火，恬淡得似乎市场和他没什么大关系。他只是专心地把自己的水稻种好，并不太操心扩张的事情，手里有多少地，就种好多少地，有多少米就销售多少米，不想为那些额外的利益绞尽脑汁，搜肠刮肚。

1997年刚起步时，他才种了30公顷稻田，当时就是考虑把农村的农家肥充分利用上，才起了种有机稻的念头。后来，不断有人加入进来，他就考虑土地面积扩大后地要怎么种才能种好。整个过程是渐进的，所以他一直也没有因为突然扩张而面临窘境。

2017年，他的有机田将扩大到500公顷，他的状态和心态仍然如二十年前一样，只专心把地种好，其他的事情顺其自然。销售上，还是坚持拒绝批发，只做零售，理由是要和用户无间隔对接，不让那些"二道贩子"从中渔利，扰乱市场。他利用互联网开网店，但网上的销量只占总销量的10%左右，大部分的米都被慕名而来的老主顾"回头客"买走。因为米质好、信誉高，每年新米下来不到半年就已售罄，因此，企业不能常年卖米，就基地生产的这些米，有多少卖多少，卖完就放假，从不收购转卖不知底细的米。

水稻花开与鸭田

其塔木，在满语中就是低洼的意思。

这是一个四面环山中央多水的特殊地域。域内因为水塘成片，鱼、虾、蛤蟆多有滋生，所以从古至今传承下来的地名多带有水汽，东蛤、西蛤、腰蛤……那些地名中的蛤，就是蛤蟆的意思。

在五谷之中，稻的命相属水，天生就与水相生相合，只要有水，定能生长得生机盎然。于是这片群山环抱而水汽氤氲的低洼地带就成了水稻的"伊甸园"和生生不息的繁衍密境。水与阳光、稻与大米，世世代代的交替演变，编织着其塔木流"金"淌"银"的岁月。

国庆节临近，"忠田农民专业合作社"的稻谷陆续进入成熟期，部分地块儿的稻子已经具备了收割条件。一大早，合作社的理事长池中田就带着收割队伍和两部大型收割机来到田间。今天收割的是他家自营的水稻田。316垧稻田，站在田埂上远望，就是一片金色的汪洋，给人一种没有边际的感觉。尽管如此，池中田还是在前一天花了一整天的时间亲自把所有的稻田从头到尾地走了一遍，逐块儿查验了稻田的成熟程度，并确定了每一地块的最佳收割时机。

这些年他已经养成了习惯，农事中的一些关键环节比如秧苗出棚、稻子收割等，必须亲自过手，否则心里就会不踏实。本来，他并非出身农民，而是九台粮库的正式员工，但自从他辞职回来种田之后，却在长期的水稻种植、管理中把自己熬成了一个地道的农业"把式"，几年前就被长春市九台区命名为"首批乡土专家"。

朝阳初现的早晨。也许只有收割机的轰鸣声，才是对眼前这个秋天的最好解说和最透彻的阐释。农机手坐在驾驶室里操作熟练，让收割机始终保持着笔直向前的匀速行驶。从高空俯视，仿佛一支移动的画笔，正在一块画布上做着反复涂抹的动作。虽然黄色的基调没有改变，但农机走过的地方却显得更加平整、细腻和空阔。稻粒离别了土地，哗啦啦落在袋子里；稻秧被锋利的刀具搅碎，扬撒在田野之中，还原为泥土，为下一季的稻花飘香做了最后的祭献……至此，水稻们的一生就宣告结束了。田地上留下矮矮的茬口，那是关于它们今生前世的记忆。

已经牢牢在握的丰收，对一个种田人来说，就意味着黄金一样的稻和白银一样的米，那本应该是财富和喜悦的代名词，是一年劳作之后应得的报偿。但此时的池中田，脸上却没有那种不掩云翳的欢笑。他的表情看起来深沉而悠远，似喜悦又似悲戚，似欣慰又似忧虑……这是世界上最难解读的表情。这是典型中国北方农民的表情。也许，每一季收获、每一粒粮食之中，都寄托了他们太多的血汗、太多的情感、太多的忧虑和太多的愿望，所以秋天才显得异常沉重。难以改变的命运和不断重复的经验告诉人们，一季丰收仅仅是走

※ 稻花　　沈希宏 摄

向喜悦的一个逗号，结果如何全落在自己无法掌控的市场和价格之手，到句号呈现之前，是喜悦还是悲哀、是福祉是祸患很难做出判断。一季丰收，也仅仅是一场繁华的落幕，下一场繁华是否能以此为基础或以此为依凭重新开始，从古至今都是一个悬念。

不知疲倦的收割机，持续在秋日的阳光下搅起纷纷扬扬的金沙……这庄稼的"粉身碎骨"，不但没有在人类的情感上引起任何悲戚和痛惜，反而激发出一种近于绚丽的想象，想到另一种形式的播种。

"你见过水稻扬花吗？"在机器的轰鸣声中，池中田突然大声问我。我想，他那时一定也和我一样，在触景生情。但池中田却对我说，每年水稻一扬花，他就能从开放的水稻花中看到秋的成色。他说，水稻扬花是一个传奇，是水稻一生中最大的秘密——

细细小小的水稻花儿，开放时不仅是无声的，也几乎是无形的。除了风，除了细心稻农的目光，似乎就不再有什么能把它们从稻穗儿上发现并拾起。仿佛世间没有哪一种花能像水稻花那样微小、朴素和低调，白白的一片，从远处看，总像稻穗儿上撒了一层灰尘。稻花没有花瓣，更难看出雄蕊雌蕊，并且花期十分短暂，从开放到关闭，也就一个多小时的时间。风吹过，水稻们如一个个在音乐中跳舞的舞者，有节奏地摇摆着自己的身躯；也如被激情鼓荡着的情侣，在欢快的节奏中不停地战栗。与此同时，那些比稻花更加细小的花粉，如雾、如烟、如难以捕捉的意念，在风的掩护下悄无声息地完成了水稻们秘密的情事。那些爱情、那些与爱有关的事情、那些与生命传承有关的约定，还不等人们有所察觉，就已经如"一阵风"般过去了。

池中田说，他曾在每一个夏天不止一次认真观察并仔细数过，一株稻穗，大约要开二百多朵稻花，如果没有什么意外发生，到了秋天，每一朵稻花都会变成一粒稻谷；但"意外"，总是会不可避免地发生。按照传统的农业生产条件定义，像其塔木这样的地方无疑是"风水宝地"，没有大旱、大涝，鲜有春寒、早霜，就连每年刮的两次风也是极有规律的。

每年4月末至5月初，这里会起一次大风；7月末至8月份初还要起一次风，有时候还会带一点儿雨。对其他粮食品种来说，一切都是正常的，根据每年极其稳定的产量看，基本上没有遇到过"意外"，但稻谷却有不同，一样的水肥、一样的生长和自然条件下，有一些年份的产量就高，而有一些年份，稻谷的结籽率就很低，瘪子很多，产量明显下滑。农民们知道那是因为水稻在授粉期授粉不足、不充分所致。有时，正是春天那场大风带来的祸害。

世间万物的繁衍生息，似乎都遵循着一种普遍的自然规律，唯有雌雄双方的生命力旺盛、交配质量高，才能保证子嗣兴旺。对此，先民们也早有认识，但由于他们的认识当时无法上升到科学层面，所以世界各地的先民们便根据自己的想象和文化背景创造出五花八门的稻作风俗和仪式。那时，人们不把庄稼当普通的植物来看待和对待，而是把它们当作神性之物或神赐之物，因此在水田的灌溉、育秧、耕作、经营管理过程中以及美食制作的样式和方法等方面，都存在着很多在今天看来是比较丰富的仪式、神话、传说或歌谣等。

无论在印度、缅甸、泰国、菲律宾、印度尼西亚，还是在日本、朝鲜、韩国和中国，都具有丰富多彩的民俗形式。有的是关于稻米起源，有的是关于稻谷生长。起源类传说大体上表现为三种类型：一是天或天神降稻穗或米给人间；二是神鸟或灵兽送来或盗来稻穗；三是神奇的岩洞里流出稻米。第一类型在中国、越南、缅甸、印尼、泰国较为普遍；第二种类型在日本、朝鲜比较多见；第三种类型主要出自中国的广东、广西、云南、福建、贵州、四川一带。

"生长类"的习俗并不算丰富、复杂，但都很奇异。人们将自身的繁衍规律由此及彼地推演至水稻，想象水稻也和人类一样，"意识""行为"会受到环境的影响和引导，所以在稻穗扬花季节，人们便会自觉地遵守一些祈祷稻米丰收的习俗。有一些地方，在这个季节严禁在稻田附近做洗衣、夯打、喊叫等声响较大的动作和行为，以防惊吓了水稻授粉；而另一些地方的人们，却要由一些有经历的人在此季节故意到稻田里说一些男女交合方面的秽言，以此诱惑水稻"春心"激荡，多扬花、多授粉。

这些事情，受过现代科学武装的池中田当然不会去尝试，但有关水稻扬花、授粉的规律，他却认准，一定要确切掌握。水稻落地之后，在什么条件下第几天开始扬花，水稻的花期有多长，什么因素影响水稻的扬花授粉……都是他计划要花功夫关注、研究的课题。他知道7月末8月初的那场风一定对水稻的授粉和产量有影响，但如何避免，如何让自己的水稻扬花期与那场风在时间上错开，却是哪一本书上都不会说得清楚的。于是，一进7月，池中田就揣着个小本子，拎着一部摄像机天天在稻田地里巡查、守候，看哪片地的水稻什么时候抽穗，然后找一片有代表性的田地，"蹲"下来，日夜不停地看守。

先是等待抽穗儿。池中田从早上太阳刚露头，一直等到天边一点光亮也没有，看看水稻毫无反应，才顶着星星回到家中。第二天又早早起来，赶紧往稻田里跑，似乎一夜之间所有的稻子都抽了穗儿，结果，稻子仍旧毫无反应。就这样半个月过去了，终于，有一株水稻在8月上旬的某一天，懒洋洋地从叶片间探出小小的花穗儿，池中田喜出望外，仿佛等到了久久期待的情人，眼泪差一点儿没流出来。

这一天，他的眼睛像读过一本厚厚的大书，被陆续抽穗儿的稻子累得酸痛。天渐渐暗了下来，这块地里抽穗的水稻越来越多，先期抽出的稻穗儿也渐渐变得粗大、壮硕起来。只要抽穗，就随时可能扬花。如果就在这一晚错过了水稻的花期，这一年的心思又白费了，池中田决定回家取了手电，蹲在田里继续看。脚蹲麻了，就顺势坐在田埂上，眼睛不敢离开稻穗儿须臾，他要精准地记录下全部过程。夜里，起了风，池中田有点冷，他紧了紧衣襟，继续等。天亮了，微微下起了雨，先是淅沥，后如瓢泼，农田里的稻农纷纷跑回了家，池中田仍旧一动不动地坐在田埂上。有那么一刻，他甚至有一些沮丧，怎么"意想不到"的事情都让自己赶上了？可是转念一想，也好，他正要观察一下，正常的雨水对水稻授粉能产生多大的影响。

不知过了多久，雨停了。深夜里，在手电光束的照耀下，稻穗上一朵朵娇嫩的骨朵，微微张开了小嘴儿……水稻开花了，稻子们的情事开始了。这是水稻最浪漫的时刻，自然也是最脆弱的时刻，只要有一阵大风，只要有一场大水，爱情啊，幸福啊，一切都将随风飘散，或被水吞没。池中田感怀于胸，把一切记在心头，也记在他的本子上，录在摄像机里。但他还是没回家，仍然蹲守在地头，他要计算一下，一亩地扬完花需要多长时间。一切停当之后，他把在田间摄录到的细节在电视机里反复播放，仔细揣摩，认真总结让这些水稻躲过"意外"的规律。一连三年，池中田都把前一年做过的事情认真地重做一遍，终于把水稻扬花的相关事情搞得一清二楚。这回，他可以做他那些水稻的"保护神"了。每年春季插秧前就把刮风的大致期间和水稻扬花期算准，插秧时巧妙安排，使"两期"相错、互不搭界，水稻们的"佳期"就不会再受到风的侵扰。

又一个秋天来了。池中田对水稻们的慈爱和"好"，都回报到了收成里，他的稻子每穗的籽粒数大多达到三百粒，个别出彩的甚至达到六百粒。他掂着沉甸甸的稻穗儿，如同掂着自己的心思。这一关终于闯了过去，一块沉重的石头总算可以落地，但如何让自己的米更好吃的问题还需要花更多的心思来解决。就好比一对新人已经成家立业，生儿育女，传宗接代甚至儿女众多的问题解决了，孩子们健康、强壮的问题也解决了，但仅仅如此是不够的，好看、可人、性情、品质等问题还要解决。在中国，只考虑产量和"吃饱"的时代已经过去了，取而代之，一个多层次、多元化的消费时代业已来临。一个种稻子的人，不仅要懂得如何让自己的田地有足够的出产能力，同时也要懂得如何让自己的出产品质更好更受欢迎。简明的解释，就是要让自己的大米"好吃、营养、更安全"。

这样的愿景，似乎已将目标直接定在了"绿色米"的标准之上，如果按池中田的理解和性格，他给自己确定的标准还要更高一些。好吧，那就是做"有机米"！

2008年秋，很多老客户到池中田家寻找有机水稻。那时，他对"有机"还没有一个清晰、完整的概念。但就凭专家和客户们的描述，就足以激发起他的斗志。这个典型的东北汉子天生一种不甘服输、不肯落后的性格，越是标准高、难度大、富有挑战性的事情越能让他兴趣盎然。不就是不施化肥，不打农药，土地和水中不能有任何形式的污染吗？别人能做到的，我怎么就做不到？南方能做到的，北方还有什么条件可讲？水是清洁的水，空气是干净的空气，由于气候干燥、通风良好、土壤洁净，稻子少有病害，"老天爷"该给的都慷慨地给了北方，剩下的就是人的努力了。农家有机肥的问题，他只用了一天时间就基本上"搞定"，借助平时的人脉，四个电话就预定了附近四个养牛场的牛粪。剩下的就是一个除草的问题。他当然也可以在需要除草的季节里，雇佣短工进行人工除草，但除此之外会不会还有更高级一点儿的办法呢？

为此，池中田专程到各地考察了一圈，决定采用"一地双收"的方法，也就是实施"鸭田稻""蟹田稻"等混养方案。如果这个方案实施成功，既节省了人力物力，又可以增加副业收入，以弥补有机稻因产量不足带来的损失。第一年，池中田拿出了五块地做实验：一块田里放鹅，一块田放鸭，其他三块田里放不同品种的三种鱼。两个月过去了，放鹅的田里，鹅长得壮实，稻苗被吃得精光；放鸭子的田里，鸭肥苗壮，田里一根杂草都没有。放鱼的田里，鱼儿全军覆没，稻田里草比苗还高。实验结果不言自明。第二年，池中田流转了30

公顷水田，放了一千五百只鸭子。为了让鸭雏们适应环境，先把它们放在大棚里，每一个早晚都赶到田里，适应一下天气和水温，稻苗长到一定程度，才让小鸭雏正式上场。

鸭子一入田，池中田的"痴"劲儿又上来了。他又开始像看稻花一样，对鸭子们在田里的表现进行"全天候"跟踪观察。他每天在水田里待着，看着小鸭雏怎么吃草，怎样吃虫。直到现在池中田在描述他的小鸭雏时，还一脸的童真："咱们吉林地域条件好，水稻病虫害较少，有时候水稻叶子上会有一些小黑虫。刚放进去的小鸭雏吃虫子的样子可真好看，真可爱呀！看见了虫子，就一跳一跳地够虫子吃，样子笨拙口舌却出奇灵活，目光所见的那些小虫，一会儿就被它们吃光。它们吃完虫子就去吃草，一会儿都不闲着……"

可是，好景不长，小鸭雏放到田里两个月左右，就有一些渐渐"打蔫儿"，然后，零零星星地相继死亡。池中田一时感到茫然无措，自己事先应该把各种情况都估计到了，怎么就没想到鸭雏会无缘无故地死亡？他赶紧请专家

※ 其塔木水田一景　　蔡正环 摄

来帮忙分析原因，结果，来了几个专家都说鸭雏是中毒了。可是，中了什么毒，专家也说不清楚。

"中毒，怎么可能？我这田里一点药和化肥都没有，怎么会中毒？"池中田不信。

接下来的一周，鸭雏死得越来越多，池中田有些扛不住了，就暗暗地下了决心，一定要把真正的原因搞清。他把所有的鸭雏都抓起来，死的、快死的、活的，分成三类，带着它们到各个地方找专家解剖。"农药中毒""农药中毒"……查了两个月，所有的专家给出的化验结果都一样。吉林大学农学院的专家亲自来到池中田的地里，进行了现场咨询服务。专家告诉池中田，鸭子对农药特别敏感，也许就是风吹过来的一点点气味都能要他们的命。池中田明白了，他种的田虽然没有化肥和农药，但是离他的水田比较近的旱田或者别人的水田农药可能污染了自己的水田。原来，这鸭子不仅能帮助人类灭虫除草，而且还能"以身试毒"，监测水稻生长环境。

2014年，池中田扩大了自己的种植规模，从农户手里流转了246公顷土地，其中70公顷是鸭田有机稻。他总结以往的经验、教训，采取了必要的隔离措施，把生产绿色米的田放在外围，生产有机米的鸭田稻规划到中心，并在田与田之间设置了隔离带，这样就保证了有机稻田不受外来的空气污染。

池中田半生的信条就是，要么不做，做就要做得最好。很快，他的"鸭田稻"在全国有了知名度。让他感到欣慰的是，每年水稻还没收获，北京、上海等地的订单就来了。今年秋天，就在他的新米刚磨出来的时候，贵州来了一个米商，在看过他的米之后，要求品尝。让池中田没想到的是，一碗饭还没等吃完，田里的稻子就卖掉了。

"这米，真是极品。你有多少，我全要了。"米商边吃边说。

"没有多少，只收了一部分给市民尝鲜，多数还在地里长着呢！"

"带我去地里看看。"

黄昏下的稻田稻香弥漫，池中田的表情，竟然显现出几分平时很少流露的沉醉。米商是行家，看着地里有零星的杂草，更兴奋了。"我就是要这样的，不管你有多少，20元一斤我全包了。"米商指着眼前的一大片稻田说。

"这怎么行？你全包了，以前的那些老客户吃不上新米了咋办？"这天大的好事，一时倒让池中田有些发蒙了。最后还是米商做了让步，留出一小片地，让他安抚一下那些老客户。

这个秋天，就这么完满地收官了。

虽然欣慰中不无遗憾，但对池中田来说，毕竟一年的心血和汗水有了一个不错的报偿。于天，于地，于人，都算有一个体面、公道的结语：天道酬勤！至于明年或更远的未来究竟如何，那就让未来提供答案吧！天，彻底黑下来之前，大家不约而同地望一眼已然幽暗的大地。

这一片深厚而又神秘、明暗交织的大地呀，从来都是既给人安慰，又让人忧虑！

第三部 昔日"皇粮"

——在一次次贡米的命名和交易中，皇家自然直接受益。什么东西，只要打上贡品的印记，就已经是皇家的了，谁再敢随意乱动就是死罪。皇家的逻辑，就是"好的！好的！都拿来！"而那些进贡的官员，自然也会在把事情办妥之时，受到赏赐。苦就苦了纳贡百姓，只有纳，只有贡，收成好时，将贡米悉数交出，换得日用和备耕之资；收成不好或庄稼遭灾之时就惹上了大麻烦，延误皇粮岂是儿戏，至少要受到"戴罪立功"的责罚！

如今，时代变了，生活状态变了，人们终于摆脱了皇权的压抑和生存线的束缚，从生活的最低端飞翔起来，开始关注、重视生活的品质和品位。即便是"昔日皇粮"，也可以毫无禁忌地品头论足，指指点点，"挑肥拣瘦"。也许，今天的人们拥有这样的权利——

雕 龙 石 碑

2014年10月的一天，长春市粮食局局长鲍文明带队到九台区考察大米企业。当地人介绍，九台的其塔木一带就是清朝的"五官屯"，那里出产的米曾闻名遐迩，一度专供皇家享用。鲍文明当时眼睛一亮，决定把一个下午的时光都"消磨"给那个有一点传奇色彩的小镇。

小镇果然就有一段独特的历史。据老乡介绍，那里很久以前就已经有人开始种稻，一直不间断地延续到现在，家家户户深谙稻作秘密。曾有人猜测，神秘的"卢城之稻"消失之后，正是这个地方在幽暗、深远的岁月中始终秉持着"寒温带稻作技术"的火把，以事实证明着"北地无稻"论的荒谬。

这里，虽然没有威震全国的大米品牌，但生产出的米，却十分"抢手"，周边地区的人包括那些自己种稻的人，都非常"认"其塔木大米。出米季节，只要一"撒手"，家家户户米仓售空，每年不到"元旦"就只剩下自家食用的一点存粮。这样一来，稻农们反而缺失品牌意识。结果是周边的米商花了较低的价格来抢米，转手高价卖出，遇到不那么"讲究"的商家，还要掺一些杂米，打着其塔木的名号卖给不明真相的消费者。

当地有一款米，品名叫"五官地"。从这个有一点奇怪，也有一点儿沧桑气息的名字看，这个地方很可能"扎"着一条很深的稻米文化根系。没准儿，这里就是清代那个皇家囤粮的"五官屯"所在。鲍文明很想到那个企业去看个虚实，如果确有来历，米又名副其实地好，就要帮助他们把品牌做大做强。

自从到了粮食局长的"任上"之后，鲍文明最关心的就是当地大米品牌的建设和宣传工作。几年以前,他就已经看出了长春地区乃至吉林大米的薄弱环节——品质好,价格差,没名气。在当下这种喧嚣的市场环境下,让这种状态长期存在下去,既不公平,也不负责任。不公平,是对那些辛辛苦苦的稻农而言,"人参卖个萝卜价";不负责任是对广大消费者而言,花了好钱买不到好米,或买不到真正的好米。这几年,他已经把长春地区的大米推介工作列到了工作首位,电脑里存的,案头上放的,心里头想的,都是有关大米推介的事情,并且只要案头工作一结束,他就会"跑"到田间地头或基层的企业中去,寻找灵感和突破口。

鲍文明赶到生产"五官地"大米的高家,问他为什么要给自己的米注册这样一个名字,老高很爽快地说出了事情的原委。两年前老高开始做大米品牌,挖空心思想给自己的米起个有文化的名字,左思右想没有思路,后来,想起这里在清代有可能是"五官屯"中的某一个官庄。如果确有其事的话,自己的稻田不正是官庄的地吗?所以就叫了"五官地"。至于确切的考证和依据,似乎没人能说清楚,但老高记得几年前这还挖出过一块石碑,后来让关云德拿走了,也不知道那算不算一个物证。抓住这个线索,鲍文明马上带人赶往关云德家。进了关云德的院子,他一眼就看到了随意堆放在墙角的那块石碑。仔细观察和考量,那石碑高约0.5米,宽约0.7米,汉白玉材质。碑头上刻着鳞状花纹,碑身有六个镂空的圆孔。二龙戏珠的图案清晰可见,珠子下方,"皇粮"二字赫然入目。从底部的断痕来看,石碑并不完整,是一块残碑。据关云德介绍,2007年8月的一天,其塔木镇第二中学正在挖地基,准备新建一栋教学楼。在挖掘机的轰鸣声中,一块刻着浮雕的大石块破土而出。拂去泥土,隐约可见碑上有一些雕刻的图案和文字。现场工人中,有人稍有常识,觉得这块石头应该有一些来历,很可能还是个什么文物。其中一个认识关云德的工人,知道老关平时爱搞一些收藏,兴许他能够知道这块石头有什么"来头",于是就把老关叫到了现场。

关云德来到工地,一眼就看到石碑上有"皇粮"两个大字。虽然一时还说不清这块碑到底有什么历史,但凭"皇粮"二字和清晰可见的龙纹浮雕,也能大致判断出这块石碑或许与哪个朝代的皇家有一些瓜葛。一开始,他着实兴奋了一阵子,四处找人请教如何破译这块碑的秘密,自己也翻阅一些资料,查找有关线索,但折腾一气之后,最后还是无功而返,终至偃旗息鼓。随着时间的

皇粮碑

推移和兴致的渐衰，那块碑也就被渐渐遗忘了。

鲍文明的到来，是长春地区稻米文化研究的一个契机和转折。凭借多年读书、思考修炼出来的见识和敏感，鲍文明坚定地认为，这块刻有"皇粮"字样的碑，日后必成为这个地区农耕甚至稻作历史的一份铁证。于是，在鲍文明的提醒和倡议下，对这块神秘石碑的研究再一次拉开序幕。

这时，关云德突然想起多年前收藏的一本《打牲乌拉志典全书》。

打牲乌拉，昔日古城。明代海西女真乌拉部所筑，也称乌拉城，在今吉林省吉林市乌拉街。打牲乌拉，满语为布特哈乌拉，打牲或布特哈意为渔猎，乌拉意为江。旧城紧邻松花江，清康熙四十二年（1703年）为防水患，于旧城之东另筑一新城。据《清史稿·列传十》载，乌拉部国主布占泰曾势力强大，努尔哈赤将女儿许配给他为妃。布占泰把兄长的女儿给努尔哈赤为妃。后来，因部落间的恩怨冲突，努尔哈赤向乌拉部宣战，明万历四十一年（1613年）灭乌拉国。努尔哈赤取得乌拉国政权后，逐渐统一东北各部成立后金政权，并在"布特哈乌拉"设置了"打牲乌拉总管署"。

打牲乌拉总管署，原为一般意义的行政管理机构，后来逐步演变为清朝政府采捕、供奉地方物产的专门机构。机构名称也有变化，改为"打牲乌拉总管衙门"，直接归当朝内务府管辖。总管衙门有品位的官员六十九员，其中总管（三品）一员，翼领（即辅堂，四品）二员，分左右两翼，协助总管统理衙署事务。一品翼领四员，分管采、捕业务。一翼分四旗，每旗设骁骑校一员，计十六员。其他四十六员。领催以下的官兵四千二百七十六名。其中领催二十八名，珠轩头目一百一十一名，铺副一百三十八名，打牲丁三千九百九十三名

（打牲丁的来源由三部分组成，一部分为乌拉地区所遗的满汉奴仆；一部分为内务府从外地拨遣的人户；此外，还有内务府发遣的罪犯或抄没之户）。平时采捕贡品，战时出征打仗。清王朝还规定，打牲乌拉总管衙门"扑贡兵丁由京都内务府分司节制，不与驻防衙门干涉"。为了纳贡的需要，清政府划出"贡山""贡江"。据《吉林通志》记载，打牲乌拉总管衙门的疆域"南至松花江上游、长白山阴（今吉林省通化、白山、延边地区）；北至三姓（今黑龙江依兰县）、黑龙江、瑷珲；东至宁古塔（今黑龙江省宁安县）、珲春、牡丹江流域。上下数千里，流派数百支。"

《打牲乌拉志典全书》记：清康熙四十五年（1706年），乌拉官庄在城西北八十里，设尤家屯官庄一处，张家庄子官庄一处，前其台木屯官庄、后其台木屯官庄各一处，蜂蜜营屯官庄一处，合起来共设官庄五处，统称五官屯。同年，打牲乌拉衙门总管穆克登奏报朝廷，请筑仓廒（粮仓）七十间，历储仓谷两万石。从书中记载的文字分析，五官屯，也是清内务府在乌拉地区设置的五个官屯之粮庄。在这些地方，由以前发落到乌拉的五十户采蜜牲丁中拣选七十人充作庄丁，每庄十四人，给牛二十头，设庄头一人，每丁授地15垧，同时给予农具、种子。这是一种皇家自己生产，自己收储，自己运送的封闭运行模式，所以很多细节除了史书记载，民间少有流传。后来，关云德又查了很多地方志书，从各个侧面推导论证，结果发现前其台木屯官庄、后其台木屯官庄的旧址就在今天的其塔木镇。

吉林省社会科学院民族研究所所长朱立春对清朝历史曾有精深研究。据他掌握，打牲总管衙门是清顺治十四年（1657年）设立的。这是与当地将军衙门和副都统衙门无涉的四个朝贡衙门之一（与江宁织造、苏州织造、杭州手工业生产朝贡机构并称），为三品大员督管的农副业特产朝贡机构。从天聪三年（1629年）皇太极在乌拉设"嘎善达①"行政机构，到1912年朝贡停止，设乌拉旗务筹办分处，历二百八十三年。除丝绸来自江浙，瓷器来自景德镇，地方风物差不多均出自乌拉街打牲衙门，故称清廷"第二后勤部"。因此，"南有江宁制造，北有打牲乌拉"的说法也广为流传。实际上，沿松花江周围五百里范围内，皆为打牲乌拉总管衙门的采捕区，其中粮食的种植和"供奉"尤为重要。《打牲乌拉志典全书》又记："臣等查雍正七年，奉上谕，查奉天笔帖式

———
① 嘎善达：嘎善，满语，乡、村；达，满语，长。

等官，仅有奉（俸）银，委无奉（俸）米，着赏给奉（俸）米，交部议奏。查都京笔帖式所领奉（俸）米，均系稻米……"证明稻米作为当时皇族和贵族享用的"贡米"深受重视，并且其中占有较大比例。这样的事实，似乎也很好理解。当时的清朝皇族，从长白山脚下入主中原，虽然一国的资源随其取用，但从情感、根脉和"族性"上说，自东北特别从吉林而来的物产仍有着特殊的意味，那可是家山、家水、家乡的味道啊！

那么，石碑到底从何而来呢？

《打牲乌拉志典全书》中也有记载。当年，供奉给朝廷的粮食也并不是全部运往京都，每年除了运送一部分新米，余下的要就地仓储，以备不时之需。这样就有一个"倒库"的过程，每年"按年收谷三千零二十四石接济丁户，出旧换新，俾免霉烂"。许多年里，仓廒收粮时，为避免"官家""仓耗鼠费"的损失，一直以尖斛征收，俗语所谓尖斗进平斗出。总管云升莅任后，深感此种办法"积久弊生，理应严为整顿"，对世代为朝廷效命的庄丁们太不公平，也不利于继续调动庄丁们的积极性，当然，更有损于朝廷的形象。实如《吉林碑刻考录》中所载碑文之议："私不敢与官争，所以虐为多取，积弊甚属苦累。若不斟定准章，尚复成何体统？"于是，他下定决心"凡本署相沿积习攸关政体者，无不立时整顿"，召集采珠、捕鱼翼校和各庄头，共同议定了新的征收办法，改尖斛为平斛，仓耗鼠费部分，自是难免，因此又议定"按一百四十屯厂……等分纳，务归准数，此外丝毫不准多取"。制度是定了，也得到了官民双方的认同和接受，至于能不能很好地贯彻落实是一个大问题，能不能长期、不折不扣地刚性执行又是一个更大的问题。云升先生做事是一个有根有蔓儿的人，干脆，一不做二不休，把制度或规约刻在石头上得了，人心多变而石头不变，至少可在形式上保持着千秋万代永不朽坏。这就是立碑的初衷，书上写得也很清楚："恐时远年湮，无鉴前车，仍蹈故辙，谕有明条，勒碑仓左，以垂久远而肃纪纲"。于是，五官庄各立一碑，以便"其有未身及者，知悉以闻。"这五块碑，立于光绪十年（1884年），史上称作"仓官碑"。

刻有"皇粮"字样的残碑，就是当年的"仓官碑"之一。鲍文明灵机一动，干脆就叫它"皇粮碑"吧，既生动又达意。从此"皇粮碑"便如曾经落难的王子一样，被从杂物堆里扶起，加了基座，也加了罩子，端端正正摆到其塔木"民俗博物馆"的大堂正中，佐证着这个地区大米的历史和身世。

长 春 大 米

　　发现"皇粮碑"的那天，鲍文明如喝多了老酒一样，兴奋异常，说的话相当平时的五倍之多。他对同来调研的同事说，对九台区里的人说，对合作社里的人说，对种稻的农民说——

　　说长春这地方还是有着深厚的历史渊源和文化底蕴的。古往今来，在皇室、在民间，流传着很多动人故事，一些文学作品当中，文人墨客以米为媒，倾吐着乡土情怀……这些文化资源特别宝贵，也是这个地域农耕文化的精髓，只可惜我们没有很好地挖掘、整理……

　　说我们的企业、合作社、种地的人，不能只低头种稻，要有品牌意识。不但要把稻子种好，还要注意宣传自己和自己的大米。要敢于讲话，要舍得投入，要让更多的人了解、认识、认同我们的大米和我们的品质。酒香也怕巷子深，连你自己都说不明白怎么回事儿，谁会费心费力地去主动了解、认识你呢？我们并不图任何的虚夸和浮名，只想让公众看清本质和真相。最起码，我们这里有这么多、这么好的米，要让那些想吃好米的人知道……

　　说粮食局要为长春大米做点儿实实在在的事情。要真心实意地为粮食企业和粮食生产者多操点儿心，让他们安心种好水稻，有关品牌设计、文化挖掘和打开全国市场这些位处"两头儿"的大事情，粮食部门要主动接过来，放在肩上。我们不能对基层空喊服务、口头服务啊！

　　说我们要雷厉风行，说干就干，要马上聘请技术专家、文化专家、品牌策划专家，多管齐下对长春地区的大米进行论证、定位、宣传、推介。粮食部门就是要为我们这个地域大声"吆喝"，就是要帮农民下力气"卖米"。

※ 长春市粮食局局长鲍文明（左）推介长春大米　　齐禹铭 摄

……

回到家里，他仍觉得激动的情绪难以抑制。时针已经指向晚上9点，他仍毫无倦意，于是下得楼去，在小区院子里一圈圈地踱步。此时，他满脑子都是长春大米的前世今生——

隔着时光的雾霭遥想苍茫的历史，鲍文明这个毕业于东北师范大学政治系思想政治教育专业的高才生感觉到有一点空旷和寂寥。他的专业和职业，让他渐渐养成了面对实际、面对有血有肉实体说话的习惯。但那晚，他偏偏要把自己的思绪放飞至岁月深处。

俄而，他想起了那场因为一粒大米引发的战争。据北宋欧阳修主持编撰的《新唐书·渤海传》记载，唐代渤海国时期，渤海地区已经出现了先进的水利灌溉和水稻栽培技术，渤海国出产了当时世界上最好的大米。传说，此米有对女子养颜美容之效，因营养丰富还可快速恢复男子体力，深受渤海国贵族喜爱。但此事被好事者传至当朝女皇武则天耳中，武则天当时龙颜大怒，渤海国来朝进贡，连白色的高粱米都当宝物进献上来，为何如此"稀罕"的好米却偏偏私藏"独享"，这分明是对我大唐的轻慢和敷衍。正"飞龙在天"的得势女皇，怎么能容忍一个边塞属国如此倨傲尤理！于是，公元698年，挥师东进，剑指渤海国，称其拥兵自重，轻慢天朝，实是为米而怒。兵战7年，渤海国大败，从此将稻米按岁贡奉给大唐。这米就是当时举世闻名的"卢城之稻"。

关于卢城之稻，很多国内专家认为，从有据可考的资料判断，其可靠的产地就是吉林省安图县一带，而鲍文明则认为，既然渤海国的疆域已经覆盖了当时长春、吉林、延边地区的大部分土地，最远已经延伸至西部的白城，就不能排除长春地区的稻作文明之"根"来自于"卢城之稻"。

小区的路，与这个城市那条著名的大街仅一墙之隔，汹涌澎湃的车流夹杂着轰隆隆的马达声由远及近，复又由近及远，如此起彼伏的浪潮一样，让人无法判断它们去来的明确方向。如果在古代，一个富有经验的人，闭着眼睛也能凭借马蹄叩击道路和銮铃抖动的声音判断出车马的级别和大概去向。

如果，时光倒退四百年，每一年入冬后第一拨在大路上奔驰的车马，不用细问，一定就是"官家"的运粮车。秋收已经结束，农家的车、农家的人、农家的牲口，劳累了一年，现在需要歇息一下了。唯有急匆匆赶往京城的官车，才开始一年中最隆重的远行。车从伊通河岸边出发，车从饮马河岸边出发，车从拉林河岸边出发，车从松花江岸边出发……鞭声、马蹄声回荡于秋日的天空，浩浩荡荡的尘土高高扬起，车过长春州，取道叶赫城，直奔奉天和京城而去。秋水在蓝天的映衬下，变得湛蓝湛蓝；车上的白米在黑土的衬托下，显出美玉般的洁白。纯朴、老实的百姓们，纷纷伸长了脖子，半张了嘴，呆望着眼前的情景。他们不知道这一辆又一辆威风凛凛的车马究竟为何而负载奔驰；更不知道车载之物又如何命名。那时，别说东北之外其他地方的人，就是东北普通农民，大部分也以种旱田和"大粮"为主，见不到稻子和大米的影子。由极少数人种植，专供皇家享用的稻米，仍然没有从民众的传说中落到"人间"而成为"日常"和现实。

来自龙兴之地的优质稻米运往京城之后，因为量很小，所以享用面儿也很小，一般的皇亲国戚、朝臣也难得一见。1682年，康熙皇帝第二次东巡，行至松花江之滨，享用了打牲乌拉总管衙门特意为他准备的白米饭后，即停箸沉吟，即兴作诗表达了皇帝心中的赞美。按理，这也不过是一段寻常的往事，但事从皇帝而起，寻常就变得不同寻常。从此，地方官员们的信心和积极性大增，稻谷的种植面积理所当然地随之大增。进献京城的稻米数量大增之后，宫廷里的"贡米"发放范围也随之扩大，发放范围惠及一般的受奖朝臣。就这样，"贡米"的供需关系进入一种相互刺激，正向循环状态。结果，致使这个地区稻米产销形势空前繁荣。据《吉林通史》记载，1778年，乾隆组织了大队人马东巡，现场御制"五谷诗"，并做了批注："吉林地脉厚，则五谷实滋。稻、粱、稷、菽、麦之类，植无不宜，亩获数石，斗值三钱，故百室盈而四釜充，岁以为常。"至同治十三年（1874年），九台地区已经出现了水田1422垧。"五官庄"的设立，正是长春地区稻米生产日趋旺盛的结果，也是其日后进一步旺盛的推手。

本来，满族人发端于女真，世代以渔猎肉食为主，但长期受汉文化的熏陶和食米的结果，部分"旗人"的生命基因似乎也发生了神奇的变化。至清朝最后一个傀儡皇帝溥仪，就基本放弃肉食，只吃自己配制的中草药、白米干饭和稀粥了。据说，溥仪吃米很挑剔，除了产自吉林的本地优质大米，其余的一概不吃。虽然已经没落了，"傀儡"了，毕竟在当时的"满洲"那也是名义上的"皇帝"，所以当时给溥仪送米也叫"贡"而不叫供。

无羁的思绪，已经飞得太远了，按照文章中的术语，应该叫作"跑题"。这不太符合鲍文明的性格。他回想起自己的半生经历，觉得十分简单，又十分清晰，总结起来，最大的特点就是直接、有力、准确、高效，很少像这个晚上一样，浮想联翩，不着边际。

小时候，鲍文明家的日子过得很苦，但正应了"穷人的孩子早当家"那句老话，不论在家、在村子里还是在学校，他都处处表现得十分"懂事"。所谓懂事，也就是知道自己应该干什么，不该干什么，怎样做才能把自己应该做的事情做好。作为一名学童，小小年纪就懂得要努力刻苦，保持班级前三名的好成绩。这么做，不为别的，就为了不让已经很累很苦的父母再为自己的学习操心、难过。放了学，就想方设法帮助大人干活儿。为贴补家用，父母扣了大棚，小文明就骑着自行车到一里地以外的镇里去卖蒜苗、韭菜。家里没有其他

能够插手的活计时，他就拎着筐去捡粪，以备来年肥田之用。每天天不亮，他就走出家门，一捡就捡到上学时间。看着别人家的孩子在外嬉戏、玩耍，结伙到冰上滑冰车，他多想放下手里的活儿去玩耍一回呀！可是想想自己的家境还是忍痛克制了强烈的"玩儿心"。后来，他上了东北师范大学，也因为想的和做的一切事情都合同学、老师以及学校的心意，很快就被选拔到学校的学生会工作，成为学业和组织管理方面的佼佼者。

鲍文明真正与水稻结缘，并认识到超前的思维和科学的手段对一件事情成功的重要性，是1984年。那时，受过良好教育的父母，突然对水稻育苗技术又产生了兴趣，倾尽全部家当，又在银行里贷了款，投资办了一个钵盘育苗企业。这件事，在辽源市范围内占了两个第一。一是以前从没有以专业搞水稻育苗为业的；二是以前从没有人采用过钵盘育苗技术。项目实施后，一时广受推崇，马上创造了良好的效益，他的父亲也因此成为农民代表，连续多年担任县人大代表，最后，成为县里人大常委会委员。

打造品牌，不仅要外树形象，更重要的是内抓品质。关于内在的品质和形象，鲍文明心里都是有数的，随着长春市大米协会的成立和各种标准、规约的制定、实施，种植、加工、储运、销售等各环节的工作都已经日臻完善。现

李春 摄

※长春市龙头企业
"佰顺米业"大米
生产过程剪影

在，唯一让他思虑的事情就是长春大米的文化定位。在鲍文明的观念里，一个品牌如果没有丰富的文化内涵和合理的文化定位，也许能打出来，但终究不会太响；也许能走出去，但也不会太远。

"皇粮碑"的发现和贡米文化的深入挖掘，正好为长春大米提供了一个深远的文化背景和高尚的品质定位。"皇粮"和"贡米"定位的提出，绝不是附庸风雅或对已逝朝代皇家的攀附，而是一种身世和品质的强调。就某种不可侵犯的尊严和不可改变的品质来说，也正是长春大米所追求的理想和目标。想来，这有一点儿像冥冥之中的召唤，也像某种现实的契合。

夜深了。鲍文明回到房间，将一晚的思绪和感慨整理一下，赋成一诗，也算为长春大米品牌的文化注入了一份自己的心血和心愿——

润软弹滑香，唇齿留余芳。
有机与绿色，营养葆健康。
黑土碧水育，堪为稻米王。
古做朝贡品，今成百姓粮。
相问何处有？长春松花江。

"贡米"的故乡

　　粳稻，因其软硬适度、口感和口味俱佳、营养丰富，自古都是南、北方普遍接受和青睐的优秀稻米品种。打开网络的搜索引擎，搜索粳稻一词，词条立即占满了屏幕。从南到北，云南、安徽、浙江、江苏等海拔1800米以上地带和东北三省都有种植。从古至今，各朝各代的诗词歌赋之中也频频出现粳稻的影子："蛙声阁阁水平畦，粳稻初秧绿渐齐。"（清·曾习经）"客多待荷花，田少种粳稻。"（宋·张埴）"云帆转辽海，粳稻来东吴。"（唐·杜甫）……相比之下，东北粳稻因为大规模种植的历史较短，传播领域较小，其品质和食味多不为人知，更不要说"有诗为证"了。但由于水、土、气候等自然条件和环境的优势，一旦开发种植，形成产量，又很快成为稀缺资源，被少数人垄断、占有、享用。纵观全国各地，历史上很少有哪个省份像吉林省一样，出过如此之多的御用"贡米"和"专供米"。

西江贡米

　　浑江，汉代称盐滩水、沸流水、大虫水、佟家江，清时称浑江，亦名混江。浑江自东北向西南流经吉林省白山市、通化市及辽宁省的桓仁、宽甸两县，汇入鸭绿江。干流全长445千米，流域面积15044平方千米。浑江水系处于长白山区，水系发达，支脉繁复，主要支流有西南岔河、正岔河、太阳岔河、里岔河、红土崖河、板石河、黑沟河、旱葱沟河等。在吉林省内，浑江的最大支流是哈泥河，发源于柳河县龙岗山脉大四方顶子峰南侧，流经通化县，于通化市治安村东南注入浑江。河长136千米，河道平均坡度2.6‰，流域面积1483平方千米。

当浑江流经通化县西江镇时，一条细小的支脉滋润了民和桥与西江桥之间的50亩土地。这就是著名的"西江贡米"的原产地。时至今日，这里仍如远离都市的世外桃源，没有工业，没有污染，村民们的食用水都是用塑料管线从山上直接引下来的山泉水。

通化县与朝鲜北部平安道和咸镜道毗邻，自古至清初就常有边民越江私垦。初期是"朝耕暮归"，进而"春来秋去"，后来演变为"携眷造舍，长期耕作"。同治八年（1869年），朝鲜人开始大规模进入通化。稍后，清政府为充实边地，准许朝鲜边民继续居住与耕种，领照纳租，但须加入中国籍。自此，朝鲜移民逐年递增，鸭绿江一带形成了许多朝鲜人居住的村庄。据统计，至光绪三十三年（1907年），迁入通化、怀仁、宽甸、兴京等地的朝鲜边民已有八千七百二十二户，三万七千多人。

清宣统二年（1910年），日本占领朝鲜后，大量破产的朝鲜农民陆续移居东北各地。朝鲜人进入通化后，发现浑江两岸淤积地多，土质肥沃，灌溉便利，开始刨草甸、挖水渠，引河水，开发水田，种植水稻。道光二十五年（1845年），朝鲜平安北道楚山郡的80多户朝鲜农民越江进入通化境内的浑江流域，试种水稻，获得好收成。咸丰年间（1851年～1861年），王氏等三户人

※ 黄昏　李夏　摄

家在通化县下甸子（今西江镇）开垦沼泽地、涝洼地百余亩，试种水稻取得好收成，所产的大米白若珍珠，煮出的米饭柔润芳香。地方官员认为是米中之最，进贡皇上。后来咸丰帝封西江大米为御用"贡米"，每年定期进贡，日后成为享有盛名的通化县西江贡米。据说光绪三年（1877年）通化建县时，县址曾选在下甸子，因慈禧太后偏爱西江贡米，唯恐占田绝米，才将县址改在头道江。首任知县张锡銮上任后，在今县城快大茂设立驿站，继续担负起运送贡米的职责。每至深秋，进京送米的车队浩浩荡荡。

据《东北朝鲜历史研究》记载：东北水稻种植进入通化上甸子、下甸子后，分两路传播出去。一路由通化沿柳河、海龙进入桦甸、蛟河、舒兰等地；另一路从通化进入旺清门、兴京（今新宾），再西入抚顺、开原、松树（包括庄河、岫岩）、奉天（今沈阳）等地区。宣统元年刻印的《岫岩州乡土传》记载："稻分粳、糯二种。糯米性黏，味甘；粳米味甘，性平。岫岩所种粳曰水粳，种自朝鲜来。"由于东北无霜期短、水温低、昼夜温差大，不利于水稻生长，早期的朝鲜移民为了克服这些自然环境方面的困难，经过艰苦实践逐渐摸索出了一系列寒地种稻技术，使水稻种植在东北扎下了根。

中华民国政府成立后，东北奉系军阀为了增加财政收入、扩充军备，颁布了《耕种水稻奖励章程》，推动了通化水稻的发展。1912年，朝鲜反日团体组织了约五百户难民迁移到三源浦一带，购买100亩草甸地开发水田。这是当时东北地区最早、最大的连片水田。宣统二年（1910年）县知事潘德荃通令各乡效法江甸子广植水稻，做出了凡是缴纳贡米者，可抵顶或免交其他税赋的优惠政策。据1917年统计，通化有水田119871亩，其中通化县30156亩，辑安县27711亩，柳河县39077亩，金川县8222亩，海龙县13328亩，辉南县326亩，临江县272亩，长白县779亩。

1931年"九一八"事变后，日本在东北扶植溥仪建立"伪满洲国"，并组织朝鲜移民"开拓团"进驻柳河、通化、辉南县等地，建立自己的稻米供应基地。从1937年至1945年间，日本侵略者分期分批将朝鲜农民作为集团"开拓民"大量移入通化地区，前后总计移入一千一百二十一户，五千三百四十四人，占地达11万亩。这实际上是明晃晃的强取豪夺，但客观上却推进了通化地区的水田开发和早期稻作技术的发展、成熟。

1949年新中国成立后，通化全县粮食作物种植面积41.8万亩，其中水稻3.6

万亩。1953年引进"陆羽"，代替了"白毛稻"和"黄毛稻"等品种。1961年水稻种植面积5万亩，1974年种植面积6.6万亩，1985年种植面积达7.8万亩。1958年周恩来总理亲自为贡米产区——通化县人民公社大泉源分社西江作业区签发了"全国农业社会主义建设先进单位"奖状。自1972年，美国总统尼克松访华食用西江贡米后，西江贡米成为那个时期招待外国元首的专用大米。2005年"西江"牌有机大米通过国家认证委员会认证，授予"有机食品"标识使用资质，并获得国家地理标志产品保护。

梅河贡米

2013年4月，梅河口市"九星米业"的工人正在稻田里整地、修渠，突然掘出一块石碑。由于当时的石碑糊满泥土，面目模糊，工人们不以为然，随便将其丢在田间的路旁。很多场风雨过后，石碑在雨水的冲刷下悄悄地露出了本来面目。盛夏的一天，总经理刘德库去稻田里查看苗情，回来的路上借助夕阳的反光，看到了那块碑上原来还刻有碑文，于是便陆续找来一些"文化人"对石碑进行了研究。据初步考证，此碑是纪念先祖在此地为清朝皇室种植御用稻米的纪念碑。碑高约1.2米，宽0.6米，碑头上刻有二龙戏珠图案。立碑人是赵氏，立碑时间1921年。碑文残缺，从可识之字中略辨大意：赵姓家族，从清同治元年来到此地。光绪三年（1877年），"鲜围场"开禁，这户人家从清朝官府领了两方地（每方约为40亩），奉命开垦水田，为清皇室生产"贡米"。在老太太的带领下，子女们安守本分，躬耕劳作于田亩之间，虽"德厚载善"，却无志功名，过着自食其力、衣食不缺的日子。中华民国十年（1921年），老祖母辞世，"天下"也改朝换代了，为抵抗岁月的埋没，赵氏的后人为了纪念祖宗的功绩，特立此碑。

得了这块碑之后，刘德库如获珍宝，立即清洗干净，重新将碑立于原来出土的位置，并为石碑搭起了遮雨的木棚。想当初他执意要在小杨乡"流转"下这一片3000亩稻田，看重的是山城镇小杨村所产大米近半个世纪的好名声。但他做梦也没有想到，他的"小杨珍珠"稻田下原来还埋藏着两百年稻作历史和曾出皇家贡米的荣光。于是他更加气粗胆壮，打出自己的大米招牌语："中国皇粮之都，梅河小杨珍珠。"闲暇时，望一望自己那片平整茂盛的"绿色"水田，心旷神怡，欣慰自豪之情油然而生，遂将眼前情景赋成打油诗一首："树上的鸟儿叫不休，地里的白鹭啄泥鳅。人近野鸭急飞跑，蛙声伴眠庆丰收。"

　　客观地说，刘德库喊出的"中国皇粮之都"确实有一点夸大其词。偌大的中国，曾经的皇粮之地不知出过多少，别说一个小小的小杨村，就是梅河口市全境加起来也支撑不起"之都"的称号。但从古至今，这个地区确确实实一直在出产品质优异的稻米。

　　据《授时通考》记载，康熙帝在世时喜食大米，特别钟爱北方粳稻，曾亲自动手培育水稻良种，于皇家围场内布丁栽培，专供皇室享用。自1619年始，伊通以南、长白山以北的广大区域均被划为皇家围场，凡围场内自然资源（土地、森林、矿产、人参、禽兽等），禁止开发。明令禁止，禁的只是平民。不明真相的人，以为封禁就是空置的无人区，那就大错而特错了。事实上，近百万平方千米的土地一下子就变成了皇家的后花园，专供少数人在其间玩耍、围猎、巡游、采捕，当然也不能排除种植一些珍稀的粮食蔬菜、果珍李奈等。据民间传说和史书记载，由皇家控制的这些渔猎、农耕活动一天都没有停止过。最早的梅河贡米，大约就是从康熙年间一直延续下来，一直到清末。

　　《海龙县志》曾经记载当地一些村名的由来。说乾隆皇帝有一年到盛京（今沈阳）祭祖，路过小奉天（今梅河口市山城镇），特意到皇家的贡米基地看一看。那时三三两两分散在各处的种田农民还没有立村定名，乾隆皇帝站在小奉天的南门向南眺望。看到几里开外山川间的稻田若有所思，问道："那些种田人家一年能打多少粮？"当地官吏说："每年能打个石八斗的。"乾隆皇帝说："每条沟川若是有十户人家，就可产八石粮了。"地方官吏深解皇帝用意，从此，又对这些田地加派了"庄丁"，每处增至十余户，年出贡米不少于八石。之后，每一个川口也都有了名字，依次就叫头八石、二八石、三八石[①]……再后来，农户不断向东边的平川开垦拓田，从"头八石"开始，一直延伸到六八石。这些以产量命名的村子就是梅河口一带最早的贡米产区。斗转星移，沧海桑田，当年的"头八石"已经成了现在的小杨村，而"六八石"却是现在的曙光镇，但"头八石"到"六八石"之间的狭长地带仍旧是稻谷飘香的米粮川。且不说正处于"头八石"的"九星米业"，就是到了"六八石"姜连武的曙光农业合作社，每年也有80万公斤优质粳米的产出。去年，姜连武还试种了日本最优秀的水稻品种"越光"，一旦这种别称为"一见钟情"的顶级大

────────
① 石：dàn，容量单位，10斗等于1石。

米可以批量上市，老百姓的米袋子里又将多了一份另一种风味的"供奉"。

百年之后，梅河口市也仍是吉林省水稻重点产区，国家绿色大米生产基地。1990年，梅河大米被第十一届亚运会指定为特需食品之后，梅河大米迎来了又一个辉煌期，一度声压辽宁盘锦大米和黑龙江五常大米，在北京、上海市场被竞相抢购的同时，远销日本、新加坡、韩国、俄罗斯等十几个国家和地区。曾参加梅河大米北京东城区展销会的肖保柱老师就看到北京两个主妇为买最后一袋梅河大米而争执不下的场面。

据很多当地的老百姓说，梅河大米之所以好吃，就是因为梅河的水好。梅河大米生产基地大部分分布在市区西部辉发河源头河谷平原，又称磨盘湖水库灌区上游段。磨盘湖水库，原名叫海龙水库，坐落在长白山脉龙岗山系的群山环抱之中，占地36平方千米，水面1700公顷，湖水清澈，烟波浩渺，库区及上游山坡草茂林密，郁郁葱葱，连续多年被评为全国大型水库植被保护先进单位。近50万亩水田在磨盘湖的滋润下，呈西南—东北方向延伸。灌区内，大柳河、辉发河穿行其间，南北灌溉干渠沿两侧山麓逶迤而行，像两条修长的手臂合抱着这块"风水宝地"，使这一地域成为一个气候独特的"小盆地"，无霜期比周边地区延长至少二十天。

2001年日本打算进口一批中国大米，但要由日本指定品种和出产地，于是派了一个专家考察组对中国各大米产区进行考察，考察期长达三年，最后把出产地定在了梅河口。由日本提供"秋田小町"原种，由梅河口承担种植任务，出产的大米检测回收。日本人提出的检测收购条件很苛刻，收购前要对大米进行两种检测，一种是纯度检测，一种是品质检测，只要有一种检测过不去就拒绝收购。纯度检测是选取二十五粒大米做基因图谱对照，如果有两粒对不上基因图谱，就不予认定为"秋田小町"，而是认定为"富士1号"。"富士1号"也是日本品种，但日本人自己是不吃的。品质检测除了检测农药和重金属残留，还要检测蛋白质含量、直链淀粉含量、胶稠度等食味指标。第一年大米产出后，日本木桶川株式会社国外事业部及时对大米进行了检测。结果梅河口"秋田小町"的各项参数全部达到最优标准，部分日本专家因此而露出惊喜的神情。从此，"秋田小町"在梅河口扎下了根，成为这一水稻产区的主打品种。

舒兰贡米

自舒兰市溪河镇北行1.5千米，有一个小村庄，村名叫舒兰站。这个站，并不是汽车站或火车站，而是驿站，按理应该叫"舒兰驿"的。几百年之前，这里是由吉林乌拉至卜奎（今齐齐哈尔）间的一个驿站。历史再往前，据说金代由上京会宁府（今阿城）到东京辽阳府（今辽阳）的一条大路也打它的"门前"经过。当初，舒兰境内的鳇鱼、东珠、人参、稻米等贡品就是通过这条驿路一站站传送到京城的。可以想象，在通往关内的长长驿路上，朝贡者的车辆不舍昼夜地奔驰，蹚起弥漫的尘烟，那是怎样一种热闹的景象。也许正是因为重要，所以热闹。1909年的大清帝国开始在这个地区设治时，县治就定在舒兰站，而不是现在舒兰市所在地。直到1940年，舒兰的县府才迁入"四间房"（今舒兰市）。

满语里，舒兰是"果实"的意思。如此，"舒兰站"这几个汉字的组合就有了将民间"果实"运往京城的意味。有史料记载，清政府从康熙五年（1666年）开始设捕鱼八旗，每年谷雨前远赴黑龙江、松花江诸支流，昼夜下网捕鲟鳇鱼，每捕到一尾，就立即送到鳇鱼圈里饲养。严冬时节，牲丁们凿透坚冰，从圈里选出12尾鲟鳇，捋直、浇水、挂冰，同大米、鹿茸等其他贡品，用黄绫裹好，装上插有"贡"字黄旗的桃木小车，由专人护送，向京城进发。送往京城的贡品，要"人歇路不歇"，日夜兼程，每逢驿站更换一次保镖和兵丁，以保证运送队伍的体力和速度。东北鳇鱼之于清室皇宫，正如南国荔枝之于长安杨贵妃，"一骑红尘妃子笑，无人知是荔枝来"。往往，直到第二年正月，护送人员方可返回。

起初，大米在诸般进贡的"果实"中，也许并不是主要的，当属"配菜"。"舒兰大米"真正受到重视的时间节点是1698年。那是康熙三十七年，据清《总管内务府文档》记载，那一年康熙第三次东巡，宿法特哈鄂佛罗（今舒兰市法特镇）。"四日，食舒兰稻米，捕鲟鳇鱼，流连忘返，赐'贡米之乡'。"自此，舒兰大米一直被皇家所食用。据考，清史中也有"宫廷之御米多产自舒兰"的记载，并有诗曰："碧水蓝天蕴珠玉，溢芳沁馨舒兰米"。可见，舒兰所产大米在当时已享有极高的声誉。

毕竟，那已成为历史。如果想让历史上的"好"与现实的"好"相互吻合，显然还需要有更加充分的理由。那么舒兰大米称"好"的理由是什么呢？

当地官方曾一口气总结了六个好：地理位置好、气候条件好、大气环境好、土壤条件好、水利资源好、水稻品种好。在这里，可以放下其他的好，不一一细究，单就地理和气候条件讲，确实是得天独厚。在水稻灌浆到成熟的八九两个月，舒兰中西部风和日丽、日照充足、昼夜温差拉大、年均温差13℃，比同纬度大5℃之多，最大温差近20℃。神奇的就是这个温差。它可以使水稻干物质积累多，蛋白质和直链淀粉含量得到有效抑制，分子排列均匀有序，从而保证其出产的大米卓尔不群。

也正因为如此，职业美食评论家戴爱群吃了舒兰大米之后，才对舒兰大米和中国大米发出了长长的感慨——

中国是水稻的原产地，拥有七千多年的种植历史，也是当今世界水稻生产大国之一。遗憾的是，在现代中国一直没有本土的顶级稻米品牌，没有建立普遍的令人信赖的农产品原产地保护制度，我们日常食用的稻米，一般都无法说清品牌、品种、具体产区以及土壤、气候、化肥农药的使用等和种植有关的一系列技术指标。

前些天有机会品尝了来自吉林省舒兰市的"稻花香"有机米，作为一个中国的美食家，当时颇有一种松了一口气的感觉——我们终于吃到国产的好大米了，而且是由中国人在中国育种，在中国的稻田里种植，以中国品牌注册销售的，这实在是一件值得在中国水稻史上大书特书的事情。

1949年以后相当长的一个历史时期，中国水稻的育种单纯以追求高产为目标，忽视品质，双季稻的早稻往往难以下咽。"稻花香"有机米则大大不同，一剪开真空包装，清新醇厚的浓郁米香就扑面而来；米粒"身材"窈窕细长，晶莹剔透，仿佛一捧精雕细琢的羊脂玉；焖成米饭，色泽雪白，油润有光，香气越发浓郁得沁人心脾，诱人食欲；入口则软糯细滑，兼而有之，同时又有一定的弹性、韧性，在口中一粒一粒交代得清清楚楚，咀嚼过程中不仅是味蕾、牙齿、牙龈、口腔黏膜，都被轻微地刺激着，产生一种"酸软慵懒"的快感；至于味道，只能用"米味"十足来形容（这恰恰是多数国产米所缺乏的），清新甜润，食毕唇齿留芳，余韵中那一丝恬淡清幽、只属于稻米的甘甜尤其令人难忘；虽有黏性却不粘筷子、不粘饭碗，冷后饭粒依旧柔软，食之别有风味。

品尝过程中，无需配菜，吃了一口，忍不住再吃一口；吃完一碗，忍不住又添一碗——稻米本身独具的香甜腴美对水泥森林里的现代人来说，是一种被遗忘太久的奢侈、诱惑和享受。一位日本美食家曾经说过："日本大米饭本身就是一道美食"，现在，中国的大米饭也是一道美食了。

姜家店贡米

与通化县接壤的柳河县，虽有一条哈泥河与之一线相连，但大部分土地并不属于鸭绿江流域，而与吉林境内另一条大江——松花江血脉同源。辉发河，虽然只是松花江的一级支流，在柳河、辉南境内却是一个相当发达、独立的水系。其上游的一统河和三统河流域面积分别为855.82平方千米和1623.75平方千米。闻名遐迩的"姜家店贡米"就产自三统河上游支流后河、凉水河流域。

这里的山川、河流和奇特的地貌，均来自于"第四纪"晚期。由于地壳运动，火山爆发出的岩浆凝结成的熔岩台地，面积达200多平方千米。经过年久的风化侵蚀作用，千洞万孔的玄武岩上集聚了一层厚厚的腐殖土，土质松软肥沃，土壤平均有机质含量3.97%，含氮0.156%，含钾2.287%，土壤PH值在5.5～6.7之间。在这块熔岩台地上种植水稻，岩石的吸热和散热快，借助石板的

※ 育苗基地

热辐射，水的温度高，多孔的玄武岩渗水、透气性良好，但却不漏水，排水迅速，便于通风和晒田。这些条件都能促进水稻的扬花、灌浆和早熟。这独特的石板地环境，便是柳河火山岩稻米早熟、饱满、优质、高产的奥秘。

相传，明万历二十一年（1593年）九月，正当努尔哈赤率兵东进，征讨长白山女真各部的时候，患上了慢性腹泻，进而内伤劳倦，一病不起，就地将息。当时大军驻扎之地，正是柳河姜家店。由于当时军队膳食里多以肉食为主，越吃小灶腹泻越重，胃口败坏至极。没办法，管辖膳食和医务官员只好向附近当地的一个高句丽老者求救。老者根据努尔哈赤的症状和病史，判定他是脾胃失调，身体消耗过大，中气不足，内外伤交加所致疾病。于是，老者微微一笑很轻松地说，这病好治，不过数日稀粥而已。在接下来的数日之中，老者根据本族传承的秘方，从一小块田里取几捧稻米，加入野生黄芪汁煮粥，粥熟后再加少许红糖、陈皮煮沸。当老者为努尔哈赤端上煮好的大米粥时，满室都飘荡着淡淡的药米之香。努尔哈赤胃口大开，一连吃了三大碗。连续一周之后，努尔哈赤渐渐恢复了元气，感觉全身有了力气。明万历四十四年（1616年），努尔哈赤统一了女真各部，在赫图阿拉城登基，仍念念不忘柳河姜家店大米的功效和美味，在宴请开国功臣的国宴上宣布：柳河姜家店大米要作为皇室贡米，岁岁征用！努尔哈赤之子皇太极当了皇帝之后，老子的旧制不改，柳河姜家店大米依然被年年运往京城，大臣们更以得到皇帝赏赐的"姜家店贡米"为荣耀。

关于这个地区的稻作历史，能够载入正史的文字，多出现在200年后的典籍之中。据《吉林省稻作》记，清道光二十五年（1845年）有朝鲜平安北道之农民金元吉移入柳河县伐木开垦种稻。清同治七年（1868年）有亲朋五户投奔金家来到姜家店村，利用不能耕作的旱田洼地，开垦小片水田。清同治十三年（1874年）邻近的汉族农民姜洪等也开始学习种稻，并陆续向周边扩展，水稻耕种面积越来越大，至清光绪二十八年（1902年）柳河县建县初期，水稻种植面积发展到500多亩。1918年，奉天省发布命令，提倡种植水稻，当时海龙区（柳河县归其管辖）农会会长王昌平，亲编《水稻利益浅说》，著书劝种，水稻种植面积进一步扩大，至1925年全县水稻种植面积达7500亩。

曾勇敢地把自己生产的富硒米亲自送到香港总督手里的"大米姐"管艳丽，也算是近几年贡米产地姜家店的一个传奇了。她虽然只有区区2000亩地，但大部分土地占据着"姜家店贡米"的核心产区。以她自己的别称注册的"大米姐"商标,已经小有名气。她的米不仅继承了"姜家店贡米"的传统品质,而且通过严格的有机种植和高科技添加,成为优质富硒米的典型代表。

然而,这样的好光景,却如苦藤末端的那一颗小甜瓜,来得稍晚一些。"大米姐"的父亲,现已年近八十岁的管永平说,能够吃上今天这样的一把好米,一家人已经苦熬苦等了六十年。

管永平十三岁跟父亲从老家山东出来"闯关东",一家人边讨饭边往东北走,足足走了三个月才到达柳河县。一到柳河县就投奔了亲属,开始学习种水稻。虽然时代在不断更迭,"风水"在不住轮转,管家的人却一直在这片土地上和水稻打着交道。管永平说,这辈子大富大贵没有过,但各种大米却吃了个遍,为了"这把米",从古到今的"苦"也吃个遍。

老人至今还清楚地记得,1960年到1963年,因为人口急剧增多,生产队大量开荒,男女老少齐动员一起下田,"那罪遭的呀!"大冻刚解的初春,草甸子里全是冰碴子,刺骨的凉。生产队员们光着脚跳进草甸子,用铁锹把完整的草甸切成正方块,再一点一点翻过来,脚冻麻了,就到旱地里踩着干土暖和一下。那个年代人穷,很少有人能穿得起靴子的,一个生产队二百多口人,只有一两个人有靴子,很多人都"冰"出病来了。老人家说,这片土地都是用命开出来的。尽管如此,人们很多时候还是吃不上、穿不上。当年,生产队开会,开完会第二天,管马的老头儿喂马时发现,"前一夜泡着喂马的豆饼全不见了,全让生产队开会的队员给吃了。"

近年,随着互联网技术的发展,姜家店大米已经声名远播。"姜家店大米"获得国家地理标志产品保护;"柳河大米"获得国家地理标志证明商标;"大米姐"也成为全国著名商标。现在,"日子终于过好了",但每逢过年,看着满桌子的饭菜,管永平老人就是想哭,因为他总是忍不住想起往昔的岁月。

霸王贡米

鸭绿江从长白山主峰向西,行约400千米,流经一座小城,名叫集安市。

老岭山脉自东北向西南从集安市的北部横贯而过,形成一道巨大的天然屏障,抵御着北来的寒风,使温暖湿润的海洋气流,沿鸭绿江溯源而来。数千年以来,这座古老的小城就安坐于鸭绿江之北和老岭之南,世世代代消受大自然赐予的美好"风水"。这里从整体上说，虽属北温带大陆性气候，但老岭之南却具有明显的半大陆海洋性季风气候。四季分明，春风早度，秋霜晚至。每年3月上中旬起，气候明显转暖，始为春季，为六十天左右；从5月下旬起，雨量明显增加，转入夏季；7月中旬至8月上旬，气温最高，降雨量多，时为盛夏，整个夏季为一百二十天左右；9月天气转凉，雨量相应减少，时为初秋；9至10月，温和晴朗，秋高气爽，为六十天左右……无霜期明显长于同纬度的其他地方，最高可达到一百五十天，素有"东北小江南"的美誉。

集安所处的特殊地理和气候环境决定了它"人烟早布"的历史。自新石器前期开始，集安一带就是古代人类重要居住地之一。最早的建制始于唐、虞、夏、商。"禹平北土，置九州"，此地属齐州；公元前300年左右，此地转属燕之辽东郡。秦统一后，属秦辽东郡。汉初，在今集安设不尔县，治所不耐城，即今天的集安市。公元668年，高句丽亡。唐于平壤设安东都护府，在今集安设哥勿州，境内地区设丸都县。公元713年，渤海国于今集安设正州，今集安又改为桓都县；渤海强盛时期，设五京十五府六十二州，集安又改为设桓州。集安现在的名字来源于清光绪二十八年（1902年），当时由通化县、怀仁县各"析出各五保共五十九牌"，建辑安县。辑安即今集安，取"和安"之意。语出《史记·马相如传》"陛下即位，臣服天下，辑安中国"。1965年1月，经国务院批准，吉林省政府下文将辑安县更名为集安县。

如此不同凡响的地域，出产自然也不同凡响。自古，集安所出的三样东西无可匹敌。

一样是人参。这种被誉为"百草之王"的宝贝，主要生长于针阔叶混交林下、土壤肥沃、通风、排水良好处，海拔要求400米～1600米。集安的自然环境刚好为其"量身"设定，所以向有"人参之都"的美誉。

一样是美女。大约是因为数百年"王城"历史和文化的涵养、过滤；也可能因为自然气候环境的恒久滋润，这小小的山城竟然是令人意想不到的"美女如云"。

再有一样，就是大米。因为这里空气清新，气候宜人，土质肥沃，水质纯净，拥有栽培水稻的最佳生态环境，更重要的是林地很多、可以耕种的农田稀少。所以出产的稻米又好，产量又小，自然成为当地的稀缺资源。新开河下游，浑江岸边的集安市财源镇，有一个小小的"霸王村"，村子原来叫"霸王朝",清光绪年间这个村子就已经存在了。那时它不仅存在,还出产专供朝廷的"霸王朝贡米"。据说,当时辑安建县后,来了一位新任知县叫德凯。这是一个头脑灵活、野心很大的人。他上任后并不想把心思用在按部就班的政务上,而是开动脑筋想方设法博得上级的欢心。山货、河产自不在话下,一两年之内能送的都已经送过,但还远远不够。那一年,他突然得知霸王朝大米好吃,就调来一尝,果然质白如玉、米色透明、饭软而不粘、食味醇香。于是官心大悦,下令立即征购那片地出产的大米,用大车运往盛京(今沈阳),给将军增祺送礼。增祺也不是一块木头,觉着大米甚好,灵机一动,就把米分出一部分送到北京城,孝敬了当朝太后慈禧和光绪皇帝。吃过此米,天子和天子他妈的心当即也是大悦,晓谕增祺将此米多多奉上。你想想,到2005年,这个村的全部耕地才60公顷,那时一共能有多少地,能出多少米?从此,这地里出产的米一粒不剩地全部"贡"往宫廷。

在长白山麓和松嫩平原的交接过渡地带,呈扇面形分布的广大丘陵地区,因水土及气候条件极其适合优质稻米的生长,偶尔有"好事者"零星种植,自是好吃、稀奇得令人惊喜。物以稀为贵,那时的山是皇帝的山,水是皇帝的水,连天也是皇帝的天,"天下"有什么好吃的还不得让皇帝先尝尝吗?那些地方官员摽着劲儿向皇帝进贡表达"孝敬",一方面是人臣应尽的义务,另一方面也是取悦皇上以期加官晋爵的一个渠道。这样的往来,于官于私都大有裨益,所以年复一年,你情我愿,乐此不疲。于是,此地向皇帝送礼之风日盛,"贡米"自然比比皆是。

蒙尘的明珠"神农稻"

2013年,一个叫王天祥的学者在北京的潘家园古玩市场花天价淘到了一本旧书:《嘉庆吉林神农台轶事》。于是,一段亦真亦幻的农耕往事,一种隐约可以和"卢城之稻"相提并论的"神农稻"进入人们的视野。

该书作者"大荒先生",据该书的开篇介绍,祖籍山东蓬莱,原姓温。康熙十五年(1676年)春,由于温家三太祖违犯了大清国的法律,被判流放到关东的宁古塔。温家大太祖、二太祖和高祖实在不忍心让三太祖孤身一人到宁古塔那个边疆的不毛之地去活受罪。经过再三商量后,全家二三十口扶老携幼,陪着三太祖背井离乡,自蓬莱漂洋过海到辽东,又自辽东翻山越岭,千里迢迢、风餐露宿地举家搬迁到了吉林乌拉。

康熙内阁中书、清代著名学者高士奇的《扈从东巡日录》记载："康熙十五年春，移宁古塔将军驻镇于此，建木为城，倚江而居。所统新旧满洲兵二千名，并徙直隶各省流人数千户居此，修造战舰四十余艘，双帆楼橹与京口战船相类，又有江船数十，亦具帆樯。日习水战，以备老羌（沙俄）。"大荒先生的太祖举家离开祖居300多年的山东蓬莱，来到吉林乌拉，正处于这种国家需要"整固边疆"的历史背景下。

大荒先生的高祖对他们这些子孙们说，起初，三太祖充军到了吉林船厂，做了造船的工匠。大太祖和二太祖以及高祖，都尊奉着吉林将军的命令，来到吉林城的东莱门外安家落户，在那里开荒种地。后来，吉林城中的人口越来越多，对生产生活消费品以及各项服务的需求也越来越多，因而东莱门外（今吉林市昌邑区所在地）就成了经营商业和从事工艺的好境域，而非农家发展之地了。温氏家族是世世代代的耕读之家，听说吉林城之北山外，还有很多没有开垦的荒地，那个地方黑土松软，土地肥沃，到处都是泉眼和溪流，完全不用担心遭受旱魃的威胁。于是，温家太祖与高祖及全家又在康熙十九年（1680年）举家搬迁到了这个名叫"大荒地"的地方，在那里搭建居住的窝棚，开垦荒地，种植庄稼。如此苦干几年之后，温家竟然在这"大荒之野"，拥有了良田近百亩，成了名副其实的地主。

据书中介绍："北出船厂之九龙山、玄天岭二十里，自搜登站、绥哈而西而北，天高地阔，平野千里，草丰林茂，可谓大荒之野。虽有森林莽莽，一望无际，然关内流人徙此日多。拓荒垦殖，各居东西；豆麦嘉禾，星罗于野；窝棚民居，棋布于林。时见炊烟村树、耕牛驮马，长闻鸡鸣犬吠、人喊马嘶……"这里所提到的大荒之野，就是"神农稻"的原产地。

又及："大荒之野之大荒地村附近，有高出平畴之神农台一座，方圆三丈，四围乱石堆砌，上有木板小庙一座，内供神农老祖灵牌，号称老户的土著居民与山东流民皆称之为神农台或称土地庙。此台不知何年何人所筑，相传是远古时神农氏跋涉华夏神州，遍尝百草时来到此地的遗址。"

越说越有些玄乎。但古人之书是真是伪，尚不可考，书中之言是虚是实，又如何查证？即便是传说吧，也还是承载了这个地域人们的美好心愿和信念。不妨姑且听之，姑且信之。

※插秧　　蔡正环 摄

　　"某秋，大荒之野之土人先祖，忽见一土台前有几种异样植物，亭亭卓立，出类拔萃，遂召族人聚观。唯见稻呈金黄，生于涝洼，穗如垂帚，籽粒饱满；豆秸如林，生于洼滨，挂满刀荚，荚暴豆出，颗粒如珠；谷穗长垂，犹若狐尾，穗头弯弯，垂向地面；高粱叶绿，顶生穗头，紫红焱焱，若火燎天；黍谷如稻，生于台上，棵高于稻，穗实如帚……土人先祖观之良久，后分采而食之，然未见其毒，遂细观生长之地，再分采其籽实保存。翌年之春，万物生发时，先人们即仿此异样植物原生之地势，异地拓荒种植，竟获丰收。乃大悟：此系神农皇祖来大荒之野时尝百草后选而种之，大荒之野遂有稻、谷、黍、豆、粱诸种庄稼。自此，神农台方成当地土著祭祀之地。各种稻、粮被分别称之为神农皇稻、神农皇谷……皆因神农氏有农皇之名也。简称神农稻、神农谷、神农豆也……"

　　沿着书中所提供的草蛇灰线去探索真实的历史踪迹，也许是最直接，也许是最徒劳的一种尝试，但不到山穷水尽，还是不应该放弃。好在书中提及的"大荒之野"上，仍有一个大荒村一直在沿用着从前的地名。村中71岁的老人乔明儒在谈到这段历史时说："无论是大荒之野，还是大荒地，都有大荒俩字。无非是说，这地方原来是一大二荒。大就是面积大，一眼望不到边儿；荒，就是荒凉，没有人烟，荒草连天，无边无际。听老辈人说，那些在大荒地周边祖祖辈辈开荒种地的多是闯关东来的关里人，基本都是山东人。这些人只

※默契　李春 摄

会种五谷杂粮，不会种植水稻。有少数种水稻的都是当地的'老户'——他们自己说是什么扶余人和高丽人的后代，他们喜欢种水田。不过，我小时候，整个方圆百里内就已经没有几户过去的居民了。现在更不知道这些人到哪里去了。听说清朝的时候，这些'老户'专门给皇家种植粳稻贡米。后来又迁徙来了一些朝鲜族人，他们都归松花江东岸的吉林打牲乌拉总管衙门管。他们种出的稻米饭那个香呀，谁家做顿大米饭，整个屯子都能闻着。怪不得皇帝喜欢吃呢！慢慢地，不少汉族人也开始学着种水稻。"

《红楼梦》第五十三回有一段"黑山村的乌庄头"乌进孝进京给宁荣二府送年货的描述，十分耐人寻味："展开单子看时，只见上面写着：大鹿三十只，獐子五十只，狍子五十只，暹猪二十个，汤猪二十个，龙猪二十个，野猪二十个，家腊猪二十个，野羊二十个，青羊二十个，家汤羊二十个，家风羊二十个，鲟鳇鱼二个，各色杂鱼二百斤，活鸡，鸭，鹅各二百只，风鸡，鸭，鹅二百只，野鸡，兔子各二百对，熊掌二十对，鹿筋二十斤，海参五十斤，鹿舌五十条，牛舌五十条，蛏干二十斤，榛，松，桃，杏瓤各二口袋，大对虾五十对，干虾二百斤，银霜炭上等选用一千斤，中等二千斤，柴炭三万斤，御田胭脂米二石，碧糯五十斛，白糯五十斛，粉粳五十斛，杂色粱谷各五十斛，下用常米一千石，各色干菜一车，外卖粱谷，牲口各项之银共折银二千五百两。"

这些东西，实际上就是皇家贡品的一部分。贡品里不但有牲畜家禽、山珍野味，还有各种贡米。其中，御田胭脂米、碧糯、白糯、粉粳都是当时的皇家御用之物。而那个"黑山村的乌庄头乌进孝"无非就是吉林打牲乌拉总管衙门的一个押送贡品的差役头儿而已，除了吉林，哪来的鲟鳇鱼、青羊、熊掌？除了吉林打牲乌拉还有哪里有如此遥远的距离，需要急行"一个月零二天"并沿途冒着三四尺深的大雪而来？看来，这些有着明确地标性质的物品，已经不可置疑地表明了此地曾是清代的贡米产地。

至于此地是否果真存在过"神农稻"，其稻是不是与"卢城之稻"出产于同一时期，书中也有推断："遥想当年，扶余国亡而高句丽占据扶余。高句丽人遂多在此大荒之野栽种神农稻。神农稻者，因神农台而名也。唐朝恐东边不稳，遂迁徙高句丽人至沮沃之地（今延边朝族自治区）。大荒之野之神农稻及其种植之艺亦随之带往沮沃之地。因而，渤海国遂有卢城之稻也。然大荒之野神农稻依然苗苗种植。况神农台下之'胭脂''碧糯''白糯''粉粳'及各色杂粮，岂不早就为大清皇家之贡米乎？吉林打牲乌拉总管衙门哪年不驻吾家征租？此皆神农稻及神农五谷之德也。"

根据著书者大荒先生的爷爷推论，应该先有"神农稻"后有"卢城之稻"，倘若得到证实，则对吉林大米无疑是一个福音。

优质米的秘密

年近七十的严光彬先生，已经从事水稻栽培技术研究30多年，至今仍活跃在各产区的田间、地头，从选种、育苗、插秧，到田间的水、肥控制和病害防治，逐环节进行指导，帮助农户解决技术上的难题。至今，他仍身兼农业部水稻专家组专家、吉林省品质审定专家委员会副主任、北方稻作科技协会副理事长等要职。

在全国的各种学术研讨和品种鉴定活动中，严光彬是出了名的刚直不阿，敢较真，敢说话。对优质米的种植，他曾和他的老师许哲鹤先生共同研究了很多年，系统地总结出优质米生产所应该具备的四个条件。

按照他的结论，首先，想出优质米必须选择优质品种。能不能出优质米，品种的因素能占到70%。一般来说，优质米品种的特点是偏小粒，不喜肥，大米中的蛋白质含量和直链淀粉含量低，蛋白质含量不能超过8%，直链淀粉含量不超过20%。

第二，要具备良好的气候条件。从大量的实践和观察看，气候条件和米质有着十分密切关系。水稻抽穗灌浆期（大约二十天），只有日平均气温在23℃~25℃之间，昼夜温差大于10℃的条件下，才有可能产生出优质米。

第三，要有适宜的水土条件。实践证明水田土壤和灌溉水的酸碱度在6.5以下的地域，更容易出产优质米，酸碱度高，米粒中蛋白质含量上升，米质下降。

第四，要有优质米栽培技术。简略地说，就是培育壮秧，超稀栽培，少施氮肥增施磷钾肥，不追穗肥，分蘖末期排水晒田，适时早割……

严光彬在很多场合都会话锋一转提到他的老师。有时，你甚至分不清他那些阐释来自于他自己还是来自于他的老师。也许，所谓的"师承"从来都是一个浑然天成的体系，包括情感、风格、方式，更重要的是，构成精神内核的思想、观念和观点。

如果用黄永玉老先生晚年最得意的方式表述，许哲鹤老人则是比严光彬"更老的老头儿"，虽然老人已经八十二岁高龄，但看起来仍身体硬朗、精神矍铄，而且表情生动、谈吐幽默。一见面就卖了个"关子"，声称随身带有从来没说过的秘密，需要支付20万元的信息费方可透露。

据严光彬介绍，早在1978年，许哲鹤先生的"三早超稀植"技术就已经获过全国科技大会奖，成为这项具有划时代意义技术的创始人。这项"三早超稀植"实际上包涵了两项技术内容，一是旱育苗技术；一是稀植技术。业内公认，这两项技术每一项都推动了北方水稻栽培史的重大革命。旱育苗技术，不仅有效缩短了稻秧的缓苗期、抽穗期，有效延长了生长期，而且将北方农民从刺骨的冰水中解救出来。超稀植技术，则有效提高了水稻的分蘖率、抽穗率、光合效果和稻米的产量、品质。

许先生退休后，仍没有停止对水稻栽培技术的思考和研究，二十余年来，一直坚持以梅河口为基地，深入探索北方优质稻米的种植和生产规律。因为梅河口稻米产区多年来一直以日本原种"秋田小町"为主导品种，所以他后期的一系列研究基本基于这个品种。当然，他对这个品种也有着自己的理解和偏爱。

在公开"秘密"之前，许先生拿出了一张表格给我看。那上边是2000年日本木德粮食贸易会社对中国各地名牌大米品质的选样检测结果。在选取检测的六种米中，有梅河的"秋田小町"，有黑龙江的富士光，有上海的一种米，有天津小站的三种米。从选取的目标品种看，在日本人的评价体系中，北方大米从总体上优于南方大米，所以南方米只选了上海一个样本；而北方五个样本中，天津的宁和小站米占了三个样本。显然，他们最看重的还是小站米。想来这也不足为怪，小站米是中国历史上的稻米大牌啊！但检测的结果出乎日本人的意料，最后的品质排名：吉林梅河的"秋田小町"独占鳌头。由此看，似乎梅河这片土地和气候更适合"秋田小町"生长。

紧接着，许先生兴致勃勃地讲起了"秋田小町"的"出身"——

"秋田小町"是日本秋田县单独育种开发出的水稻品种。其亲本为"越光"和"奥羽292号"，经过六代杂交，1982年以后的第七代杂交种子以"秋田31号"的地方番号在秋田县种植。虽然产出的大米品质优良，但因为没有名气，在市场中受到冷落，无人问津。有一个农民开动脑筋，牵头成立了优质大米生产协会，集资请人策划、宣传和推销这种大米。有人突然想起，秋田县汤泽小野地区曾出过一名著名的美女小野小町，她是日本平安时代初期六歌仙之一、美女诗人。于是就决定把"秋田31号"改名为"秋田小町"，并策划以一个绝世美女的形象唤起人们对"秋田小町"的美好想象和向往。为了快速把"秋田小町"推向市场，大米协会在全县招募二十名漂亮女子，请专家讲课训练使她们成为营销行家。然后，作为企业代表派往各地，在公共场所打出巨幅宣传图片和联系方式，在十分浪漫优雅的场所洽谈业务。美女和好米，双"美"合璧，自然所向披靡，很快"秋田小町"就打开了日本市场。

1984年 "秋田小町"在日本全境大面积推广；1998年，日本农业专家将"秋田小町"品种输出中国，在天津宁河县、辽宁省大连和吉林省大面积试种。

梅河的"秋田小町"出口日本时，日本人并没有说为什么选择了梅河口做他们的水稻进口基地。当许先生作为中方的水稻专家经常私下里和日本人交流，问及具体原因时，日本人才含含糊糊地向他透露了部分检验结果。当时，这些能揭开"底牌"的数据属于商业机密，因为当时除了中国大米，日本的"秋田小町"也同时参与了检测，除了蛋白质一项指标，其他指标特别是农药残留指标，梅河的"秋田小町"远好于日本本土的"秋田小町"。为了贸易上的主动，日本人对本土"秋田小町"的数据秘而不宣。中日间这笔贸易结束后，日本人还在通过私人渠道向许先生要中国的"秋田小町"。直到这时，日本人才以实情相告，虽然日本的"秋田小町"在口感上也基本不差，但农药残留问题却没办法解决。其主要原因是秋田县的气温比梅河高，"稻瘟病"很严重，为了避免颗粒无收，只好喷洒农药。尽管喷洒的是低毒性、低残留农药，但被迫多次喷洒之后，污染便很难清除。

我以为这就是许哲鹤先生所说的秘密，然而许先生却哈哈大笑："这不算什么秘密！我想告诉你的最大秘密，就是中国第一优质米在哪里，什么原因。"说完，老先生微笑不语，用有一点顽皮的目光观察着我的反应。我真的猜不出可以称得上中国第一优质米的米能出在哪里。偌大华夏神州，从南到北，由东到西，产米的地域数不胜数，有名没名的大米品牌千千万万，指不定哪块地哪一年就出了一款让人赞叹的米，不是绝对的权威谁敢下如此定论？但那一刻我确实被老先生敏捷的思维、兴奋的状态和有趣的神态感动了。人到了这样的年龄，还能如此活泼、率真和单纯，真可谓境界啦！最后，还是让他自问自答了。许先生很坚定地认为，中国第一米就出在吉林的梅河，为什么敢这么说？

首先，就是气候条件原因，这是天意，是不可复制的，也是人力不可干预和改变的。许先生对优质米的评价标准十分严格，远比严光彬先生列出的条件苛刻，他认为，普通大米和优质大米的区别主要在于三个因素。一是蛋白质含量，以7%为限，小于7%即是优质米，口味就好，并且越低越好；大于7%口味就差，越高越差。二是直链淀粉含量，以20%为限，越小，米饭的柔韧度、弹性越好，越高则越差。三是药物和污染残留，只要检测为阳性就不能确定为优质米。

根据国内外前沿农业科学研究分析，水稻的蛋白质积累和淀粉的积累、排列方式，除了人为的施肥因素外，与其灌浆期的温度有着直接关系。在这个时期，只有满足平均气温在23℃～25℃、昼夜温差大于10℃的条件，蛋白质和直链淀粉的含量才能保证最低。为什么说北纬40°至北纬45°是"黄金水稻带"？因为只有在北纬40°至北纬45°之间的地区才能兼具各方面的气候优势。由于这个区间积温适中，既可以保证水稻的成熟期，栽种中晚熟品种，又不至于让水稻长"蹿"，蛋白质含量无法控制。由于气温适宜、空气湿度较低，不利于各种病虫害大量繁殖，具备"自然农法"实施条件，在少施农药和不施农药的情况下，仍可以保证基本产量。

梅河口大米出口日本时，由于当时吉林省加工技术落后，需要把水稻运至辽宁抚顺去加工，然后再从抚顺运至日本。当时，抚顺的人就觉得很奇怪，抚顺也在种植"秋田小町"，种子、技术、水土都不差，日本人为什么偏偏舍近求远，绕这么大个圈子去进口梅河口大米？专家的回答很明确，因为气候。就因为抚顺平均气温高了那么几度，农药的喷洒量、蛋白质和直链淀粉的含量就无法控制到理想程度，米的品质和食味就无法保证。

其次，是水土的原因，就是土壤和灌溉水的酸碱度。许先生从业半个多世纪，吉林省的水土以及其他东北两省的水土，他已经掌握了大量的数据，所取的各类样本不下于两万份。经过大量观察、统计和比较，他得出的结论是，要想出优质米必须保证水稻根系所处环境的PH值在6.5左右，偏高或偏低都有可能

使生长期无法发挥效率的氮肥集中在灌浆期发挥效率，造成蛋白质和直链淀粉积累过快过高。而梅河，基本上农田土壤和水域的PH值在6.5左右。

第三个就是栽培技术的因素。虽然近年来水稻栽培技术越来越先进，但各地的耕种者对这些新技术、新方法的理解和掌握程度还有很大的差异。特别在东北稻作区，由于气候、土壤类型复杂，有些新技术需要因时因地实施。而有些技术如盘育苗、钵育苗、稀植、超稀植、"控氮、增磷、保钾""高光效"等，由于其首创、首倡于吉林省，在实践中实施得就更加准确、到位。

"另外，"许老先生停顿了一下，似半开玩笑又似很认真地说："由于吉林省特别是梅河这地方民风憨厚、老实、听话、不善变通，专家的指导意见就更容易落实。"

最近，有行业内的统计数据表明，中国的水稻发展趋势正在由重产量向重品质的方向快速转换。全国4.5亿亩的水稻种植面积中，已经有1.2亿亩是粳稻。在中国南方，杂交稻种植面积急剧下降，而普通粳稻的种植面积却在急剧增加。随着"抛秧"技术的进一步成熟，南方粳稻的生产成本进一步降低，似乎产量、食味、成本在不远的将来也可以实现某种程度的兼顾。但许先生似乎对此并不抱太大的期望，反而有一点儿不以为然。

他虽然身为科技专家，但也不得不承认，科学或人力能够解决的问题总是有限的。怎么折腾，一些基本规律都不可打破。比如，米的品质和产量，永远是矛盾的。优质不高产、高产不优质。要想好吃安全，就只能牺牲产量。再好的品种和种植条件，不放弃对高产的追求，也不可能有真正的优质米。日本致力于优质米研究和种植，要比中国早很多年，但时至今日高产和优质的问题始终也没有解决。他们有一个标准，如果亩产超过700斤，就不被认定为高档米。在农产品生产领域，时间一直是最大的成本，"速成"的东西永远不可能有更高的品质。每一种东西都需要充分必要的时间。该一年或更长时间长成的猪，让他们四个半月出栏，就得忍受它们的难吃；该一个小时炖熟的菜，十五分钟出锅，口味和口感就难免让人失望；至于稻米，中晚熟品种，在品质上，总是优于早熟品种。

有关大米品质的判断，普通的消费者始终无从入手。这是一种不公或信息不对称，面对市场上的一种米，既不能及时检测体现大米品质的各种参数，也不能在产品包装中找到可靠的和可以追溯的标注，那么我们依凭什么判断米质好坏？有时，我们只能依靠我们自己的舌尖，但品尝总是要滞后于购买。作为专家，许哲鹤先生建议大家先试验性品尝，然后真正购买。而鉴别米质最简单的方法就是早晨做米饭，晚上品尝凉饭。早晨做米饭时，米和水的比例是1∶1.3（即1公斤米配1.3公斤水）。把米和水放入电饭锅泡一小时后启动电饭锅，晚上吃凉饭时，米饭仍不硬，不散，有弹性，就可以断定这是一种蛋白质含量和直链淀粉含量低的优质米。

"贡米"是一种品质

一

一转眼，陈巳已经从长春市副市长的岗位上退下去了，但作为一名北方粳稻研究专家，他对水稻的情感和关注依旧，那份情有独钟的执着和热度还没有褪。印象中他是一个温和、内向又踏实的人。

1977年"文革"结束，全国恢复高考制度，陈巳成为首届吉林农业大学的学生。从此，他就再也没有离开过农业和庄稼。近四十年的时光，他把大部分心思和心血都用在了农业和水稻上。从最初的通化市农业局技术员，到后来的吉林省农委农业处处长，再到长春市主管农业副市长，职位变化十几次，但有一种状态却始终没有变化，那就是一直没有停止对农业技术的学习和钻研，一直没有停止在农田里行走、思考或劳作。四十年间，他走遍全省所有的县，重点县走过所有的乡，重点乡去过所有的村。1991年，他还带领二十六人搞过水稻集团承包，和普通的农民一样下田种稻、耙地、插秧、除草、收割……一"空"不落。有一次下乡，看到老乡在田里犁地，他说："让我试试！"老乡看到他戴着眼镜有几分瘦弱，根本不相信他能行。

"你可别拧鸡窝啊！"

说话间陈巳挽起裤腿，下到地里，像个"老把式"一样干了起来。农民们哪里知道啊，这个人原来就是一个扮演了官员的农民。他从小就生在农村，早在上大学之前就已经把一个农民应该修习的所有课程"修"完。那是他的"童子"功。

一个多年从政的人，谁敢说自己对一种庄稼有着深刻的理解？陈巳敢说："我对水稻的理解是深刻的！"

虽然长春市大米企业协会是他一手缔造的，长春市"中国优质粳米之都"的桂冠也是他带领大家拼出来的，但提及"贡米"和"皇粮"时，他的态度却是冷静和客观的。他认为，皇家贡米这张牌不是不可以打，不是没有说服力，毕竟它是一个地域稻作历史、稻作文化、种植技术、水土气候等因素的一个体现，但说到本质，人们最终关心和消费的还是某种米的内在品质，而不是它的过往和名号。米好不好，最终的评价权掌握在吃米人手里。谁吃谁就更有发言权，谁吃，谁就要说了算。但时至科技高度发展的今天，不管是生产者还是消费者都应该坚持科学的判断、衡量标准，不能仅凭感官印象。

自长春大米协会成立以后，麾下的二十家大米企业便开始按照"四统一"的原则，对各自的生产、收购、加工环节进行了标准化管控，到"中国优质粳米之都"命名时，二十一项安全和食味指标均达到了优秀和稳定水平。检验结

※ 推介长春大米

果显示：长春大米的质量品质指标、食用品质指标、卫生指标均超过国家优质米标准。2014年、2015年长春市粮油卫生检验监测站对长春大米协会下属企业进行了大面积、高密度的现场检验。稻米成熟时期，工作人员分组深入松花江流域生产稻米的乡镇、村屯、收购粮点及加工厂，扦取水稻具有普遍代表性和广泛覆盖面的原始样品，再将样品进行登记和分样、检测。新一轮检测结果更加令人振奋："品尝评分值平均85分以上，多数产品已经达到90分以上，超过优质一级粳米分数；直链淀粉含量14.0%～16.5%，指标属于国家优质大米的上等品质，蛋白质含量6.3%～7%食味指标表现出色；垩白粒率4.9%～10.0%，超过优质一级粳米要求；镉、铅、砷、汞等含量远低于国家标准；黄曲霉毒素、敌敌畏、乐果、杀螟硫磷、马拉硫磷、对硫磷、倍硫磷等毒素与农药残留均未检出……"

当这些数据摆在陈巳面前时，他心里清楚，这才是他认可的"好米"。作为一个好的企业、一个好的品牌，就是要把自己最优秀的品质奉献给用户，不但要把那些摸得着、看得见、感受得到的显性品质奉献给用户，同时更要把那些无法看见、无法感知的隐性品质奉献给用户，这叫道义和责任。但他知道，想担当起这样的道义和责任又谈何容易！

稻米是有生命的，他们并不是由一些"死"的材料和不变的工序加工而成的。它们自身的情况是千差万别和千变万化的，左右着它们生长的外部因素也是千变万化的，内外部因素组合、作用到一起之后更是变化莫测的。毫不夸张地说，一季精优稻米的出产三分之一在心血，三分之一在劳作，三分之一在运气。从育苗到收获，几乎每一个环节都蕴藏着变数。一开始选了什么样的种子？用什么水浸泡的？泡了多长时间？育苗用的是什么土？育苗室里的湿度和温度以及光照如何？哪一天出棚？早了几天还是晚了几天？插秧用机器还是用人工？插得是深是浅？灌溉的水是河水还是井水，水质如何？水用量是多还是少？水温是高是低？生长期、分蘖期、扬花期、灌浆期、收割期各期的天气如何？是多雨还是干旱，雨是什么时候下的？是阴雨连绵还是雨过天晴？是多风还是无风，风大风小？是高温还是低温？是持续还是间歇？那一年的节气是早了还是晚了？施的是什么肥？用量大还是用量小，什么时候施撒的，撒得是否均匀？用没用农药？用了什么药，多大的量？……当年有没有天灾和其他更加神秘莫测的因素？以上这些因素，每一个发生了变化都有可能影响水稻的生长，影响水稻的产量和品质，每一个因素发生变化又都有可能引起其他因素的变化。这是一个十分复杂的生命系统工程，每一个问题的解决，都不是单一的、简单的问题，而是牵一发而动全身的系统问题。

自然界的很多事情、很多事物之间的关系是我们无法认识、无法考量的，所谓的科学，能做到的实际上非常有限，有时不过就是一知半解。此前，曾有报道，人类使用的有机氯农药DDT，发明人曾获得诺贝尔化学奖，其在使用了32年后，就被禁止使用。这种农药仅在地球陆地四分之一的农田中使用过，按照我们的想象或一贯的认识，事过多年早已经降解或衰减得无影无踪了，但这种已经停止使用的农药，却在南极企鹅的体内检测出来。事实证明，很多物质会以一种隐秘的方式漂移或流转，很多事物之间存在着因果联系，至于其渠道和方式，科学界使出了浑身解数，最后的研究结果仍旧是两个字：不详。

可以想象，一颗稻粒要穿过多少可知的和不可知的"雾霾瘴气"和"硝烟战火"，才能抵达它冰清玉洁且甘美芳醇的化境！这几乎可称作一件可遇而不可求的事情啊！既然如此，那么，如果你是卖米的商人，面对那些尚没有达到高档标准的米，请多加体谅，不要贪心骤起，用它们以次充优，牟取暴利，因为你是花很低的价钱买来的，理应以合理的价格卖出，否则在土地上劳作的人，不但没有得到什么利益，反而要跟着你们一起挨骂，这是最起码的良知。面对那些得来不易的优质米，你在获得利润时要懂得感恩和敬畏，因为上天的赐予已经让你们占尽先机，名利双收，而那些种稻、卖稻的人依然没有获得他们"应得的那份"。如果，你是买米食用的消费者，面对粮食，请永远也不要抱怨、诅咒和谩骂，好与不好那都是维系我们生命的重要物质。世界上只有卖贱了的粮食，而永远没有卖贵了的粮食。等到有一天，不管花多少钱都买不到一粒粮食，那时你才会发现，有些年我们真的被上天宠坏了，那么重要、珍贵的东西为什么只花一点点钱都舍不得呢？但真正知道的时候一切都来不及了。当然。一般情况下我们还是有选择权利的，有权要求花更少的钱买到更便宜、更好吃的米。但我们买米时，要用脑子，用理性、智慧以及味觉，而不是依赖我们的眼睛和耳朵。你必须在一片乱象之中清净内心，学会辨识真假好坏。你必须克服跟风从众的恶习，摆脱那些广告和恶意炒作的蒙蔽和干扰，坚持自己的理解、判断和标准。

对此，陈巳市长是这样说的，在消费者还没有足够的专业知识和辨识能力之前，请相信我们的正直、诚信和道义。

尽管目前中国大米产销市场仍不完善，还或多或少存在着不合理和不公平现象，但只要多数人都在自觉坚持着可以依凭的标准，在追求着有标准可依的品质，事情总会朝着更好的方向发展。

<h1 style="text-align:center">二</h1>

与长春市紧密相连且"同饮一江水"的吉林市，是2013年被中国粮食行业协会授予"中国粳稻贡米之乡"称号的，在时间上比长春市取得"中国优质粳米之都"称号来得更早一些。

本来，两地水土、气候都是一样的，不考虑人为的行政区划就是同一个地域。同是一块黑土地，同在一个松花江流域，同处山地和平原的过渡带，就因为地图上有一条虚拟的线，做起事情来就成了两家人。既然是两家人，很多事情无法同步，只能一家叫"中国粳稻贡米之乡"，一家叫"中国优质粳米之都"。其实，从大米的品质和生产实力上讲，两市是旗鼓相当，不分伯仲，至少各有优长。

若细论，两地大米不仅品质相当，就连历史和文化积淀也是一样的。一条大江流过吉林也流过长春，所差的不过是上游下游，左岸右岸；不但流过共同的现实也流过共同的历史，所差的不过就是档案存在谁的博物馆里，文物保留在谁的手中。一个"吉林打牲乌拉总管衙门"就在历史上把两个地域变成了一个。历史是一段历史，事件是一个事件，不同的只是，康熙和乾隆的御制"稻谷诗"存放于吉林市的馆藏典籍中；五官屯的"皇粮碑"存放于长春市的辖区内某一博物馆。两个市，有太多的你中有我，我中有你。

有时，竟然连一些文字介绍材料都是一样的。比如，吉林市在介绍大米的生长环境时写到——吉林市是"世界黄金水稻带"的核心腹地，是全省最佳的水稻主产区，地理位置独具优势。吉林市的土地位于长白山脉向松嫩平原过渡的丘陵地带。这里昼夜温差大，夏季湿润多雨温热，秋季凉爽短促，最有利于农作物养分积累。而高达54.67%的森林覆盖率，更创造了最有利于粳稻生长的原生态环境——这样的文字，如果把地域名称换上长春，也未尝不可，客观地说，他们在有一些方面简直是无法区分的。好山好水滋润了吉林市，也滋润了长春的黑土地；世界现存三大产粮黑土带之一的中国东北黑土带覆盖了吉林市，也覆盖了长春市；黑土层深厚、有机质含量高、营养元素丰富、土壤通透性好、保水保肥能力强等特点，属于吉林，也属于长春。

2012年末，吉林省委省政府提出"好米变名米"工程，吉林市率先起步，着手整合稻米资源，打造地域品牌，并率先向中国粮食行业协会申报稻米产区地域命名，并多次带着申报材料向白美清会长和副会长、大米分会理事长郄建伟汇报情况。

鉴于全国性的命名影响深远，一旦名不副实，势必要在国内甚至国际上造成恶劣影响，并严重威胁中国粮食行业协会的信誉。对此，中国粮食行业协会的态度是慎之又慎，斟酌再三。其间，两次组织专家和科技人员赴吉林市进行调研考察，三次上会论证、研究。而且，时任中国粮食行业协会会长的白美清在担任国家粮食储备局局长和吉林省政府经济顾问期间，曾多次到吉林市万昌、舒兰和市区周边水稻原产区进行过考察，对吉林市的稻米产区情况十分了解。大量的前期工作，使业内专家对吉林市大米的品质有了充分了解和认识，也为吉林市稻米的命名提供了可靠依据，打下了良好基础。2013年5月，中国粮

※ 稻香村　李夏　摄

食行业协会召开专题会议，根据吉林市稻米产业历史和当下的特色，确定命名吉林市为"中国粳稻贡米之乡"，并于同年6月正式下发了命名文件。

不可否认，吉林市稻米的命名短时间内给吉、长两市之间造成了一定的心理落差。这个落差反映到工作上，就表现为巨大的张力。一样的环境，一样的土地，一样的米质，一样的努力工作，凭什么就一个有名，一个无名？至此，长春市在大米品牌建设上进一步发力，从对内提质和对外推介两个方向同时加快推进速度，从而使"长春大米"很快蜚声全国。

两年后，中国粮食行业协会在反复调研、考察的基础上，又命名长春市为"中国优质粳米之都"，两市之间终找回了平衡，也为吉林省大米品牌插上了有力且彼此策应的"双翼"。

三

在饮马河上游，以东经126°、北纬43°为地理中心点的广大区域内，有一个全国闻名的优质大米产区——万昌大米产区。

因为这个地域在吉林以至于东北地区稻米生产中的重要地位，20世纪80年代这里就被国家确定为寒温带水稻种植重点示范区。当时，吉林省从国外引进四套大棚盘育苗插秧设备，悉数拨给万昌。同年底，当时国家和吉林省领导一道来万昌公社玉华大队视察引进生产设备技术、生产情况，对万昌公社及其所在的永吉县稻米生产工作即给予了高度评价。

在当地社员家，农民将蒸煮好的大米饭捧给国家领导人品尝，望着洁白油亮的米饭，感受醇厚的饭香，领导人连声叫好，大加赞美，万昌大米因此名声大振。此后三十余年，一直因为其品质优良、稳定而需求不衰。

其实，早在清康熙年间，万昌这地方就已经开始种植水稻。《永吉县志》记载，康熙二十一年（1682年），位于大乌拉街虞村西北平原，饮马河与岔路河下游之间的三角地带（今永吉县岔路河镇、万昌镇），就以种植高粱、大豆、粳子等抗涝作物为主。其中，岔路河西北甸子尤其是魏家烧锅、虫王庙一带的粳米，以色白、光润、适口而著称，被统称为"万昌大米"。此米，虽然不是专为朝廷独享的"贡米"，却广受赞誉，驰名海内。民间相传："万昌之大米可煮三次，而其味不改，饭粒亦不破，谓之顶三水。"算起来，这个地区的水稻种植历史，距今已有逾300年。

初期，这里的水稻生产由于受到自然条件和生产力水平的限制，一直处于零星、分散状态。至光绪二十九年（1903年），大批朝鲜族农民迁入饮马河、岔路河、鳌龙河沿河一带，带来了水利工程技术，同当地的汉、满、回等民族一道利用自然河道，修建柳条拦河坝，引水入田，这里的水稻种植规模才得以有效扩大。中华民国十六年（1927年）王光慎、刘会等种田大户在饮马河东岸、岔路河北岸修堤3000米，堤高1.5米，有效控制洪水和内涝，并将洼地旱田改为水田，使这里的水田面积大增，初步实现了集中连片种植。

1974年，岔路河上的大型山谷型水库建成。由于从前这里曾有陨石降落，又是岔路河渡河的哨口，故将此水库命名为"星星哨水库"。这是"万昌大米"历史发展进程中的一个重要转折。水库建成后，2.65亿立方米的总库容便成为"万昌大米"种植、生产的重要水源保障，从而使永吉县西部的岔路河、万昌、金家等五个乡镇的水田由原来的1.8万亩发展到18万亩。1983年以来，这个区域的水稻种植面积一直稳定在18.6万亩以上。目前，"万昌大米"的地域概念已经发展为吉林省永吉县的万昌镇、岔路河镇、一拉溪镇、金家乡、黄榆乡、北大湖镇、西阳镇、双河镇、口前镇共九个乡镇。区域内以"吉林市宇丰米业有限责任公司"为龙头的大米生产、加工企业达到四十余家，稻米年加工能力三十余万吨。

由于种植技术的持续提高和水稻品种的进一步改良，"万昌大米"的内在品质得到了不断提升，声誉和影响得到了进一步扩大。不但本地区的消费者对"万昌大米"情有独钟，省内其他优质稻米产区以及整个东北区域均对"万昌大米"青睐有加。曾有一些年代，北京市和吉林省内部分机关、企事业单位均是万昌大米的签约客户，常年食用万昌大米。近年来，随着信息和物流业的迅猛发展，"万昌大米"不仅畅销全国，而且远销日本、韩国、新加坡等国家和地区。在国内，特别在辽宁、黑龙江、北京、上海、广东等市场，已经深受消费者的追捧。

东北有民间俗语说："有麝自来香，不用大风扬。""万昌大米"的"麝"就是它的内在品质，而其内在品质，不仅来自于这个地域的好土、好水和优越的气候条件，同时来自于其稻作文化的滋养和稻作传统的继承，更来自于这个地域人们心血、情智的浇灌。吉林市之所以一直把万昌作为打造"现代农业""高效农业""旅游观光农业"和"整合一、二、三产业"的先导示范区，主要还是看好"万昌大米"的品质、感召力和引领力。

从20世纪80年代起，"万昌大米"就各种"命名"和荣誉不断。不但"万昌镇"受到党和国家领导人的多次视察、亲切关怀、鼓励和称赞，而且"万昌大米"也得到了各种专业组织的印证和广泛认同。1983年，万昌镇被国家命名为"水稻之乡"；2000年8月，"万昌大米"被评为中国长春国际农业食品博览会金奖产品；2003年，联合国工业发展组织中国投资技术促进处绿色产业委员会确认永吉县岔路河农业经济示范区为绿色产业园区；2006年，中国绿色食品发展中心、中国绿色食品协会确认吉林省永吉县为"绿色农业示范区建设单位"；2007年，全国粳稻米产业大会评选"万昌大米"为"金奖大米""优质食味大米"；同年，农业部绿色食品管理办公室、中国绿色食品发展中心批准吉林省永吉县为"全国绿色食品原料（水稻）标准化生产基地"……

如果，我只是说如果，没有坚实的品质内核作为支撑，别说连续取得如此多的荣誉，就是凭空把这些荣誉加到一个地域或品牌的"身上"，也足以让它因为"盛名之下，其实难副"而被"捧杀"、压垮。

专 家 论 稻

3月一过，海南的稻花就开了。体量细小的稻花，芳香微弱，连蜜蜂、蝴蝶都难以察觉，却奇迹般的吸引了大量对花香并不敏感的人类。每到3月，世界各地的水稻专家，都会如蜂如蝶般云集海南，来"嗅"这遍地的稻花。

由于气候的原因，世界上最具代表性的水稻都将在这个海岛上扬花授粉，而每一朵并不起眼的稻花里，又都隐藏着一个秘密。谁能窥破这个秘密，谁就有可能打开高产的窄门，推开优质、抗逆的窗子，或攻克优质食味的难关。

这一群水稻专业里的"侠客"，各自身怀着"绝技"和"利器"，各自暗藏着隐秘的心机，聚而论稻。或相互借鉴、切磋，或相互交流技艺，或相互品头论足，一番"刀光剑影"之后，总会透露出常人难得一闻的重要信息，有关文化、有关历史，有关地域，有关家国，有关温饱、嗜好，也有关品质与安全。

牙齿向外的美国大米

目前，美国大米正在进入中国市场。这个十分敏感的话题自然在坊间引起了巨大的躁动。那么美国大米究竟是个什么东西，它的品质如何，具有什么优势，在这个问题上，网名"美国老爸"的褚启人——和水稻打了四十年交道的美国水稻公司总裁顾问，似乎拥有不可质疑的发言权。

美国，其水稻栽培起源于17世纪，虽只有三百多年的历史，但凭借其先进的育种技术，却一跃成为世界上水稻单产最高的几个国家之一。美国生产大米的地区主要是阿肯色、密苏里、得克萨斯和加利福尼亚州。因气候适宜，水土优越，生产技术先进，现代化水平高，最重要的是美国的稻农，享有高额国家补贴和优惠政策，从而使美国的水稻在国际市场上具有明显的竞争优势。

对美国人来说，水稻只是小作物，美国人并不像中国人那样钟爱大米。在美国传统饮食习惯中，大米并不作为主食存在，除了满足本土少数族裔（如印度、中、日、韩等亚裔人群，以及西班牙、墨西哥等）消费需求外，所生产的大部分稻米用于出口，大米出口额占到世界总贸易额的18%，仅次于泰国。

这是一种牙齿向外，专为抢占国外市场而存在的品类。那么，除了价格优势之外，美国的水稻品质究竟如何呢？

曾有中国水稻专家对四十个美国水稻品种的十三个米质指标分析进行过专业研究和品质评价，并对品质指标间进行了相关分析。结果表明，其长粒型品种十三个品质指标的平均值、标准差均达到我国籼稻二级标准。取其长粒型水稻同我国农业部所颁籼稻标准作比较，从达标率可以看出，美国长粒型水稻的碾磨品质特别好，其糙米率和精米率全部达标，整精米率在77%以上，部分指标优于我国籼稻的平均水平。这与它们大部分品种谷壳薄、光壳无毛有关。此外，粒型和垩白也有很高的达标率，均明显好于我国籼稻品种。

就其商品品相和品质来说，在籼稻消费群体和食品加工原料领域都有明显的竞争优势。换句话说，它的攻击力和抢占市场的能力很可能超强，已经毫无疑问成为中国籼稻一个不可回避的劲旅或劲敌。但就食味品质而言，显然还不及中国粳稻。

以香著名的泰国香米

中国大米的另一个劲敌，自然是泰国香米。在中国只抓产量，不问食味的时期，泰国香米几乎趁机占领了所有中国人的味蕾。泰国米属于籼米，米粒细长，类似广东产的丝苗米，米粒晶莹剔透、口感柔软，因米粒本身有浓浓的香气而知名，不过在中国的各大超市中的泰国香米，真品并不多。早在2010年，泰国驻广州总领事馆商务处处长胡丽丽就表示："在中国分装的泰国香米，90%以上都是伪泰国香米。"

很多美食家认为，就算是泰国香米真品，也只是香味浓，吃到嘴里没有嚼头，所以偶尔吃一次不错，但当作主食天天吃，就没什么魅力了。单说口感，并不如我们中国的粳稻好吃。

　　闻香识女，闻香更能识米。扬州大学教授潘学彪先生说，若按香型来分，大米有浓香型和弱香型两类。泰国米多数属于浓香型米。浓香型的水稻种在田间，晴天里站在下风口，田里植株的香味便可闻到。有一些浓香型的米，磨米的时候，暗香涌动，但吃到嘴里却全然找不到那份期盼的浓香。相反，弱香型米只在饭煮好后，揭开锅盖时才能闻到明显香味，入口后慢嚼细品，越发感觉到香入心脾。

　　香米并不是泰国的"专利"，泰国也并不是香米起源地。在我国，香米早在西汉时已有种植。三国时曹丕就有文章说："长沙有好米，上风吹之，五里闻香。"我国古老的香米品种很多，最典型的有江永香稻、苏御糯、"象牙2号"等，近年来又出现一些改良品种，如广陵香糯、湖南新近审定的玉针香、

※ 鸭绿江

"湘晚籼13号"等。这些品种的丰产性、综合性状都比较好，香味浓烈，甚至扑鼻。精米外观、口感、香味都可以和泰国香米媲美，产量更胜一筹。

那么，稻米的香气到底从何而来？这个问题如果放在"中美水稻百姓会所"群里加以讨论，十分钟就有结论。这些人从年少不谙世事到年迈信步田埂，不知陪着一株株水稻度过了几世的轮回，哪一株水稻的秘密不悉数在他们心中？群主"美国老爸"说："首先必须强调一点，大米香不香绝对与品质无关。香米的香，是有是无是浓是淡，主要是由其含芳香型化合物2-ap有无多寡而决定的。2-ap是产生香味的主要物质，但并不是唯一的，除2-ap外，还有其他芳香型化合物，从而造成不同香稻的香型不同，如茉莉花香型，爆米花香型，据说，还有老鼠屎香型（臭型）。"

　　泰国大米种植有五千五百多年的历史，但泰国大米的出口历史却不过百年。自1979年泰国首次成为世界最大大米出口国以后，蝉联了三十三年冠军。以粒长和蒸煮后香味扑鼻著称的泰国大米称雄世界米市多年，泰国由此赢得"世界米仓"（Rice Bowl of World）的桂冠。

　　2011年，泰国大米出口的主要市场仍是非洲，亚洲次之，然后是中东、欧洲。其中，排名前十五位的国家和地区分别是：尼日利亚（155万吨）、印尼（91.5万吨）、伊拉克（62.7万吨）、科特迪瓦（56.8万吨）、南非（56.1万吨）、美国（39.7万吨）、马来西亚（33.08万吨）、日本（30.8万吨）、伊朗（27.8万吨）、中国（26.8万吨）、塞内加尔（23.83万吨）、中国香港（22.45万吨）、贝宁（20.2万吨）、菲律宾（18.64万吨）以及也门（14.33万吨）。

　　泰国米之所以能在世界上占重要一席，主要是因为在泰国的出口宣传战略中，大米从来就是第一品牌，无论各级政府还是企业，全社会都积极参与泰国大米在国际市场的品牌宣传和市场推介活动。每年泰国都要利用各种机会在国内外宣传推广茉莉香米。泰国商业部部长察猜曾高调炫耀，泰国大米完全能够满足不同地区、不同层次的需求。

　　然而，专家们的看法就大有不同，"美国老爸"用他的美式幽默表达了对淡香型大米的情有独钟，他在很多场合不断地强调着自己的观念："不涂香水的绅士，才是纯爷们儿！"而在日本人的观念里，香味是大米的最大败笔，在日本大米品鉴专家那里，每次品评会，香型香味不但不计算分值，如果碰到有浓香味的大米，还一定会打一个负分，以表达他们对香味的反感。

东北米与日本米

　　铺展一块绿莹莹的紫菜，覆上香气四溢的米饭，卷裹出一根长长的寿司；或者磕开一只生鸡蛋在米饭里顺时针搅拌……日本人对米饭的一往情深，是任何国家的人无法比拟的。

　　米饭、寿司、便当、盖浇饭，宁可餐桌无菜，不可餐桌无米。米饭在日本人眼里，完全可以堂堂正正成为一餐的主角、灵魂。走过了饥荒年代的日本，从20世纪70年代开始，对米质的要求变得极高，所以有人说，闭上双眼品味日本大米，就是在咀嚼日本特有的文化和文明。

　　还记得日本比较有名的"茶泡饭"吗？这名字让人胆怯又想往。这是恋爱男女必尝的美味。把做好的米饭微微放凉，加入梅干、鲑鱼和鳕子等，最"销魂"的是最后一步，大厨用煎茶一浇，氤氲的香气就散发出来。

还有"猫饭"。在热腾腾的米饭上细细地撒上鲣鱼干，淋上酱油。比较流行的寿司的美味主要由"饭"来决定，做寿司的人常说，"六分米饭，四分配菜"。外出野餐以及午餐便当的首选食物是饭团。三角形状的饭团外层以海苔包裹，里面的馅料通常是腌渍酸梅以及一片烤鱼等。

据统计，目前日本共有四百多个水稻品种，但只有二十多种被大量种植和出售。其中"越光"在日本是栽种面积最广的品种，约占总面积的38%左右。新潟鱼沼区种植的"越光米"则品质最优，一般称之为"鱼沼越光"。

越光米的特质在于，直链淀粉含量较低，其他各成分比例平衡，又富含芳香脂肪酸，所以口感紧实、弹润而芬芳，即使冷饭入口也依旧保持相当的弹性。

中日大米最直接的对决有两次，一次来自2009年6月《黑龙江科技信息》刊登的一篇文章《浅析日本大米品质对我省大米发展前景的思考》。当时的研究人员用日本新潟县的"越光米"、宫城县的"一见钟情"大米，与"五常稻花香2号"和"龙凤山0388"两种东北大米进行比较，结论是无论在外观品质还是食味品质上，两种日本大米都超过中国大米。

有专家对此进行分析：一方面日本人重视稻米品质比中国早了近三十年。20世纪70年代之后，日本大米不再短缺，开始要求"吃好"，因而日本"食味稻"的育种技术和栽培技术起步早，一直领先。二是日本人对于谷物蔬果的品种、产地有一种近似挑剔的讲究。如果大米是别的品种，包装就绝不能写"越光"，产地也要一并写出，并且不能掺杂其他大米。言外之意，就是没有假冒伪劣产品。三是日本人很在意大米的新鲜度，精米的赏味期限一般只有三个月，三个月后的米就要打折处理了。四是日本人把米当文化进行经营。《我爱大米》的作者斯密·欧文在评价日本大米时说："这个国家把稻米当作具有神秘力量的作物，其意义不仅是主食，更视为接近于民族灵魂的某种东西。"

东北大米和日本大米似乎总有些说不清、道不明的关系或联系。特别是土地肥沃、水分充足、气候适宜，盛产优质米的吉林省。20世纪70年代末80年代初随着日本大棚盘育苗机插秧技术的引进与消化吸收，吉林省水稻育苗和插秧期提前了半个多月，吉林省水稻应用品种出现一个重大的变化，即生育期由中熟为主变为中晚熟为主。至20世纪90年代后期自主水稻品种彻底取代了日本品种，实现了吉林省水稻品种的第四次更新换代。21世纪初，省农科院育成了以超级稻"吉粳88"为代表的新一代水稻品种。由于这些品种高产、优质、多抗，受到稻农、大米加工企业的欢迎，种植面积占到我省水稻种植面积75%以上，实现了水稻品种的第五次更新换代。

改革开放三十多年，中国也渐渐富了起来。中国人已经开始了由吃饱到吃好的转变。水稻专家、稻农、企业、政府逐步把目标由"高产"转向"优质"。

七年之后，2016年3月15日，中国北方稻作科学技术协会与日本佐竹公司联合主办的"中日优良食味粳稻品种选育及食味品鉴学术研讨会"在日本广岛举行。二十五名中日大米品鉴专家对十个优良食味品种的食味值进行"盲评"，中国品种"吉粳511"以微弱之差屈居日本新潟鱼沼"越光"米之后，排名第二，获食味"最优秀"奖。在参评的六个中国优良水稻品种中，排名第一，并超越了其他三个日本品种。这次评选的综合排名顺序为："鱼沼越光""吉粳511""粳优653""广岛日之光""南粳46""北海道上育397""津川1号""垦香稻10179""盐粳219""宁粳43"。其中，"鱼沼越光""广岛日

※ 新苗　张明杰 摄

之光""北海道上育397""津川1号"为日本品种。

遗憾的是,我们所熟知的"秋田小町"没有在这个名单里出现。不知这个威震亚洲的明星品种已经"人老珠黄"上不得台面,还是在调整、酝酿着更大的能量。也可能,它已经成为一个不只属于某一个国家的国际品种,无法参与两国之间的竞争。

大米的"食味值"

一种大米是否好吃,专业的判断,是要用"食味值"作标准。顾名思义,"食味值"就是指食物味道的分值。这是目前评价大米品质最重要的指标。

吉林省农科院水稻所所长周广春介绍,在日本,每年都要搞一次大米的食味值排行榜,消费者买米就根据每年公布的排行榜进行选择。他们把所有大米的品种划分成五个级别,口感最好的自然是特A级别的大米。一旦哪种米被公布在特A级,它的价格马上会比榜上无名时翻上一番或几番。

严格地说,某种米的"食味值",实际上是指由这种米做出的米饭的"食味值",因为我们最终吃到的是饭而不是米。一种米饭好吃不好吃,往往并不是单一因素所决定的。除了稻米品种好,水稻栽培环境好,稻米加工品质高,煮饭技术和锅具的好坏有时也起着举足轻重的作用。

中外公认的食味品鉴专家刘厚清说:"拥有一碗好米饭,是个系统工程。"他认为:"一碗好吃的米饭,要求从种植到蒸煮每一个环节都要做到精益求精。育种专家要选育好的品种;栽培专家配套良好的技术、优越的生态环境;稻农要做好水肥控制等田间管理、适时收获、适度干燥;粮企要低温储藏、科学加工;消费者要现磨现吃、合理清洗、专业蒸煮……"

从前,稻米的种植和生产者,往往只把注意力放在品种上。其实,当品种和种植都已固定,之后的环节,对食味影响都非常大。比如,适时收获。当稻子的未成熟粒刚刚低于10%时,是水稻口感最好的时期,因为仅仅有一周的时间,所以被称为"收割黄金周"。一些农民喜欢将水稻在田里晒干,让稻子更多地成熟饱满,但这样稻子因为蛋白质过高,而严重影响口感,过熟的稻子在加工时,也会增加碎米率,影响质量和大米产量。

刘厚清在日本留学时发现当地稻农割完水稻以后,会在地头拉起一排排绳子,将稻穗朝下挂在绳子上。他很好奇,问他们为什么不把水稻穗朝上立在田间？稻农告诉他，水稻立在田里，稻秆里的营养还会"上渡"到稻粒上，这样磨出的米不好吃，倒挂在绳子上，通风好，干得快，稻粒里的营养基本保持在收割时的样子，磨出的大米好吃。

在刘厚清博士看来，做饭可不是件容易事。米粒表面上那些肉眼看不到的小沟儿最能藏污纳垢了，一般，至少要用比米多十倍的水，洗三到五次才能洗干净。第一次清洗要快，主要目的是清理稻糠，这些稻糠里有一种物质，很容易氧化变质，如果洗慢了它就会溶于水然后附着在大米上，使米饭中带有米糠的味道。刘博士说，吉林延边地区是最会吃米的地方。老人们用厚厚的铁锅大火把米煮好，再用慢火慢慢蒸，米饭熟了以后，出锅前，还要再加上一把火。打开锅盖，米粒横七竖八躺在锅里，好像刚刚经历了一场激战一样，这才是好吃的饭，外硬内软，味道好又有嚼头。但好吃的米饭，也是会变的，比如回生。米饭回生，是因为米饭里 a 淀粉冷却后转化成 b 淀粉，这一个小小的转化，严重影响了米饭的口感，这种淀粉一经转化，就不可逆，通过加热等手段也没有办法恢复原状。

曾任职湖南农科院水稻所、巴西ANNA PAULA育种家、巴西拜耳华裔育种专家的吴运天告诉我们，对稻米品质不同的地方有不同要求。就全球而言，对高整精米率和低垩白要求大致是一样的，但在理化性质上就各有千秋。如直链淀粉含量，以自助餐为主的巴西要求28%以上；中国的广东大致20%～23%；长江流域稍低14%～24%都可以接受；北方粳稻区可能更喜欢12%～18%；云南偏爱10%～14%的软米；西双版纳的傣族人就以糯米为主食；孟加拉还有部分地方喜欢2%以下的糯米。

籼稻与粳稻

"南袁北杨"美称中的"北杨"杨振玉今年已经八十九岁，是北方水稻界的泰斗级人物，他从口袋里取出一穗粳稻，与籼稻并排放在桌面上，从外观上，即使是外行，也很容易分辨出二者的区别。粳稻短阔型、谷壳厚、绒毛长，籼稻以长粒为主、谷壳薄、无绒毛。粳稻的耐寒性强，而籼稻耐热性强，因而一个更多被北方种植，另一个被南方种植。

水稻是世界上最重要的粮食作物之一。全球一半以上的人口以稻米为主要食物来源。全世界一百二十二个国家种植水稻，栽培面积常年在1.40亿～1.59亿公顷，而这种稻米90%左右集中在亚洲，其余在美洲、非洲、欧洲和大洋洲。从世界范围内看，根据水稻品种对温度和光照的反应特性，可以分为早稻、晚稻和中稻。根据籽粒的淀粉特性，可以分成糯稻和非糯稻，根据生态地理分化特征，可以将水稻分为籼稻和粳稻。

在杨振玉的实验田里，籼稻和粳稻两个池子多数是肩并着肩的。也就是说，他在海南既搞粳稻繁育，也搞籼稻繁育。粳稻品种到了海南，因为耐高温性差，所以长得明显矮了很多，而籼稻依旧繁茂。经验丰富的育种家们，并不担心这些突然变矮了很多的粳稻，因为南繁只是给品种加代而已，这些加代后的种子还要拿回本地制种，而到了本地，温度适宜，品种会恢复它原有的高度和苗壮。这就是物种的神奇，育种家们自是掌握了这些神奇的规律，才让育种变得随心所欲。

安徽省通常被作为中国的南北分界线，淮河以北是我国的北方，淮河以南是我国的南方，因为这里的气候条件复杂，稻米种类相对多，从植物学角度分类有籼稻、粳稻、糯稻；按气候生态型分类有早稻、中稻、晚稻。水稻育种专家朱启升选育的二十多个品种都以籼稻为主。朱启升之所以选育了如此多的籼稻品种，与他出生的年代有密不可分的关系。朱启升生于1953年，中国"三年自然灾害"，给朱启升这一代人一生难忘的记忆。那时候，他正处于长身体的阶段，母亲怕他饿坏了，早晚都煮一盆胡萝卜叶汤，汤水清淡得可以照得见人影，母亲尽量把菜叶都挑给孩子们吃，自己只喝点菜叶水。朱启升看着周边

的亲友，走着走着就倒下了。挨饿的经历对这一代人来说，是一场挥之不去的噩梦。

如何多打粮，如何让中国人吃饱，成了那一代人的唯一目标。

那个年代，籼稻的产量相对高于粳稻，出饭率也比粳稻高，同样是一碗大米，籼稻能出三四碗饭，而粳稻只能做出两碗饭。籼稻做成的米饭松散、口感硬、但饱腹感强、抗饿，而粳稻黏糯，吃起来柔软易消化，不抗饿。在那些吃不饱的年代，填饱肚子才是硬道理，那些好吃、却太易消化的粳米，远远抵御不了人类对饥饿的恐惧。

时代变了，人们的生活水平提高了，中国人彻底战胜了饥饿，再不用为填饱肚子而犯愁，所以对口感和营养越来越挑剔，虽然南方的老年人仍然保有对籼米的情感和习惯，但越来越多的人特别是年轻人喜欢粳米，追求绿色和有机的粳米。这也是东北大米越来越受欢迎，正品东北大米供不应求的原因所在。

从口感和味道上来讲，粳稻由于生长期长，比籼稻接收了更多的日精月华，比籼稻好吃得多。籼稻直链淀粉含量较高，属中黏性。籼稻起源于亚热带，种植在热带和亚热带地区，生长期短，在无霜期的地方一年可多次成熟。去壳成为籼米后，外观细长、透明度低。有的品种表皮发红，如中国江西出产的红米，煮熟后米饭较干、松，变凉后会变得"死硬"，通常用于萝卜糕、米粉、炒饭。粳稻的直链淀粉含量较少，种植于温带和寒带地区，生长期长，一般一年只能成熟一次。去壳成为粳米后，外观圆短、透明（部分品种米粒有局部白粉质）。煮食特性介于糯米与籼米之间，口感偏黏，用途为一般食米，具有"剩饭不回生"的特点。

小众而神秘的功能稻

"功能型水稻"主要指在胚乳、胚和米糠等部分中所含的有效活性物质具有调节各种人体生理代谢、满足不同消费群和特殊消费群需求的专用和保健性水稻。

胭脂米，在特色功能米当中，最有诗意，似乎裹藏了很久远很浪漫的故事，或许是因为《红楼梦》的缘故，这米，总能让人想起无限情意在里边。

胭脂米里，最有名的是"御田胭脂米"，一种极为珍贵的作物，原产于河北省丰南县玉兰庄。此米呈椭圆柱形，比普通米粒稍长，营养极其丰富，里外都呈暗红色，顺纹有深红色的米线，煮熟时色如胭脂、异香扑鼻，味道极佳，同白米混煮亦有染色传香的特点。

胭脂米来源自古老的胭脂稻。1962年，胭脂稻标本在全国农业展览馆展出，声名大噪。不过，《丰南县志》记载：胭脂稻已于20世纪70年代绝迹断种。如此说，国内现存胭脂米包括康熙胭脂米、玉田胭脂米、皇宫胭脂米等，已经不是来自于古老的胭脂稻正源。由于近几年胭脂米价格持续走高，现在已经有越来越多的人开始种植胭脂稻，因为过去庶民不得食，所以更显其稀有和珍贵。

胭脂稻糙米虽然营养价值高，但煮食起来非常费时，由于内保护皮层粗纤维、糠蜡等较多，吃起来口感不是很好，因此，外行人误认为还不如普通白米饭好吃。

上海师范大学植物种质资源开发中心董彦君教授是选育功能米的行家，人们喜欢叫他"米教授"。因为特色功能米的选育周期长，选育过程又辛苦，比起普通大米，它很小众，所以多数育种家对它并不感兴趣。可是，米教授偏偏对它感兴趣，而且少有同行或助手，只身带着一伙种地的农民，一干就是十几年。

对董彦君来说，大米的名字和名气以及传说都不重要，重要的是它们的"疗效"。功能型水稻的研究始于20世纪末，目前国内外已经开发保健型、辅助疗效型等多种功能型水稻品种。其中，保健功能型水稻是指富含维生素、人体必需氨基酸和微量元素等功能性成分的水稻；辅助疗效功能型水稻是指可以预防肾脏病、糖尿病、"三高"症、肥胖、动脉硬化、骨质疏松等疾病的水稻。目前，已揭示出水稻中功能性成分有九大类，包括功能性蛋白质、活性多糖、功能性油脂、功能性维生素、必需微量元素（铁、锌、硒等）、功能性黄酮类化合物、自由基清除剂、功能性肽和人体必需氨基酸等。其他特性功能米还有低谷蛋白大米、巨胚黑粳米、巨胚红粳米等。

市场新宠胚芽米

胚芽米并不是大米的一种类型，它仅仅是不同加工工艺的一个产物，却在市场上逐渐风靡。

去了壳的米，由胚乳、胚两部分组成，米的绝大部分是胚乳，肉眼看起来洁白光滑，好奇者把它放在显微镜下，才发现它的表面有着一条条的小沟儿。而胚，位于米的腹部下端，颜色暗黄、个头很小。

胚，是稻米的生命，只有胚保存完好，稻米才有发芽的可能，才能延续生命，繁衍后代。所以，专家们更喜欢叫它"胚芽"。胚芽与胚乳连接得并不紧密，在稻粒碾磨成米的过程中，极易受损甚至脱落。

市场上销售的大米，绝大部分的顶端都会出现一个小小的像月芽一样的缺口，这个被司空见惯的缺口，其实就是胚芽脱落后留下的"伤痕"。

胚乳是大米的主要组成部分，含有大量的淀粉、蛋白质，是加工过程中的传统保留对象，而被碾磨机无情打磨掉的胚芽，其实是谷物生理活性最强的部分，胚芽中含有丰富的蛋白质、脂肪、可溶性糖、维生素、谷维素、硒、糠醛、三价铬、纤维素、核酸酶等物质。有利于抗糖尿病、抗心血管病、护肝、护心，及保护大脑神经系统等。在大米中，小小一个胚芽，所含营养成分占整粒米的70%以上。

胚芽米，就是在水稻加工过程中，仅仅打磨掉最外面的一层壳，不破坏糊粉层部分，以使稻子的胚芽部分得到很好的保护。因此。每一粒胚芽米都是一个活的生命，在水分和温度适宜的情况下，这些米粒是可以发芽的。而一旦发芽，胚芽就幻化成一株稻苗，失去了人体能够吸收的一切营养。所以，胚芽米的全部意义和关键就在于米上餐桌之前，那个至关重要的胚芽既不能死，也不能发芽。

专家刘厚清说，稻粒脱穗后，依然是鲜活的生命，依然要呼吸，环境温度越高，它们的呼吸就越强烈，自身损耗越大、营养流失越多，口感越差。所以，在稻粒加工成米以前，或蒸煮之前，一定要保证让稻粒们好好地"睡着"。

收割后，应该在最短的时间内干燥降水，水分降到16%以下，然后把它们

※ 仰视　　蔡正环 摄

存放在15℃以下的冷库里。干燥过快、过度，破坏米本身的自然状态，米会产生裂痕，煮饭时，大量的水分将通过裂痕进入米粒内部，影响口感。而干燥不够，稻米里存在自由水，低温存放时，稻粒很容易冻死，米死了，也就无所谓是不是胚芽米了。

转基因水稻、常规水稻和杂交水稻

"转基因"水稻，是指在育种过程中，采用科技方法，单独将一种外部基因转入到一个水稻品种里面去，而不带有其他基因。

在农业生产领域，特别是稻谷生产领域，要不要搞转基因，有没有必要搞转基因，一直以来都是业界以及全民关注和争论的焦点。目前，农业部只批准了两种转基因水稻的安全证书，"华恢1号"和"Bt汕优63"，而这两张安全证书已在实验室里静静躺了多年，争议依然不断。

实际上，中国研究转基因水稻的科研机构远非"华中"一家。除了Bt抗虫性，还包括抗病、抗逆、抗除草剂、高产、优质、营养高效等转基因，相应的研究机构则遍布大江南北。

按照《农业转基因生物安全管理条例》等一系列条例、规定，转基因植物品种在培育出来前，需要经过严谨、复杂的安全性评价，才能获得安全证书，获得安全证书后还要经过特有的品种审定批准才能上市。而安全性评价阶段，则包括材料创制、中间试验、环境释放和生产性试验四个阶段，通过这几个阶段完成目标性状鉴定、农艺性状鉴定、环境风险评估等等，到最后获得安全证书，一般至少要历时十年以上。

据了解，目前我国还没有通过审定并可以推广的转基因水稻品种。

常规稻是可以留种且后代不分离的水稻品种。

市场上流通的常规水稻有着严格的质量标准：原种纯度不低于99.9%；大田用种纯度不低于98%；发芽率不低于85%；籼稻水分不高于13%，粳稻水分不高于14.5%。常规稻比起杂交稻在产量、抗逆性上稍有劣势，但米质却有明显优势。

杂交粳稻专家华泽田解释，育种家在选育常规稻时，虽然也是通过杂交方式来培育的，但它产生的后代不再分离，农民可以自己留种子；而杂交稻用父本和母本形成F1代用于生产以后，每年都要重新育种，农民不可以自留种子。

目前，我国水稻主要是籼稻和粳稻两个品种，总面积为4.5亿亩。其中，籼稻约3亿亩，主要种植于长江以南的南方，其常规稻约占40%，杂交稻约占60%。粳稻约1.5亿亩，主要种植于长江以北的北方，常规稻约占95%，杂交稻约占5%。

杂交优势是生物界普遍现象，利用杂交优势提高农作物产量和品质是现代农业科学的主要成就之一。水稻更是具有明显的杂交优势现象，主要表现在生长旺盛，根系发达，穗大粒多，抗逆性强等方面。因此，利用水稻的杂交优势以大幅度提高水稻产量，一直是育种家梦寐以求的。但是，水稻属自花授粉植物，雌雄蕊共生在同一朵颖花里，由于颖花很小，而且每朵花只结一粒种子，因此很难用人工去雄杂交的方法来生产大量的第一代杂变种子，所以，长期以来水稻的杂交优势未能得到广泛应用。

杂交水稻的基本思想和技术以及首次实现，是由美国人Henry Beachell在1963年于印度尼西亚完成的，Henry Beachell也因此而获得1996年的世界粮食奖。但由于Henry Beachell的设想和方案存在着某些缺陷，始终无法进行大规模推广。后来，日本人提出了三系选育法来培育杂交水稻，提出可以寻找合适的野生雄性不育株作为培育杂交水稻的基础。虽然经过多年努力，日本人找到了野生的雄性不育株，但是效果不是很好，最终也没有实现杂交水稻的产业化。

1973年，杂交水稻之父袁隆平成功研制出能够突破产量瓶颈的杂交"超级稻"，并于1976年开始全面推广，使中国"用世界7%的土地养活世界22%的人口"由神话变为可能。超级杂交稻是我国粮食科技界对世界粮食安全的突出贡献。中国超级稻在国内推广达1.36亿亩，占水稻总种植面积的三成。中国发明的杂交水稻，除国内发展迅速外，在国外，包括越南、印度、菲律宾和美国也得到了大面积生产、应用，并取得了显著的增产效果。

在袁隆平院士杂交水稻的带动下，中国的水稻制种和生产一直处于世界领先水平。这是一件让国人心有底气，引以为傲的事情。从粮食安全的角度，这已是不幸之中的万幸，在残酷的世界商战中，我们还剩有最后一块可以坚守的领地、最后一片没被污染的净土。不论从产量、种植面积、稻米品种和品质讲，我们都可以窃喜，这个饭碗毕竟没有端在别人手里。

※国家粮食局局长任正晓（左）、吉林省副省长隋忠诚（右）共同启动吉林大米新米上市

第四部　鞠养万方

——双手掬一捧晶莹的稻米，举过胸前，这显然就是一个呈献的姿态。可是，这如玉的米、这米中之玉，我们要将其呈奉哪里，贡献给何人，才不至于落入那个典型的悲剧结局？

回想"和氏璧"的故事，总让人心中充满无限遗憾。假如，楚国那个倒霉的卞和不是一而再再而三地执意要把稀世美玉献给不识货的楚王，总不至于落个欺君之罪，罹患"刖"足之祸；假如厉王和武王是明智、明眼的明君，信一次卞和或让玉工将卞和的璞玉打开加以琢磨，也不至与珍宝擦肩而过；假如没有从中作祟或心术不正的"玉工"，也不至于让卞和"奉献"的权利被无端剥夺，"明珠无光"，无法与"接纳"实现对接；假如卞和不那么蠢笨，不与别人的眼力和智商较劲，亲自把玉剖开给"王"看，事情也不应该是这样一个结局。

现实中，谁是卞和，谁是玉工，谁是文王，谁又是厉王和武王？

经过历史和岁月漫长的洗礼，故事的背景和角色早已被时光之水溶解、虚化得似是而非、模糊不清，只有其间的"道"和"理"，一点点沉淀、析出，愈加清晰起来，并如一个不灭的精灵，继续在无限繁复的生活中变幻、演绎——

危机四伏

　　早春的吉林，已冰雪消融。

　　失去了梦幻的银装素裹，大地裸露出黝黑的底色。还没有泛青的树木枝条，一时禁不住冷风的奚落，只好尴尬地做着左躲右闪的动作。一块印有"金星米业"的巨幅广告牌，挺立在路边，和树木们一起抵挡着风的袭扰……

　　当我们在"舒兰大米"核心产区之一的水曲柳镇见到"金星米业"的总经理庞喜莉时，她身穿一件猩红的呢子大衣，正在装满了大米的白色丝袋间穿梭行走，查看流水线上工人的工作情况。虽然加工、包装、运输等各环节的工作都进行得有条不紊，但在巨大、空旷的空间里，这劳动的场面看起来仍显得有一些冷清。据庞喜莉介绍，近两年大米加工企业已经很难做了。原来，他们这一带，不出2000米就有四家稻米加工企业，如今其余三家基本上已经停产，只有他们一家在惨淡经营。

　　近年来，很多中小加工企业基本上面临着难收难卖的"两难"境地，稻谷收购价越来越高，而卖价却很难提升。虽然"舒兰大米"一向名气不错，但由于没有龙头企业和太大、太响的品牌，行业整体上处于尴尬状态。在收购环节，每到秋收季节，"河北"（拉林河）的五常米商就过来抢米，由于人家资金充足、牌子又大，不怕抬高成本，收购价始终压着当地五分至一毛钱，一路水涨船高地"打"下去，本地米商最后还是不得不适当收手，败给五常米商。

　　据官方估计，每年仅舒兰一地流向五常的优质稻谷就超过10万吨。同样的情况，在其他地方也在"上演"，榆树、九台、德惠、永吉、梅河口、松原等，凡是有种植"稻花香"品种的地方，稻谷都会遭到五常米商的抢购。散户的余粮收尽后，甚至要花更高的价格到米商手里去收。在销售环节，由于本地品牌名气小，无法占领市场，卖到南方的米，多数被用于"勾兑"贴牌，很难直接卖到消费者手上，基本靠"走量"赚一点儿薄利。如果量上不来，连开工的勇气都没有，一开就会赔得一塌糊涂。相比之下，"金星米业"的情况还算好的，2016年靠基地产量和农民订单保证了基本加工量，销售总额达到了1亿多元，但销售利润只有300万元，利润率也不足3%。

类似的情况，不仅在北方，就是在水稻生产成本较低的南方也司空见惯。在"水稻之父"袁隆平所在的湖南省一个水稻种植大县，一些规模较小的稻谷加工企业也已经基本停产，不能开工、不敢收购，因为开工即亏损。这样的结果，多半是导致一部分农户的水稻卖不出去或赔钱贱卖，接下来，农民就会因为种稻没有出路而放弃种稻，这叫"谷贱伤农"，是一个很危险的信号。

近些年，中国的大豆、玉米以及小麦的"粮食安全"问题已经引起了人们的深深忧虑。不可否认，教训也是深刻的。如果，大米市场的这些奇怪现象是某一年因为产销失衡而发生的偶然现象，倒也不必大惊小怪、杞人忧天。可怕的是，后边的确还有着深深的国际背景。

从2012年开始我国迅速加大了大米的进口力度，进口大米主要来源是东南亚国家，其中越南大米占比超过一半，主要原因就是越南大米价格低廉。2013年《经济日报》一篇报道称，2013年初从越南进口的大米平均价格约为每吨410美元，折合人民币每斤1.3元左右，而同期国内的籼稻收购价格已经在每吨410美元以上，加工成大米后，价格更会高达每吨600美元以上，国内外大米价格的差异所导致的大米与稻谷价格的倒挂，也被称为"稻强米弱"。除了主渠道之外，越南大米走私情况猖獗。据有关人士透露，中越边境的民间走私大米价格更是低得离谱，最高每斤0.7元～0.8元，最低达到0.5元左右。在巨大的利益驱动下，参与走私逐利的人如过江之鲫。先是为了躲避海关检查，从对面一袋袋将大米扛过来，日夜兼程，不停不息，集细流以成江海；后来，胆子和动作越来越大，便拆掉路障、栅栏，成船成车以载，公然演绎了一场甚嚣尘上的走私"狂欢"。

日前，又有消息传来，经过十年的贸易谈判，中国已经允许美国大米进入中国市场。尽管美国大米的生产量只占世界大米的2%，但其大米交易却占全球10%左右，已成为除东南亚国家以外最大的大米出口国。美国大米目前的主要出口市场仍在北美周边，很显然，美国的大米生产商已极为看好中国市场，并相信中国终会成为美国大米的最大进口国，一场针对中国市场的商业进攻即将展开。

曾几何时，中国也是世界上主要的大米出口国，1998年中国的大米出口量一度占到全球市场的14%，居世界第四位。然而，自2012年开始，中国却进入了一个重要转折，由大米出口国变成了大米净进口国，开始从越南、泰国等东南亚国家进口水稻，现在又把"门"敞给美国这只所向披靡的猛虎。那么，一个有着七千多年水稻耕作史的国家，一个有足够能力实现自给自足的稻米生产大国，何以要从一个传统饮食习惯中并没有大米的国家进口主粮？

官方给出的理由是这样的：第一，国内外价差增大导致企业进口意愿增强；第二，国内部分高收入消费群体和高档餐馆对泰国香米、日本大米的消费需求增加。归根结底，"都是市场作用的结果"。

2007年，《经济参考报》刊登一篇《美国大米靠政府补贴"暗算"墨西哥水稻》的报道，曾这样描述："1994年北美自由贸易协定正式生效后，美国大米以零关税进入墨西哥市场。尽管作为'对等'条件，墨西哥产品也得以进入美国，然而，墨西哥水稻却几乎全线崩溃。自1994年起，墨西哥水稻的种植面

※ 运苗　蔡正环 摄

积、产量、行业就业人数等均开始急剧下降，墨西哥从水稻自给国变成了进口国。到2007年，墨西哥已经彻底失去了水稻生产能力，国内85%的水稻从美国进口。而美国之所以做到这一点，并不是因为其科技优势，而在于高额的政府补贴。"文章还指出，"从1994年到1997年，美国政府对农产品的高额补贴使进入墨西哥的美国大米价格从每吨260美元下降到100美元，而墨西哥产的大米价格则在每吨220美元～250美元之间徘徊。美国大米的低廉价格几乎冲垮了所有的墨西哥生产商。"

事实上，在美国每年的政府开支中，主要农作物补贴大约为100亿～200亿美元，主要集中在五大类作物上：小麦、饲料谷物、棉花、水稻和油籽。他们的国际竞争策略是，集中财力，强补猛贴，各个击破。国内补贴主要包括直接补贴、反周期补贴以及销售贷款津贴。仅就水稻而言，这三项补贴总额在1998年至2005年七年间，最高达到17.74亿美元，每年的补贴数额根据世界市场的价格变化适时调整，市场价格越低政府补贴越高。有调查显示，美国水稻补贴要占水稻种植者收入的50%，使得水稻在很长一段时期内成为美国补贴最多的作物。如此这般，就让我们不得不认真地想一想，面对如此有力的巨爪重叩，我们应该如何应对？

有"大豆之战"的惨痛教训在前，相信国家层面会根据国际、国内的实际情况做出有效、有力的应急反应，否则我们的"饭碗子"也可能彻底交到别人的手里。作为一省、一地、一企、一人，不管是生产者也好，是消费者也罢，我们必须做好自己应该做的一切，必须要有必要的民族和家国情怀，以维护我们自己的安全与尊严；必须有必要的商业道德和节操，以维护我们市场的有序和公平；也必须要有必要的眼光和智慧，以维护我们的整体利益和长远利益。

市场，从来就是这样一只无形的手，这样一柄双刃剑。它既可以调节和推动社会生产朝健康、良性的方向发展；也可以"以怪力乱心"腐蚀人的灵魂，使市场主体们以自我生存为首要原则，在关键时刻毫不犹豫或堂而皇之地舍弃节操，舍弃尊严，唯利是图。而"弱肉强食"的要领就是先下手为强，谁先从乱局、危局中抢先获利，谁就占有先机和主动权。有研究报告显示，我国进口大米的需求很大一部分来源于大米加工企业。而其中，以私营企业实际进口的数量为最多。2014年某一个月大米进口显示，私营企业为了获得更低价的原材料，进口大米数量占到当月全部进口量的71.6%，国有企业的进口量占进口总量的

※ 心事　　李夏 摄

21.48%。不管将来如何，也不管结局如何，获利者毕竟抢先一步从国际市场中讨得一杯解渴的"鸩酒"，暂时获得了生存安慰。可怜就可怜了那些恪守本分，老老实实，规规矩矩做事、经营的企业和农民。他们依然像什么也没有发生一样，埋头做着自己的事情，以自己艰难的恪守和跋涉化解源源不断的外部压力。

以盛产优质米著称的梅河口市，2012年以前统计稻谷种植面积为60万亩，到2014年底统计就已经剩下46万亩。问当地政府或农民为什么种植面积减少那么多，回答很简单——费事不赚钱。其实，真正的原因基层企业和粮农并不知道，他们只能感受到自身所承受的压力，压力大了，受不了了，就改变自己，寻找另外的出路，是所谓冷暖自知。鸭子不懂什么叫春夏秋冬，但知道水温高低，暖了就下水，冷了就上岸。黑山头镇的种稻能手李刚，三代种稻，堪称"世家"，不但对稻作技术精通，而且对水稻有很深的情感，在他眼里，水稻就是粮中之王。当他看到身边很多农民纷纷"水改旱"时，感到十分惋惜，于是以自己种稻的"威信"，说服、联合了五十余户村民办起了合作社，他负责免费为村民提供技术指导和大米销售。耕种是他的强项，但销售却是弱项，除了把水稻以原粮的价格卖给"吉粮集团"，还是找不到更好的出路。为了把合作社的大米卖上好价钱，他抢注了"磨盘湖"大米的商标，并和农户背着自己的大米去北京、天津和大连等大城市里推销。

　　这一趟"南征"的经历，给他这一生留下了难以磨灭的记忆，让他深深感觉到了一个种田人的局限和绝望。一开始他们直接去了天津，因为城市大，感觉发蒙，不知道从何入手，他们必须住下来，慢慢琢磨，慢慢做，"从长计议"。因为手头的钱很有限，他们住不起宾馆，更租不起大的场所搞推销活动，只能在便宜的地方租一个小房子，沿街贴一些小广告，用饭盒做出大米饭给行人品尝。听说是梅河口大米，人们都有印象，可是尝过了，叫好了，都不敢多买。人们不相信拥有如此好米的人会做不起广告，对一个沿街叫卖的人，人们总是会表示深深的怀疑。后来他们去了大连，辗转联系上一家大型超市。超市的负责人倒是不怀疑他的米和他的身份，但开出的条件相当苛刻，不但分成比例很小，还把所有的"责任"都推给了他。如果合作，就要求他在大连有足够的储存量，随时保证超市需要，货物不能断档，但超市不负责备用储存。各种费用都要由他垫付，到了结算期才能按比例给他返回销售所得。这需要长期占用大量的资金，才有可能合作下去。面对这样的条件，李刚内心酸痛难忍，想想自己客居都市连一瓶矿泉水都喝不起，到哪里去筹措那么多的垫付资金？到最后，只好放弃。

　　在昆明和北京等处他还发现有几家专门卖梅河口大米的专销店，经过色选和抛光后的大米价格很高，但问店家大米是从梅河口哪里进的货，却答得"牛头不对马嘴"，根本没有那个地方，没有那个人。并且就那么一种米，地上放了好几种商标，想用哪种就用哪种。在北京的一家家米店，李刚甚至看到了自己的"磨盘湖"包装盒儿。看到这些，李刚彻底绝望了，他觉得生为农民，不管是合作社还是种粮大户，都很难摆脱被动的命运。有钱人可以在市场上翻云覆雨，随心所欲；而没有资金的人只能老老实实地当个农民，为别人提供原粮。消费者买到了好米，利润归经销商；消费者买到了次米、假米，坏名声却归于产地和稻农。但作为农民，地终究还是要种的，不种地靠什么活着呀？于是，他最后还是回来，领着合作社里的人安安稳稳地种地。种出的稻谷管他最后被谁收去呢，"反正我只能凭良心、凭本分种好我的稻子"。

　　2014年秋天，长期与李刚合作的公司效益欠佳，收割季节没来合作社收稻谷，合作社自己又没有仓库和晾晒场地，大量稻谷积压，社员们欠下的账款无力偿还，李刚只能拿出自己的存款代社员偿还。巨大的压力最终把这个老实的种田人压倒，心脏病突发，一个晚上心绞痛发作十多次。这件事深深触动了远在深圳华为技术有限公司任芯片研发工程师的女儿珊珊。珊珊的性格里，多有其父亲的倔强，一方面她真是心疼自己的父亲，另一方面她也为家乡农民的命运鸣不平，为什么那么好的米卖不出去？手里端着"金饭碗"还要去"讨饭吃"，去看别人的"脸色"？经过了几个昼夜的前思后想，她决定辞去深圳的工作，回乡开网店，利用多年来自己所学的知识和本领卖好家乡的大米，圆上父亲带领乡亲们共同致富的梦。2014年11月1日，她谢绝了公司多次真诚的挽留，毅然回到家乡，与父亲共渡难关。

"健康米"工程

　　综合分析当前各种情况和各种数据，关于大米领域里的粮食安全问题，主要还是反映在低端米和食品加工原料领域。不论美国大米还是越南大米，所占的优势不过是价格低廉，在适口性和大米综合品质上仍然无法和北方粳米相比，更不消说"有机"或"绿色"优质粳米！从中短期看，这些外来米还没有大规模进入中国百姓"口粮"领域的可能。如果从"好吃、营养、安全"的角度看，国际上唯一可以同吉林优质粳米相提并论的，就是日本的大米。从最近中日之间优质米评选结果看，中国自主繁育的水稻品种，在质地上已经进入可以和日本比肩的时代。但由于日本的土地面积、产量和商品化能力等因素，决定了他们的大米只能自产自用，而无法对中国市场构成大的冲击……

　　吉林省副省长隋忠诚在分析国际、国内大米市场形势时，始终持有这种谨慎乐观的态度。

　　但是……当他话题一转的时候，也说出了自己心中的忧虑。中国的稻米生产者仍然很脆弱；而市场更加不够理性、成熟，所以在大米产业发育成熟之前，政府还应该发挥积极、正确的引导、规范作用，促进供销两端的良性对接。

　　吉林省是我国重要的商品粮基地，新中国成立以来，粮食的商品化率一直站在各省前列，对全国的粮食安全起到了重要支撑作用。由于境内气候适宜、独特，不可复制，森林覆盖面积大，又是难得的"河源省"，水量丰沛，水质优异，所以近年来又成为国家优质粳稻主产区，水稻播种面积达1200多万亩，年产量120亿斤。吉林省水稻，由于积温优于黑龙江，昼夜温差优于辽宁，其内在品质在"东北大米"中一直处于领先地位，好米天成，堪称"米中精品"。但由于省内大米企业"小而散"，大米品牌"多而杂"，加之对品牌缺乏有效的整合和宣传，水稻的生产优势并没有变为产业优势，大米的品质优势也没有变为效益优势。也就是说，如此优质的资源并没有取得广泛的认知；也没有做到让国人充分分享，这不能不说是一件憾事。

吉林省之所以要举全省之力实施"健康米"工程，其主要目的还是要以此推动吉林省稻米产业转型升级，提升稻米质量和价值，增强吉林省大米品牌的知名度和竞争力。同时，也意在为国家粮食安全分忧、尽责，在中国国民日常"入口粮"方面，撑起"半壁江山"。

在系统介绍吉林"健康米"工程之前，隋忠诚这位身处"前沿总指挥"位置的设计者和指挥者以一种近于幽默的方式讲了一段学生时代的往事。20世纪80年代，他考入南方一所重点大学读书。那时，吉林的水稻种植面积还不大，偶尔能吃上一顿大米饭觉得十分幸福。入学后，学校食堂里天天有大米饭吃，岂不是掉到"福堆儿"里啦！可是那是籼米，打出饭来一吃，适口性很差，哪是想象中的大米饭呀！但毫无办法，那时全国的粮食生产处于只关注"温饱"阶段，如果讲粮食安全，那时只能考虑"数量安全"，以吃饱为要。而现在，形势已经发生了天翻地覆的变化。有粮还是无粮？是否可以让人们填饱肚子？似乎数量或产量上的"安全"已经不是主要问题，在生活水平大幅提升之后，粮食的"质量安全"已经被提到重要的议事日程。人们的锅里不但要有米，而且这米还得是"好吃，营养，更安全"的米。

采访隋忠诚的那天下午，阳光很好。明亮而并不暴烈的阳光，透过窗口，照在他那仅可容纳六人议事的小会议桌上。就在这个有一点儿局促的空间里，这个年轻而又明显有着忧患意识的副省长，用轻松、平实、简洁的语言，把他的"健康米工程"和国家粮食安全的深刻内涵表述得透透亮亮。

粮食，也是商品，但它从来都不是普通意义的商品。

当粮食并不短缺的时候，粮食看起来会多得令人"烦恼"，很多问题因为粮食过多而产生。卖粮难的问题、结构失衡的问题、成本高低的问题、临储的问题、运输的问题、陈化的问题、供需平衡的问题、市场竞争力的问题……国际上的粮食巨头们，也会趁火打劫，千方百计把粮食卖进来。当粮食一旦短缺，这种奇怪的东西就会在很短的时间里消失得无影无踪，甚至那些在地球上到处叫卖粮食的人，也随之而消失得无影无踪。至此，那些认为有钱什么都能买到的人，才如梦方醒，原来只有粮食在你最需要、最渴望的时候是买不到的。这时，谁手里还控制着粮食，谁就能控制着人类的命运，控制着人类。所以，隋忠诚深有感触地说，从古至今粮食都是一种具有战略意义的特殊商品，而吉林"健康米工程"的战略意义就在于以下四个方面。

第一方面，就是保证国家粮食安全。古语道：粮安天下安。不管到什么时候，把"填饱肚子"的问题解决了，都是任何社会形态的稳定基础，都是任何时期发展的前提。失去了这个前提，多大、多难以预料的事情都有可能发生。这是一个永恒的课题，世界上任何国家概莫能外。所以历代国家领导人都把粮食安全问题看得十分重要。2013年，习近平总书记也明确提出，饭碗子要端在自己手里。另外，随着时代的发展，粮食安全问题的侧重面也会有所不同。现在，我国的粮食总体上平衡、结构上有余，在数量上得到了保障，有一定的稳定性，特别是粮食的十二年连续增产，人民生活水平有所提高，人们在日常生活中对数量的安全意识渐渐淡化了，但对质量的要求提高了，够吃了就要吃

※ 插秧

得好，这也是人们的自然、合理需求。但对于吉林省这样的商品粮大省，就一定要站在更高的角度来考虑这个问题，并且必须坚持"数量安全"和"质量安全"并重，以显著提升"质量安全"为主的原则，不仅要当好国家商品粮基地，还要成为绿色的商品粮基地。

第二个方面，以此为契机推动吉林省率先实现农业现代化。对吉林省这个国家重要商品粮基地，总书记寄予了殷切希望，去年到吉林省视察时，已经明确提出，吉林省要率先实现农业现代化。吉林省对此工作十分重视，出台了规划，这个规划是多方面的，但农业现代化是主导，打造绿色大粮仓是主线。概括地说，就要把吉林省的传统农业变成现代农业，把农业大省变成农业强省，把传统粮仓变成绿色粮仓。

第三个方面，有效推进供给侧的改革。粮食市场是国际经济竞争或"经济战争"的重要阵地，你不占领就有人占领，这个阵地一旦丢失，就很难夺回。现在我们的问题并不是供给不足，而是有效供给不足。面对当前消费市场的多样化和多层次，目前，粮食供给的针对性已表现为严重不足。供给侧改革的核心就是市场的细分。如何满足粮食市场各个层次的需求，如何让高端米的质量更高，让低端米的成本更低，从而极大满足国内市场各个层面的消费需求，已经不仅是单纯的经济问题。在这种复杂的国际、国内市场背景下，粮食市场的供给侧改革已经成为刻不容缓的战略问题。但这样的重大问题、这样的系统工程，如果没有政府有力、有序的介入和组织，仅靠农民慢慢觉醒和自发组织，等待有些问题的自然消化、被动解决，怕是已经来不及了。

第四个方面，满足农民增收的需要。"三农"的核心是提高农民的收入。目前，靠提高产量来提高农业效益，空间已经很有限，连续的粮食增产，已经让土地和科技背负了沉重的包袱，并且在这方面向上的空间已经越来越小。相反，提高供给的针对性和有效性，靠提高质量，提高附加值和经济效益的空间却还十分巨大。于是，针对国内中、高端大米消费市场，靠现代化、机械化、标准化、减量化推动的绿色和有机农业，必将对本省农业增收和广大消费者生活品质的提高具有现实和长远的双重意义。

现在，让我们把扫描吉林大米的镜头推向时空深处——

2015年，吉林省共销售中高端大米11亿斤，随着"健康米"工程的深入推进，五年后，"吉林大米"的核心品牌将叫响大江南北。"好吃、营养、更安全"的整体形象和内在品质，将得到国内中高端消费群体的广泛认可，"吉林大米"品牌价值明显提升。到2020年，中高端大米产销量将达到30亿斤，销售网点将遍布全国各大城市。届时，想吃好米的人，都有望吃上吉林的有机米。

毋庸置疑，吉林的"健康米"工程绝不仅是一组简单的数字，而是一个浩繁的系统工程。其指向也绝不是单纯的产业效益，更重要的是要让中国人吃上真正的好米、放心米。既物有所值，又安全可靠。同时，也在米中吃出尊严，吃出品格，吃出情怀。这，也可以理解为一个粮食大省的忧患意识和责任意识。

记得多年以前，"三年自然灾害"过后，全国各地因为对"饥饿"的恐惧，纷纷建起养猪场，一时间到处都是猪肉，多得吃不了。于是，国家号召各地都吃"爱国肉"，所有的企事业、机关单位都要按人头购买猪肉。一段时间内，天天吃猪肉，虽然吃得"腻腻歪歪"，但总算把那场危机度过了。旧事

※归　　李夏摄

重提，总是有人表现得很不屑，因为那是计划经济时期的事情，政府在利用行政命令化解危机时，干涉了人们选择的自由。那在今天的 些人看来，简直就是"不可理喻"。但如果没有那次行政命令，刚刚在可怕的饥馑中恢复了一点元气的国家，也许会再度陷入一场新的危机，全国人民还要重拾可怕的饥荒。当生命与生活面临黑暗的威胁，哪一种选择更加理智，哪一种选择更加贴近"人性"，恐怕不需要智商也能正确回答。

如果说，一直以来中国社会的经济活动始终没有完全摆脱行政命令和政府干预的阴影，那么韩国那个地道的资本主义国家应该对人们的正常消费或活动没有任何行政干预或国家干预吧？但为什么直到今天他们始终不用日货，而中国有很多人天天在喊"抵制日货"却天天在大买日货呢？更让人匪夷所思的是连马桶盖儿都要去日本抢购。当这类行为已经被有尊严的国人和日本人共同以各种方式诟病之后，仍有人不顾颜面地继续抢购。难道说中国人没有日本的马桶盖就上不了厕所吗？从这一点看，中国的问题，绝不仅仅在于我们自己的产品是否"过硬"。

关于马桶盖事件，吴晓波在他的文章《去日本买只马桶盖》中是这样描述的："飞机刚落在那霸机场，看微信群里已经是一派火爆的购物气象：小伙伴们在免税商场玩疯了，有人一口气买了六个电饭煲！"

当正在参加全国"两会"的格力电器事长董明珠看到了这条消息后，表现得异常激动："我们这么一个制造大国，怎么可能造不出让人心动的产品？我特别生气到国外买电饭煲的事情，这个事真的刺痛了我的神经。我觉得很遗憾，同时也很悲哀，中国没理由连个电饭煲都做不好。"为了争这口气，她回去就集中组织技术力量研制可以与日本媲美的电饭锅。

一年后，格力成功研制出自己满意的电饭锅——"格力大松"。董明珠请来了国内各路专业名家，并要求现场的嘉宾和记者来给四种米饭盲测。它们是由四种不同品牌的电饭煲包括格力大松分别烹制而成。结果毫无悬念，大松高票胜出。至此，董明珠总算给中国人争了一把脸，消了长期郁结于胸的一口恶气。

事实上，任何商业活动都不是单纯的一买一卖，其间自然涉及国家、民族和人民利益，自然也涉及政治、品格和气节等问题。董明珠说，中国人之所以会抢购日本的电饭锅和马桶盖儿，就是因为国人太不自信。

在谈到中国制造或中国产品时，董明珠认为"从生产到成品的过程中，你的产品和你的生产过程都应该有那种工匠精神，追求完美的精神。如果没有工匠精神，马桶盖事件就不能杜绝"。

现在，全国都在谈"工匠精神"。实际上，"工匠精神"的核心就是品质。不管是马桶盖、电饭煲还是其他什么产品，如果做好了，都应该带着"工匠精神"的基因。"打铁先须自身硬"，吉林省的"健康米"工程也正是"工匠精神"在农业生产领域和大米品牌建设上的诠释。

吉林省"健康米"工程的开启，对全国的大米消费者来说，显然是一个"呈奉"的姿态。从"健康米"工程的两个重要环节不难看出，加强质量安全全程监管和突出品牌培育，指向性已经相当清晰，一个向内，全力培育自身的优秀品质；一个向外，将一个体面、靓丽、有品位的形象奉献给消费者。什么叫"呈奉"，什么叫"贡"？就是把最好的品质或"东西"呈献给你在意、尊重的对象。

加强质量安全全程监管的各项条款，本是几行硬邦邦的、"无情无义"的公文，但如果用心体会，却能品味到这些文字背后的真诚和急切。现在，让我们来一一审视这五个关键环节——

对土壤环境保护的监督管理。从加强土壤污染状况调查和地表水污染防治入手，全面推进重金属污染防治和水源污染防治；从水稻种植区域空气、水文、气候等环境入手，加强质量安全监测，建立水稻耕地质量档案，为水稻质量安全提供及时、全面的信息支撑；建立健全土壤环境监测制度以及土壤环境保护与综合治理部门协调机制，提高土壤环境监测能力。到2017年，初步形成省、市、县三级土壤环境监测网络。

对"投入品"的监管。通过加强对种子、肥料、农药等农资投入品的市场监督检查，加强对农药等投入品的使用监督和指导，严厉打击国家明令禁止的高毒农药使用，从源头把住水稻生产安全关。

对种植环节的管理。重点完善全省农技推广体系，组织全省农业技术服务推广部门做好水稻种植中农业投入品规范使用的技术指导与服务；做好水稻病虫害的绿色防控、统防统治技术推广；鼓励增加有机肥施用量，推广生物物理除虫技术，最大限度降低有害物质残留。

对稻米流通环节的监管。通过建立健全稻米检验监测网络体系，全面提升检验监测能力和水平，及时排查稻米收购、贮藏、加工、消费等流通环节中存在的质量安全隐患；加强大米QS认证、地理标志保护产品和商标的管理，规范企业的经营行为。到2017年，全面完成稻米批发企业进货、销货台账的建立工作，实现省内市场稻米销售"来源清、去向明"。

对大米质量和安全的管理，主要通过建立健全质量追溯管理制度，支持和推动稻米信息采集和监管系统建设。2017年年底，普遍建立水稻产业物联网示范点，并基本实现生产有记录、信息可查询。

从这些环节中，我们应该能够看出，这是一些眼睛向内，苦练内功的措施，是对生产者的约束和监督，也是对消费者庄严的承诺。

有关品牌培育，则抓住了消费者最为关注的三个环节，当然也是大米品牌建设中的三个要点。一是依据吉林省东部火山岩、西部弱碱土、中部松花江流域地域特点，重点加快省内大米品牌整合。依托现有的十六个大米地理标志产品和商标，重点打造三至五个具有一定代表性的地域品牌。通过建立和完善大米地方质量标准和使用管理办法，对区域内大米品牌进行整合。二是充分发挥协会职能作用，加强品牌规范与自律。组织制定和完善大米地理标志品牌使用管理办法，规范企业行为，维护品牌信誉。2015年年底，所有获得大米地理标志保护产品的市（州）、县，都要制定相关的大米质量地方标准和品牌使用管理办法。三是加强大米品牌监督管理。加大政府相关部门督查、监管力度，定期开展大米品牌专项检查和整治行动，依法打击制售假冒伪劣和侵犯大米商标专用权的违法行为，及时曝光违法企业名单，保护企业商标专用权，净化市场环境。

显然，这些措施的指向性是双向的，但对内的整合和严管，终究还是要让消费者看到、感受到，进而让消费者信任吉林大米，用自己的口碑和手中的货币"点赞"吉林大米。也许，这正是一个健康的市场应得的要义。"品"与"格""质"与"价"从来都应该等位对应，否则就没有公平、健康和可持续。

用个典故，用个拟人的说法，按照这样的态度和标准打造、调教、装扮出来的吉林大米，总应该是消费者心中满意的"新娘子"了吧？除此，还差点儿什么了呢？差只差一句征询了："妆罢低声问夫婿，画眉深浅入时无？"可心、放心之后，自然也就有了"信"；品质好，感觉好，之后自然也就有了"满意"。

"格格"转身

从前，这里并不叫吉林市，而叫"江城"，是一个古代"皇帝"御赐的名字。

史载，康熙二十一年（1682年）春末夏初，"清朝圣祖皇帝"玄烨巡视吉林。二十九岁的皇帝，置身于"龙兴"故土，举目四望——东有龙潭山如青龙迤逦而卧；西有小白山似猛虎熠熠盘踞；南有朱雀山钟灵毓秀；北有北山、玄天岭郁郁苍苍；而脚下船舰所浮之水，正是闻名古今浩浩荡荡的松花江，遂心潮澎湃，诗兴大发，即兴作《松花江放船歌》一首：

> 松花江，江水清，
> 夜来雨过春涛生，
> 浪花叠锦绣縠明。
>
> 彩帆画鹢随风轻，
> 箫韶小奏中流鸣，
> 苍岩翠壁两岸横。
>
> 浮云耀日何晶晶？
> 乘流直下蛟龙惊，
> 连樯接舰屯江城。

貔貅健甲毕锐精，

旌旄映水翻朱缨，

我来问俗非观兵。

松花江，江水清，

浩浩瀚瀚冲波行，

云霞万里开澄泓。

因诗中有"连樯接舰屯江城"之句，自此，"江城"之名流传甚广并久为沿袭。吉林地方人士皆以"江城"之名为傲。

从前，这里曾是古扶余国的"首都"。

西汉元封三年（前108年），汉武帝于东北地区设置四郡之前，这里已经建成了扶余国。该王国归玄菟郡管辖，后属辽东郡。据考，其前期王城就在"秽城"，即今吉林市东团山麓"南城子"。直到东晋永和二年（346年），该城被鲜卑慕容皝派军攻占，扶余王室才"西徙近燕"。在这四百五十四年间，扶余国都城一直都在吉林市的辖区之内。

从前，这里是明、清两个王朝的造船基地。

从明朝开始，这里就隶属海西女真乌拉部统辖，成为"乌拉国"。明永乐七年（1409年）四月，明朝政府在吉林设置造船基地，负责建造运载官兵，粮草赏赐品和贡品的船只，同时也把这里作为运输官兵、粮草的转运站。到明万历四十一年（1613年），此地归为努尔哈赤统治，成为后金的领地。之后，皇太极改金称清，建立清王朝。康熙十五年（1676年）原宁古塔将军巴海移驻吉林，从此吉林城人口骤增，成为清政府统辖松花江、乌苏里江、黑龙江等流域的重镇和在东北地区仅次于盛京的政治、军事、经济和交通中心。自顺治十八年（1661年）起，清廷为进一步防御沙俄入侵，保障边疆安定，再一次在吉林市松花江畔临江门至温德河口一带设厂造船并建立水师营，担负修造战舰和训练水军的任务。

从前，这里是著名的"打牲乌拉总管衙门"所在地。

出吉林市区北行30千米，即到龙潭区乌拉街满族镇。据《吉林通志》记载：乌拉古城"远迎长白，近绕松江，乃是三省通衢"并一向被清政府尊为"本朝发祥之圣地"。由此可见，今天看似平常的吉林市以及吉林市小小的"乌拉街"在东北地区历史上，其形势、地位曾多么重要。吉林"打牲乌拉总管衙门"设置于清顺治十四年（1657年）始，到1911年止，历时二百五十四年，其间三十六任总管，最高级别达到正三品。"打牲乌拉总管衙门"除采捕各类贡品外，还设有乌拉官庄，共有旗地40338垧，仓廒七十间，仓廒贮粮定额2万石，历年轮粜3200石。

从前，这里曾是吉林省的省会。

先有"乌拉街"后有吉林市。打牲乌拉设立半个世纪后，雍正五年（1727年）清政府开始设立永吉州，州治吉林。乾隆十二年（1747年），又改永吉州为吉林厅。光绪七年（1881年），吉林厅升为吉林直隶厅，次年又升为吉林府。民国时期，吉林市仍为吉林省政治、经济、文化中心。中华民国二年（1913年）和中华民国十八年（1929年），这里分别更名为吉林县和永吉县。1948年3月9日，解放吉林市。3月10日，吉林省政府从延吉市迁至吉林市。1954年9月27日，吉林省人民政府由吉林市迁往长春市。从此，吉林省和吉林市的关系就你是你，我是我；你不是你，我不是我；你中有我，我中有你；远远地叫一声吉林，吉林省和吉林市谁也不知道是在叫谁，谁都想答应，却谁都没答应。

从前，吉林市的青山绿水之间有着太过辉煌的历史渊源，有着太为深厚的文化蕴藏，也有着太多足可支撑起其自负、自足、自傲的上天恩赐和物产、资源。

仅就大米而言，几乎一"落地"就有了一个尊贵的身份——皇家贡米，年年岁岁由"官家""包销"，紧俏得连种稻农民自家都难得尽情享用。新时代来临之后，这里的大米品质仍然被吃米的"行家"所青睐。从20世纪中期以来，大部分吉林大米一直走着"专买专卖"的路子，农户不论大小，粮企不论大小，产地不用细分，大荒地大米也好、舒兰大米也好、万昌大米也好，每年生产出有限的米，除少数自留自用，基本都被北京市和本省采购一空。吉林市

※ 晚唱   龙晓安 摄

大米被北京市粮食局、驻京各部委、各大机关团体，当然，也包括本省部分机关团体和企事业单位等，直接与市场隔离开来，以至于生产者和普通的消费者互不了解，两不相认。

回想昔日的吉林市大米，真叫个"皇帝的女儿不愁嫁"。但是，从前毕竟是从前，而不是现在。近年来，随着国内政治、经济环境的变化，从前的那些胃口巨大的采购者突然像沙漠里走失的骆驼队一样，骤然遁去，再也回不到原来的集市。痴痴守望或茫然无措的大米生产者们，手搭凉棚四下望，茫茫人海中竟然看不出谁愿意吃自己的米，谁能吃自己的米，更不知自己的米应该如何定位，如何销售。所谓的"酒香不怕巷子深"，往往只对那些到处找酒喝的准"专业"人士而言；"皇帝女儿不愁嫁"其实也仅限于贵族阶层的少数人，终究都不是大众层面。然而，上天的格外恩赐，却实实在在把这个地域的人宠得"够呛"。因为富足，而偏于"小富即安"；因为安逸，而稍显不思进取。

"官家"包销的时代过去之后，这里的人们并没有及时把"身段儿"降下来，转身面对普通的消费者和更加广阔的市场，仍旧对以往"格格"和"千金小姐"的身世"敝帚自珍"，满足于各地米商、米贩的上门收购或抢购。当政府出面组织区域内的企业合力打造自己的大米品牌时，多数企业表现得态度冷淡、毫无热情，甚至嗤之以鼻，个别企业还认为政府在给自己添乱。

"本来，大米卖得好好的，没事儿搞什么大米品牌建设？"

其实，自视甚高的吉林市稻米生产者们并不清楚，在这个竞争异常激烈、残酷的大米产业链上，他们正处于怎样的状态，扮演着什么角色。应该说，一个地域长期打不出响亮的品牌，大部分稻米以原粮的形态低价出售，其结局是可悲的或"相当可悲的"。对市场来说，他们就是"农田"，是只出产水稻而没有品牌的"地"；对米商、米贩、中间商来说，他们就是"农民"，是只负责提供原粮而没有名字的"劳力"；对消费者来说，也许他们就是一些面目模糊的牟利者，与商人合谋，以不确定的方式和手段获取自己的利益。

现实的市场从来不相信"神仙"和皇帝，没有人愿意为你的历史和发黄的故事买单。就算你是"天生丽质"，就算你"美玉无瑕"，用《红楼梦》里的判词说，也要"觑着那，侯门丽质同蒲柳；作践的，公府千金似下流"。然而，他们却"当局者迷"，浑然无觉。眼看着自己低价卖出的米在南方被掺兑后又卖出几倍或十几倍的价格，并没有人认真反思这一切奇怪现象发生的根源在哪里。

当主管农业的副市长在某次会议上细说缘由，点破迷津的时候，在场的每一个人无不背冷、汗下。这不是故弄玄虚、夸大其词，更不是政府为了推卸责任给自己找到的漂亮托辞。事实上，深切地感受到痛在哪里的人，正是解除疼痛愿望最强烈的人。尽管稻农、粮企不太相信政府会把产业的痛和地域的痛当作自己的痛，但这一次政府还真在这件事儿上较了真儿。这个地域的米，在变幻不定的市场风云中，最终落得这样尴尬的境地，谁都会感到脸上无光，谁都能感受到来自各个方向的无形压力。

"运关"在前，闭上家门计较尊卑先后是愚蠢的。对真心为企业着急、办事的政府，难道我们也要刻意扮酷唱反调吗？吉林市的大米产业是应该有一个新的谋划和新的起点了。至此，打响吉林市大米品牌，还吉林大米一个公道的市场认知和定位，才成为政府、专业部门、企业和普通水稻种植者的共识。然而，能不能把共识变成结果或成效，还要看接下来会有什么样的措施和行动。

政府职能转变之后，其行为必然要发生根本性的变化。围绕大米品牌建设，政府能够或应该有怎样的作为？经过深思熟虑，吉林市决定做好三件事：科学定位、合理布局和必要的服务和引导。简简单单的几句话，如果是放在嘴上，说说，就容易了，领导讲讲，会上念念，顶多发文件传传，也就过去了。如果放在心上，就麻烦了，它要牵着情感，关乎忧、喜呀！轻者，会让你时时琢磨、天天惦记，如何才能做到符合实际、尽善尽美；重者，甚至会让你为此而苦思冥想、茶饭不思、殚精竭虑。如果落实到行动上，那就更麻烦了。不但内心所愿、目光所及，就连你面朝哪里坐、脚往哪里挪，办什么事，怎么办都要受其影响。后来，徐莉副市长成为远近闻名的"大米市长"，可能就与她把太多的情感、心思、精力都投放到大米品牌建设上来有着直接的关系。

2013年，接近半年的时间，主管农业的领导一直带着粮食局的人在基层跑，先后深入到二十余户企业展开深入调研，三次在岔路河镇等地召开由行业协会、企业代表、种植大户等参加的座谈会，梳理吉林大米的历史和品质优势，听取来自基层粮企和粮农的意见、愿望，确定这个地域大米的正确定位，明确从企业、行业、政府三个层面来推动品牌建设的职责和任务。经过条分缕析的梳理和论证，一个缜密的发展思路呈现出清晰的轮廓——

虽然，吉林市很早以前就是北京市粮食局直接采购地、"国家优质粳稻科研创新基地"和"国家优质粳稻原种基地";虽然,"吉林市大米"很早就被指定为国家运动员食用首选大米;虽然,区域内几个主打品牌"舒兰大米""万昌大米""大荒地"大米分别荣获"中国地理标志证明商标""地理标志产品保护"和"中国驰名商标"的称号,但这只能理解为"吉林市大米"品质的优异,就"优异"而言,也只是被高端的"小众"认知,影响有限。在大市场上,在大众面前,仍然有其"实"而无其"名"。客观分析以上情况可以看出,吉林市的米从始到终都是以品质见长,以品质取胜,以品质而闻名的。品质是它的生命线,离开了对品质的强调和坚持,就不再具有明显优势。这就如皇族的"公主"和"格格"一样,所谓的高贵,不过是指她们天生丽质、品优内慧、气韵如兰,不管生逢其时还是时运不济,被迫转身民间,品

※ 阳光智能育秧温室　　杨靖 摄

质都是她们唯一可以保持"尊贵"和安身立命之本，离开高贵的品质，她们连"村妇"都不如。

地域、水土、气候资源的不可复制不可替代性、每年一季的生长周期、地处偏远不便运输、悠久的稻作经验和传统、"刻板"的有机种植和"自然农法"……都决定了这个地域出产的大米无法以低成本和低价格在市场上立足，其最有利也是最合理的定位仍然是中高端大米。"面向普通大众，恪守高端品质"，在尽可能控制成本的情况下，把品质放在首位。如果品质和成本发生冲突，以确保品质为要。

2013年6月中国粮食行业协会授予了吉林市"中国粳稻贡米之乡"的金字招牌。自此，吉林市大米有了一面迎风招展的品牌大旗。"中国粳稻贡米之乡"

的大旗树起之后，他们马上对全市近百个大米品牌进行了归集、整合，围绕三个重点品牌"万昌""舒兰"和"大荒地"建立了三个侧重不同的大米企业集群。

"大荒地"大米——是中国驰名商标，来自国家级龙头企业吉林市东福米业有限责任公司，产地在吉林市昌邑区孤店子镇大荒地村。集约化经营、农场化种植的东福米业先后获评"全国农业标准化优秀示范区""全国放心粮油示范企业"等称号，是吉林市最具影响力的有机米先导、示范基地，拥有连片良田5400公顷，年产高端水稻25000吨。

"万昌大米"——是吉林市永吉县万昌镇及其周边乡镇所产大米的集合品牌，已列入国家质检总局的"地理标志产品保护"目录。由"吉林宇丰米业有限责任公司"等高端米生产企业组成的万昌大米种植基地被国家绿色食品发展中心认定为"永吉县绿色农业示范区""永吉全国绿色食品原料（水稻）标准化生产基地"。永吉县已授权十六家当地大米企业使用万昌大米地理标志商标，大米远销日、韩等国。

"舒兰大米"——是国家重点商品粮生产基地——舒兰市的地区品牌。舒兰市依托"历史名米"的资源优势被国家认定为绿色食品和绿色水稻生产基地，并获国家工商总局地理标志证明商标注册。目前，舒兰绿色水稻种植面积达13万亩。十户优秀企业获准使用"舒兰大米"商标，年产优质大米20万吨。

建立这样集群式的生产基地，不但解决了如何出产好米的问题，而且解决了如何让"好米"变"名米"的问题。首先是通过品牌的深度整合，实现稻米生产的标准化管理和品质控制；其次，通过提高生产标准和稻米品质，打通中高端大米销售渠道，合理提升优质米价格，进而达到"农民增收、企业增效、消费者受益"的目标。目前，在"万昌""舒兰"和"大荒地"品牌的整合带动下，吉林市已有"大荒地""老爷岭""彦旗乌拉街"获国家驰名商标认定，已有"万昌""舒兰""普康""永鹏""平安永丰""乌拉街""瑞稻香""麒佳""银狮泉""大富人家""永圣""晶都""朕品""广多""舒禾""御鼎贡""石城水晶""千禧粮缘"等大米品牌获得吉林省著名商标认定；另有十八个品牌获得国家绿色食品认证，十三个品牌获得国家有机食品认证。

在"农民增收、企业增效、消费者受益"三项目标中，"消费者受益"虽然在字面上排列在最后，但在具体工作中却始终被吉林市放在首要位置，不断强调，重点强调。在吉林市的理解当中，任何一个企业或一个人，如果只把自己的利益放在首位，只关注自己的米能不能卖掉，能卖多少钱，并不把用户的利益放在心中，那他永远只是一个商人或贩子，而不是一个企业家，更不是一个真正讲责任、有情怀的人。换位想一想，如果你是一个普通消费者，花了高价，买到的却是掺了廉价米或"陈化粮"的假冒"吉林市大米"，你的心情会怎么样？你不会觉得我们的消费者很无辜、很可怜吗？这一切虽然与当下国内市场混乱有关，难道我们作为产地就毫无责任吗？最起码，我们没有以最有效的方式将产品"完好无损"地送到消费者手中；也没有有效避免不法商贩或企业套用我们的牌子。

当主管领导把这些思想灌输给企业家和农民代表时，同时提出了建设三大系统的部署——标准体系、追溯体系、检测体系。

标准体系以《吉林市粳稻贡米质量标准》《吉林市粳稻贡米水稻种植操作规范》《吉林市粳稻贡米加工工艺流程》和《"中国粳稻贡米之乡——吉林市"地域命名及标识使用管理办法》为依据，对"粳稻贡米"种植各环节、加工工艺全流程、企业生产各环节、产品质量各项指标进行全面规范，对二十多户使用"中国粳稻贡米之乡——吉林市"商标的企业明确了使用规范和规则，确保粳稻贡米的生产条件和产品质量。

追溯体系就是在粮食生产企业建立起包括质量安全可追溯体系在内的信息化控制体系，从育苗，到加工，再到出厂销售等每个关键节点安装

※ 米香迷人

摄像头，用视频形式实时向消费者展现该公司生产经营全过程，让消费者更直观、更真实地了解产品信息。

检测体系负责及时检测、反馈稻米本身以及生长、储运、销售过程中的环境、品质变化，以便及时监控、调整和追责。

三大体系相互支撑，保证了这个地域的水稻"生是优质稻，成是健康米"，交到消费者手上时仍然是"贡米"品质，不变、不差、不混、不假。

现在，到了最关键的环节——与市场对接。下过了一番"苦功夫"之后，吉林市大米基本把自身的、内在的问题解决了。"品"有了，"形"有了，"质"有了，"量"也有了。下一步就看如何让消费者认识、发现什么是真正的好米；如何将"贡米"以最可靠、直接的方式交到消费者手中。

市长与市场，在很多人的认识里，是矛盾和对立的，但在吉林市却是统一的。为了让更多的消费者认识和接受吉林市大米，农业副市长决意带着电饭锅，带着地产的米，带着部门和企业里的人，到全国各大城市去"卖大米"。此时，她自己心里比谁都清楚，这是以政府的信誉和形象作抵押，去推销这个地域的品质。如果自身的"功课"没有做好，企业的诚信和米的品质没有把握，后续的工作无法跟进，这将是一场风险极大的信誉"赌博"。但这也是一条做好品牌的必由之路，不这样"拼"，如何体现政府向企业的转身？如何体现"粳稻贡米"向消费者的转身？又如何让自己的企业经受洗礼，在市场经济中把诚信和责任看得更重？

上海是吉林市大米吹响省外推介号角的第一站。

2013年底，吉林市着手研究，如何与上海粮油协会共办"中国粳稻贡米之乡·吉林市"新米上市推介会。但当时市里根本没有这笔费用的预算，没有钱如何跟人家合作，别说宣传费、场租费、布展费等大笔费用，就连几十号人的食宿、差旅等杂费都是个难题。如果在南方，这笔费用完全可以由企业承担，因为事情是大家的，理应大家合力承办；但在北方，连政府出钱企业都不愿意花时间"陪绑"，更何况要让他们出钱！在这种情况下，展会办还是不办？不办，等着什么时候市里给了钱再办，但本已经没多少缝隙的市场会等我们专项费用慢慢到位吗？办，在没钱寸步难行的商品经济时代，还想在那么大的城市里"打场子唱戏"？

经过慎重商议，他们最终还是决定要办。至于钱的问题，市粮食局局长陈波对他的副职王伟说："你就大胆牵头张罗吧，费用的事儿，我来负责协调。"主管市长则对陈波说："费用的事情，你们不用操心。你们集中精力把事情做好，钱，我来协调！"虽然领导都有了坚决的态度，但具体办事的王伟最清楚，这笔费用在实际中落实起来会有多难。为了不让领导犯难，他在办事过程中尽量节省每一分钱。带人"驻寨"联络筹办期间，连住店都是两个人合住一间，且专选那种非常便宜的快捷酒店。约人谈业务因为没有空间只能借用酒店大堂的公共沙发，请人谈业务也只能自掏腰包……终于，上海方面被吉林市这种"穷拼"的精神感动了，看出这真是一些锲而不舍、一心想把事情办成、办好的人。于是一切从优从简，把原定50万元的费用减到30万元。

吉林省政府驻上海办事处赵金敏主任听说吉林省终于有人主动来沪推介自己的农产品，心情非常激动，对此次活动给予了大力支持，特指派办事处专人协办，腾出办公场地，提供办公设备，出面联络上海各方嘉宾到会等等，使展会获得了巨大的成功。一举吸引了八十八家上海流通企业，销出大米近万吨，

※ 政府搭台推介吉林市大米　　何俊清 摄

　　并达成六个合作协议。上海北辰集团、上海老大同食品有限公司等成为"吉林市大米"的签约客户。会后，他们又在活动举办地——上海西郊国际农产品展示直销中心建立了租期八年的吉林馆，专销吉林市大米。近两年来，吉林市宇丰米业有限责任公司的稻花香米走"老大同"的销售渠道，铺进了上海四五十家超市，销量一直稳定。也是在这次展会后，吉林棋盘生态农业集团与上海北孚集团签下农产品销售协议。棋盘集团在吉林市龙潭区江北乡棋盘村有2000公顷稻田，而北孚物业公司则管理着上海的多家高档小区，两家联营合创了上海绿天使农业科技公司，开创了"线上下单、线下配送自提"运营方式。目前，上海万科四季花城、绿地新江桥城、琥珀臻园等高档小区，都建有"绿天使"的自提柜，上海全市落柜小区达到一百二十五个，已签约小区三百三十个。

　　中国粮食行业协会副会长、杂粮分会理事长、北京市粮食行业协会会长、北京市粮食局原局长田鸿儒，对吉林市大米有着难以割舍的情缘，这位粮食战线的老兵，从基层粮库主任到北京市粮食部门主官，与吉林市大米打了近30年的交道。用他的话说："是吉林人用他们的好大米保障了北京市的米袋子，许许多多的北京市民是吃着吉林市大米长大的！"也正因为如此，他也成了北京市、吉林市大米产销合作的倡导人，在他的运筹和倡导下，京粮集团董事长王国丰率领集团业务专家、古船米业主要班子成员两次来到吉林市考察、洽谈合作事宜。2014年10月，"吉林市大米"正式进军北京城，"中国粳稻贡米之乡·吉林市"首次推介会及新米上市仪式在北京举行，来自吉林市的二十余家大米企业集体亮相。

推介会盛况空前。幅面巨大的展板把吉林市大米的特点和优势描述得生动而令人信服。"与日本北海道同处在'世界黄金水稻带'核心区域，光热资源丰富，昼夜温差大，粳稻主产区无霜期最长可达一百四十天""吉林市地处世界现存三大黑土带之一的中国东北黑土带中，有机质含量高，氮、硒、钙、镁等大、中、微量营养元素丰富。"……专家现场讲解大米的正确蒸煮方法和吃法；工作人员现场支起电饭锅，把饭煮好分送给消费者品鉴，让消费者在米香和美妙的口感中认识吉林市大米。伴随着采购商和市民们的交口称赞，首批80吨吉林市大米摆上卜蜂莲花超市货架。紧接着，北京市粮食行业协会大米分会与吉林市粮食行业协会交换了稻谷产销合作协议书；京粮集团古船米业有限公司与吉林市粮食行业协会大米分会签订了大米销售意向性协议，古船米业董事长刘亚洲即席发表令人振奋的讲话。至此，两地之间一种新的合作方式确立，"古船牌吉林市大米"得以问世。

看着副市长捧着一袋米，和其他工作人员一样不厌其烦地向过路市民讲解、介绍、推销大米；看着她把一碗碗米饭分发给等待品尝的人们，不由得让人感慨万千。吉林市与北京市之间的这段路，二百多年以前还没有"高速"和"高铁"。那时，分别以黄沙、麻石以及黑土为基底的路，虽宽窄不一、曲曲弯弯地向前延伸，名字却十分堂皇叫作朝贡道，道路两端所连接的城市也不是现在的名字，而是一个叫江城，一个叫京都。驻守江城管粮的官，也不叫副市长，而叫作"打牲乌拉总管"，花翎顶戴正三品，拿着每年六百三十两纹银的俸禄，每有进京供奉，皇家一高兴还要有重重的赏赐。而眼前的这位风风火火的北方女性，却怎么看都与普通的民妇无异，全神贯注地卖大米，仿佛在经营着自家的小买卖。市民中，没有人知道她的身份，她自己似乎也忘记了所谓的"身份"。假如这时有谁走过来，指着她，告诉你她是谁，她给你的感觉也依然是一个主妇，一个城市的"主妇"，一个给全国消费者盛饭的"主妇"。

一年后，当吉林市的这个卖米的团队再一次进京的时候，情况已经发生了巨大的变化。届时，打着"京粮古船"商标"吉林市大米"两款品种超级小町米和长粒香米已经陆续上架物美、京客隆、超市发、卜峰莲花、华冠、首航等二十个大型商超系统的两千多家店面。吉林市大米社区店也由原来的五个增加到三十个。不仅在北京，在其他城市的"吉林市大米"也得到了广泛的认同和喜爱。

在广州，吉林省政府驻广州办事处主任佟承志为吉林市大米走进广东乃至海南搭起了桥梁和纽带，使得吉林市能够借助广东省商贸活动平台，办起了首场吉林市新米入穗推介会。十四家企业赴穗，与省政府驻广州办事处旗下的广州松江贸易公司等签下了八项粮食产销协议；吉林市宇丰米业有限责任公司借此与天润拧成了产销一股绳，天润旗下有七八十家粮油店卖宇丰真空包装的"万昌大米"，年销售量已达1000吨。2015年，舒兰市粮食局又带七家使用"舒兰大米"地理标志的米企再下广州，将舒兰大米推进了广州祈福新村、暨南大学教工社区等地。

2016年1月，"光合北纬43°香"吉林市大米的进口商——新加坡最大的连锁超市职工总会平价合作社（NTUCFairPrice）在其旗下的三家超市举行吉林市大米试吃活动，现场气氛热烈，许多市民被芬芳浓郁的米香吸引，纷纷围拢过来，品尝之后赞不绝口。数据显示，2.5公斤包装的"光合北纬43°香"吉林市大米，上市仅半个月时间就销出了全部进货量的15%，呈热销态势，职工总会平价合作社因此对来自中新吉林食品区的其他产品也发生了浓厚兴趣，提出进口草莓等其他产品的需求。其间，新加坡主流媒体《TODAY》报大篇幅刊载介绍"光合北纬43°香"吉林市大米的文章，中新吉林食品区出产产品的安全与优质引发市民热议；新加坡最大的航空餐饮龙头企业新翔集团安排顶级厨师为吉林市这款大米专门研发了一本食谱；新加坡德义社区中心宣布这款米为该社区华人农历新年晚宴主食，而这个社区正是新加坡总理李显龙的选区……

长期以来，新加坡市场和消费者比较熟悉和认可的都是来自泰国、印度以及越南等国的长粒米，它们与吉林市圆润晶亮的短粒米在香气和口感上都有很大区别。目前的新加坡大米市场，泰国米、越南米占据了近三分之二的份额，印度米占据约三分之一的份额，其余极为少量的大米来自日本、澳大利亚等地，而中国大米在新加坡市场踪迹难寻。此次进口的来自中新吉林食品区的大米将填补新加坡市场中国大米的空白，也使"狮城"消费者有了多样化的选择。

从2015年秋季开始，吉林市已经将市场营销的重点从宣传、推介、认知上转变至如何在产地和消费者之间建立起快捷、经济、安全的销售通道。减少中间环节既是降低成本的有效渠道，也是保证大米品牌不被侵犯和盗用的必要措施。既是消费者的根本利益，又是产地品牌的生命线。为此，吉林市除了与部分名企合作走好商超路线外，还探索了直销店、社区店、电商、"互联网+"等模式。

目前，吉林市已经有十二户企业，入驻淘宝、天猫、京东、聚好、建行善融商城、苏宁易购等电子销售平台，累计销售量达6000吨。其中，吉林市东福米业公司入驻淘宝·特色吉林馆——吉林大米馆，头十天就销售"大荒地大米"1.8万多件，到目前，已累计销售820吨，实现销售额1033万元，在吉林省内大米电商线上销售位居第一。

电视购物是吉林市今年新拓的又一条大米直销渠道。2015年1月，市粮食局相关负责人赴沪，与上海东方希杰商务有限公司洽谈借电视购物营销，达成了合作意向。东方希杰运营着上海东方卫视电视购物频道，东方购物年销售额100亿元，顾客总数近千万，是中国最大的电视购物平台。现在，这款电视直销米的包装设计已完成，品种也确定为上海市民认可度高的"小町"米。

随着知名度明显扩大，"吉林市大米"再一次回到了"不愁卖"阶段。目前，不但主销区市场的占有率不断攀升，销售覆盖面也不断在扩大，很多慕名而来的专家和大经销商都带着销售渠道找上门来，更把吉林市大米推向了一种新的境遇。据2015年末统计，其销售区域已经覆盖了十八个省、三个直辖市、四十七个市（区）以及韩国、俄罗斯、新加坡等国家，年总销量已经达到223524吨，并有幸成为2014年亚太经合组织第二十二次领导人非正式会议和全国两会期间指定食用大米。

一切都在你的眼前

　　昔日的大荒之野，今天仍然叫"大荒地"，但已经不再有任何"荒"的感觉和"荒"的痕迹。

　　这是东北的早春。正在告别的冬天，仿佛意犹未尽，一脚门里一脚门外之间，竟然洒下了最后的心愿。一场大雪就这样厚厚地覆盖下来，把一方方田畴打扮成干干净净的方格纸。在这样广阔、平展的土地上行走，你才知道，冬与春的关系并非你死我活。因为那些农田的缘故，寒冷和荒凉便无法进入内心，眼所能见的景色也不是"白茫茫大地真干净"，而是"一张白纸，可画最新最美的图画"。

　　然而，走进大荒村"东福米业"的监控大厅时，心里却意想不到地生出几分惶恐和不安。巨幅LED屏幕，准确地说是"墙"，对视觉的冲击力太大了。随意在大厅的哪个位置上站定，一抬眼，户外的一切景物，农田、道路、树木都能够尽收眼底。操作员点击鼠标，画面便开始快速移动，大地以一种令人眩晕的方式从"对面""撞"来。有那么一刻，甚至感觉自己正大头朝下，扑向土地……

　　据工作人员介绍，目前公司的大部分农田，都已经被这种可视系统覆盖，到明年初，所有属于公司的业务和公共空间将百分之百处于有效的监控之下。功能强大的传感器通过拉近和放大操作，甚至能看清每一株水稻的叶脉和叶子是否健康，是否有病有虫。当然，对于在他们农田里行走的人，不但动作、面貌清晰可见，连表情都将显现无遗。

　　这正是让人感到不安和不适之处。在人类的天性中，从来都有着保护自己隐私的意识和本能，不管我们的心理或行为是否有错或有"私"，都不愿意赤裸裸地暴露在别人眼前，特别是同类面前。但事情总要一分为二或多元地看，有一些时候，也许正是这种不安和惶恐使我们内心怀有畏惧，正是这种畏惧让我们的言行检点、合乎规范。有信仰的人们，一直相信冥冥中有一双眼睛在看着自己，所以要时刻自律，保持言行的正确和完美，而不敢有半点差池。现在，轮到了没有信仰的人们，不管你信与不信，已经有一个高清探头照在那里，就相当于有一双明察秋毫的眼睛在盯着你了。如果正直、诚信、公义和慈爱的原则得以保证，这就是眼睛的替代。事实上，有人感觉不方便、不舒服，就会有人感觉方便、舒服。在人类内心还没有被诚实、友善、公义和慈爱充满的时候，也许这也是一种必要的监督手段。

很显然，东福米业的这个监控系统并不是针对来访者或不速之客的。简洁地说，就是要通过在农业园区安装生态信息无线传感器和其他智能控制系统，对整个园区的生态环境进行检测，从而及时掌握影响园区环境的相关参数，并根据参数变化，适时调控诸如灌溉系统、保温系统等基础设施，确保农作物有最好的生长环境，以提高产量、保证质量。同时将数据通过互联网与用户共享，实现农产品的全程、全时检测和溯源。

在自动灌溉系统利用传感器，可以感应土壤的水分，并在设定条件下与接收器联通，控制灌溉系统的阀门打开、关闭，从而达到自动节水灌溉的目的，实现分区域实时灌溉并调节土壤湿度，保证精细农业所要求的时空差异性和水资源的高效利用。

在粮食仓储领域利用传感器技术，就能够通过各储粮仓库及储粮点的遥感和信息连接，动态掌握在储粮食的基本性状、状态，以做出相应的控制，有效提高粮食仓储保管水平，使整个仓库实现可视化，最大程度提高保管质量、实现仓储安全，并实现仓储条件的自动调节，提高仓储作业管理效率。

在田间管理中应用传感器技术，可以实现现代农作物智能种植。通过收集温度、湿度、风力、大气、降雨量等数据信息，监视农作物灌溉情况，监测土壤和空气状况的变更，根据用户需求，随时进行处理，为现代农业综合信息监测、环境控制以及智能管理提供科学依据，提高农作物种植水平。

最重要的是，通过传感技术的应用，可以建立有效的农产品质量安全监测系统，实现农产品安全溯源。在农业物联网中使用RFID技术，以数据网络与

RFID相结合的方式构建基于数据网络的RFID农产品质量跟踪与追溯系统，使用RFID电子标签、二维条码等技术建立生产和流通档案，并在仓储、销售等环节通过读取设备获取农产品产地和生产过程等相关信息，实现农产品溯源，让消费者了解手中那包米从水稻种植到制成大米，包括地块、施肥、灌溉、生长条件、生长周期等全部真实、准确的信息。

工作台上，放着"东福"的形象手册，信手一翻，某一页上就呈现了如下的文字："为什么小时候的大米饭，香喷可口，难以忘怀？不是人们爱怀旧，而是现在东西变了样。以前，种水稻的农民，肥是农家肥，草用手来薅；以前，卖大米的商人，一是一，二是二，新米掺陈米的事绝不会干。而现在，都变了样……但大荒地，只生产新米，当季水稻的收割日期和稻谷的加工日期在包装上有标明，就是要把传统农业的地道品质、诚实精神找回来，实事求是，还大米本来的模样。地在农户手里，质量无法保证，于是大荒地通过土地流转，把稻田统筹起来，搞标准化种植，坚持不用除草剂，只用有机肥，最大程度保持稻田的自然生态。消费者手里的每一粒大荒地大米都是新米，现卖现加工，然而新米的得来并不容易，每一粒大荒地新米都要经过基地关、种植关、仓储关、生态关。新米是真是假，可以查到源头。从一颗颗绿油油的稻苗一直到餐桌的整个过程，都在消费者的眼皮底下。买到大荒地新米，你只要扫描产品溯源二维码，就可以知道每一袋大荒地新米，何时种植、何时施肥、何时锄草、何时收割、何时加工的完整产业链信息，有根有据有真相！"

这样的文字，表述精准，逻辑严谨，如果不是精致的谎话，就是隆重的宣言；不是漂亮的"忽悠"，就是庄严的承诺。

传统的农田作业靠大量使用化肥、农药，过量消耗水源来提高产量，已经造成水土流失、生态环境恶化、生物多样性损失等不良影响。虽然我国用世界7%的耕地养活了世界22%的人口，但却使用了世界上35%的化肥。我国化肥的生产量和施用量居世界首位，单位面积使用量是美国的2.6倍，但化肥利用率低，氮仅为30%～35%、磷仅为10%～20%，钾仅为35%～50%；农药利用率也很低下，仅在30%左右。化肥、农药的过量和不合理使用，造成化肥、农药残留，造成土质酸化、硬化、环境破坏等，也使农产品的农药残留、抗生素残留、激素残留、重金属残留超标，严重影响了农产品质量安全，对农业生产的可持续性和环境保护造成严重威胁。另外，传统农业生产采用漫灌供水方式，不仅对水资源造成大量浪费，还使农田残留的农药、化肥流入江河，给水体生态带来严重的危害，是造成河网水质恶化的重要因素，严重威胁居民饮水安全。

诸如此类的问题，背后都有一个重要的推手——既得利益。树欲静而风不止。这些问题想在短时间内解决，势必要牺牲耕种者的眼前利益，但这个成本谁来付？小家小户的农民显然担不起这个"大梁"。小户人家虽然也懂得那些农耕和生态的道理，但操作起来经常因为知识、能力、资金、手段等条件的制约而无法实施；即便有了实践的可能也可能因为难以舍弃眼前利益而保持惯性前行。据个别地域反映，有一些"订单"签约农户为了增加产量和除草、灭虫，竟然在夜里偷偷往田里施肥、打药。如此看来，集约化管理，标准化管控，已经成为农业生产的当务之急。在农民觉悟还没有达到一定水平的情况下，只有切实保证"统一生产资料、统一耕种标准、统一田间管理、统一回收加工、统一储运销售"，才能保证大米品质的优良、可靠，也才有可能保证产品溯源的可行性和实际意义。而这些，正是"东福米业"在形象手册里所承诺的内容。

现在，我们可以按照"东福米业"的承诺来求证其印在纸上那些漂亮文字的真实性和可信度了。

事实上，跨越中国传统的小农经济，改变土地经营和耕作方式，实行土地的大面整合、集约，实行现代化大机械耕作，早已成为人们的共识。也唯有如此才能大面积解放劳动生产力，大幅度降低成本，提高国际竞争力。大荒地村2011年开始大规模土地流转，把全村1300公顷土地，全部流转至"东福集团"，同时实行集体统筹、公司化运作，大荒地村党支部书记和东福集团董事长由刘延东一人兼任。过去，这大片的田地被分割成很多块，一共九百二十户农民，土地就由九百二十户分别承包经营。如今，所有的土地都要姓一个姓，归一个指令调遣，什么时候种、怎么种，统筹权都归属于"东福集团"。

按照法律程序，土地流转的决定应该通过村民代表大会和村民大会集体做出，但前提是在保持农民土地承包权不变，且要按照依法、自愿、有偿的原则。

问题的关键是如何让农民自愿交出手中的土地。在利益抉择面前，往往能够看出来一个人或企业的情怀和境界。可以想象，一个和自己村民斤斤计较、算计至骨髓的企业，怎么能善待它的用户呢？在这一点上，大荒地村或"东福"没有让人失望，因为他们把难度和风险留给了自己，而把安心、舒心、放心和欢心留给了他们的村民。他们没有让农民转让出土地后失去土地；没有让农民得到眼前的利益而失去长远利益，也没有让农民们住上了楼房失去了家。

虽然农民们并不是强者，但他们的心却不蒙灰尘，谁好谁坏他们说得清楚，也敢于说清。关于"东福"的"账"，农民李万昌、张庆龙已经算得清清楚楚：自己种水稻，一公顷纯收入大概12000元，而村里给的流转费是13000元，加上国家给的各项种粮补贴2500元，农民不种田就可拿到15500元；其次，这笔钱每年1月10日前就可领到，这种被当地人称为"上打租"的方式让农民心里踏实；流转协议三年一签，市场粮价涨了，流转费上调，粮价跌了，流转费不减。这堆"豆芽账"归纳起来，无非两点，一是土地承包权不变，流转的只是经营权，农民并没有"失地"。二是土地流转价格高，且流转协议充分考虑到农民可能产生的顾虑。有了这两颗"定心丸"，大荒地上农民的心，从此自然不会荒凉。

耕地集约化经营，彻底改变了大荒地村传统的分散生产方式，让农业规模化、标准化和机械化生产成为可能，成本下降，附加值增加，种粮效益大幅提升。农民于善东说："耕地没流转前，农民各种各的，成熟期不统一，有的早熟，有的晚熟，农机经常进不去。现在农场统一耕种，机械化才派上了用场。从插秧到收割，全部实现了机械化。"分散经营时期，农忙季节用工很贵，实施机械化后，一下子降低了15%~20%的生产成本；农资统一采购，又可以在价格上争取优惠；各项加起来，一公顷稻谷可降低生产成本3000元左右。而在另一头，由于实行统一供种、统一供肥、统一种植技术、统一病虫害防治、统一收购，粮食品质得到保障和提升，市场的形象、信任度、价格也将相应提升。除此之外，耕地集约化经营还有一个更大的意义，那就是可以增加耕地面积。过去分散经营时的田埂、废旧机井等设施占地都变成了耕地，全村耕地面积因此增加了4%左右。

如果说水稻的集约化生产和集中、规范管控是保证大米品质优良、稳定的核心环节，那么愿意、敢于、能够把自己的"底牌"亮给消费者，就是必要和关键环节。当我继续追问他们如何确保产品信息真实、透明时，米业公司经理刘延峰笑而不答。只是帮我加了公司的二维码，然后对着某一袋贴有防伪标签儿的二维码一扫，一串信息便出现在手机屏幕上：

商品基本信息：

产品名称：寒水新米（有机）2.5kg/5kg

品牌：大荒地

系列：有机系列

包装类型：真空袋装

保质期：12个月

产品认证编号：1000P1300063

执行标准：GB/T19630.1-4　　GB1354

生产许可证编号：QS220201020950

企业基本信息：

生产企业名称：吉林市东福米业有限责任公司

统一社会信用代码：9122020174933394X7

生产企业QS码：QS220201020950

QS发证机构：吉林省食品药品监督管理局

企业地址：吉林省吉林市昌邑区孤店子镇大荒地村

溯源信息：

地块名称：YJ0004

地块介绍：有机种植基地认证9年，施用无害化处理农家肥（有机质含量20%~30%），种植工序全部实施机械作业，人工、机械除草。

种植人：东福有机农场（李景学）

种植品种：平粳8号

种植流程：

1. 播种

播种品种：平粳8号

环节内容：将经过催芽的种子播种，日光温室育苗，智能化管控。

环节起始时间：2015-04-01　　环节结束时间:2015-04-12

2. 施肥

所用肥料：有机肥料

环节内容：采用人工施肥方式，将符合国家有机肥料标准的有机肥按每公顷2.25吨施肥。

肥料标准：无害化处理农家肥（有机质含量20%～30%）

环节起始时间：2015-04-20　　　　环节结束时间：2015-04-30

3. 翻地

环节内容：农业机械化服务中心有机组农机，采用旋耕法，旋耕深度10厘米～12厘米，稻田耕翻深度15厘米～20厘米。

环节起始时间：2015-04-24　　　　环节结束时间：2015-05-05

4. 耙地

环节内容：农业机械化服务中心有机组农机，耙地均匀。

环节起始时间：2015-05-09　　　　环节结束时间：2015-05-20

5. 插秧

所用秧苗：有机秧苗

环节内容：人工手插，密度30厘米×20厘米，每穴3株～5株。

环节起始时间：2015-05-14　　　　环节结束时间：2015-05-25

6. 除草/防虫

环节内容：有机水稻种植，不允许施除草剂。锄草防虫采用稻田养鸭、养蟹、生物诱剂及人工相结合的方式。

环节起始时间：2015-05-25　　　　环节结束时间：2015-08-30

7. 灌溉

环节内容：黑土地深层地下水灌溉，水质清澈，纯净安全，营养丰富。收割前7天～10天，稻田撤水。

环节起始时间：2015-05-25　　　环节结束时间:2015-09-15

8. 收割/仓储

环节内容：采用机械化方式收割水稻，将稻谷风干后放入低温仓储库，仓储温度控制在10℃以下，通过粮仓低温、通风降温、电子测温、自动倒仓等高科技方法，锁住谷物新鲜度。

环节起始时间:2015-09-17　　　环节结束时间:2015-10-03

现在，一切我想看到的数据，都在眼前。我再无话可说。

以最直接的方式

　　六十三岁的高文生坐在对面谈人生时，并不像一个久经沉浮的商家，而更像一个深晓人生玄机的哲人。也许，正是因为他的力量和自信确实来自于扎扎实实的"打拼"和清晰透彻的人生体验，所以他才敢出这样的惊人之语："一个人最大的本事，是改变自己或别人的命运。"

　　1954年出生于九台的高文生，小时候家里很穷。父母领着兄妹几人艰难度日，过春节的时候，每个孩子也只能分到一个冻梨和一个冻柿子。那时，他常常靠一个没有内衣的"空心棉袄"和一条挡不住寒风的薄棉裤，支撑整整一个冬天。没想到，这个曾经挣扎在社会最底层的人，日后果然靠自己的不懈努力改变了自己的命运和身边人的命运，也如一只"早起的鸡"，靠自己的敏感与先见，占了中国产业风气之先，开创了某种商业营销模式。

　　1978年从部队转业回到九台后，高文生被分配到"外贸公司"工作，涉足商业，先是做服装生意，后来搞房地产开发。2001年左右，他一直在国外做事，先后去了美国、以色列和泰国等地。外国先进的农业科技和管理模式给了他强烈的震撼。虽身在商场，他还是对中国的农民投以深深的同情。他觉得中国的农民太可怜了，他们坐在金山上还在要饭，让人看着都心疼。这期间，他也敏感地发觉，农业将成为中国最后一块蛋糕，在未来的若干年里，很多人将因为中国的农业改变自己的命运。于是，他决定逐步把所有资产都投入到农业上去。

　　2003年，当中国的商业资本靠着巨大的惯性继续涌向房地产、"风投"等领域时，高文生开始幡然醒悟，转身涉足农业。首先在深圳成立了自己的米业公司，销售东北大米。当时深圳的大米市场很乱，很多东北大米都被掺杂了其他南方米出售。为了卖纯正的东北大米，负责大米销售的商总曾做过各种可能的尝试。为了让自己的米以最直接的方式、最短的距离到达用户手中，公司总甚至打着公司的牌子蹲在路口卖大米，或亲自坐镇，把米卖到小区里。因为他们的米从来不掺假，所以很受市民的欢迎，米卖得好，也卖得贵。他们当时将这种方式叫作"直销方式"。但这种看起来最合理的方式很快遇到了问题，当他们在街头"直销"时，总有行政执法人员把他们当成小贩儿，让他们在驱逐、追赶中失去一个正规公司的尊严。同时，其他的问题也相应出现。因为货源不够稳定，虽然公司买进的大米都来自于"可靠"的商家，但由于数次转卖，检测手段又跟不上，大米的质量也难免参差不齐，并且根本无法追根溯源。一旦用户买到了好看不好吃的米或价高而质次的米，公司将如何向用户解释？用户的损失以哪种方式补偿？如果这些都做不到，公司与骗子又有何异？

面对诸多急需解决的问题，公司主要成员们不得不坐下来认真研究未来的发展之路。这是一个关键时刻，也许一念之差就决定了公司的生死存亡。在这样的时刻，不仅高文生本人，他手下的每一个重要成员都心急如焚。应该说，他们每一个人对公司的热爱和忠诚不仅仅来自于"生死与共"的利益依存，更主要还是来自于对高文生的情感和感恩，因为他们每一个人都是高总一手带出来的，可以这样说，没有高文生，没有公司，就没有他们的今天。

最典型的例子是公司的邢总。邢总小的时候，也是家境贫寒，父母不让她上学，希望她将来嫁个好人家，然后收一笔丰厚的彩礼就很好了。邢总小时候是一个很要强的孩子，有志气，爱读书，她不想在农村匆匆把自己嫁了，然后在农村过一辈子。因为执拗不过父母，她只好给高文生写了一封信。高文生是她的表舅舅，平时虽然走动少，但她知道高文生是远近闻名的好人，从农村走出去，带富了一批人，在家乡很有威信。她希望这个表舅舅能借助自己的威信和影响，劝说父母供自己上学。结果，高文生不但给表姐打了电话，讲了道理，还答应：如果你们供不起，我替你们供她上学。在高文生的"干预"下，邢总的学业得以延续，并顺利地考上大学。进入大学以后，她一直努力学习，学业有成之后，就来到了高文生的公司，决心与表舅"出生入死"干事业，邢总自己是这样说的："这是改变我命运的人，无论他的事业难还是顺利，我这一生都会跟着他好好干，不离不弃。"

　　像邢总这样的人，在公司还有很多，都是从高文生老家来的。有些人早年在公司打工，后来把自己的孩子也带到公司打工，有的甚至连孙子都在这里打工。高文生是一个很重乡情的人。这些年，他们一直惦记的就是要为家乡做点事情，"要富大家一起富"，特别是靠自己的力量帮助家乡人致富，已经成为他的一个人生理想。他常常挂在嘴上的一句话就是："一个人改变自己的人生不是成功，改变很多人的人生才算成功。"

　　对于公司未来的发展模式，高文生似乎想得更远一些，他执意要建设自己的大米生产基地，卖自己种的米，以健康米、放心米打造自己的品牌；而负责销售的经理商总并不看好。商总认为，只要咱们把好进货关，保证卖的是东北米就行，咱不掺别的米，就一定有信誉，能挣钱，又何苦费心劳神从头做起，搞自己并不熟悉的农业和加工业呢？她建议高文生在市场批发米，再由自己零售出去。高文生则认为，既然公司看好农业，就应该"做一个彻底的革命派"，做一个全产业链的现代农业公司，不能继续当"二道贩子"。一个有理想的公司不但有义务让自己的用户放心、受益，更有责任让位于产业链首端的农民受益。

　　经过认真调研、论证，最后他选择了长春市九台区一个朝鲜族"空巢村"作为自己的稻米生产基地。尽管他心里非常清楚他要做的事情是商业和农业的结合，其间的文化跨度、行业跨度以及观念跨度都相当大，操作起来难度巨大，但他还是毅然决然与当地的农户签订了第一批土地流转合同。

　　为了把农村事业做好，高文生把自己的亲弟弟派到了长春九台。弟弟在九台一待就是三年，了解农业，学习耕作，组织农民从事有机改造和水稻生产，继续扩大和发展公司的基地规模……然而，现实与理想之间的差异总是巨大的，想做成和做好一件事情，必然要付出艰辛的努力和巨大的代价。因为和农民谈判、打交道十分艰难，他弟弟几次动了放弃的念头，想回到深圳。一个40多岁的大老爷们儿，难得直掉眼泪，可以想象其艰难程度，但几次都被高文生阻止了。高文生只能鼓励弟弟，要他克服困难继续坚持。高文生90多岁的母亲，十分心疼，也曾在一个节日期间埋怨他："当年兄弟一起打天下，现在日子过好了，竟然把兄弟们遣散了，还发配到那么苦的农村。"高文生没有反驳母亲，但他相信自己的选择是对的。这些年，他不仅投资农业的初心不改，而且逐步加大了投入，把在深圳打拼赚来的两个多亿，基本都投到农业上了。

　　高文生是个理想主义者，他的人生信条是要做就要把事情做得完美，所以他做的有些事情经常是出乎人们意料的。为了很好地安置空巢村那些流转了土地的农户，他决定给"空巢村"农民盖楼房，把他们请进楼房里。当时很多农民根本不信，怀疑他，认为他要么是骗子要么是大忽悠。2015年，农民的楼房房产证已经下来了，农民才相信。高文生的水稻生产基地一起步就实行了全面的机械化作业，他的目的还不仅仅是要提高生产效率，降低农民的劳动强度，他还想让农民知道，农民的命运不再是脸朝黄土背朝天，在这片土地上，每个人都拥有一个好的明天。高文生预测，下一步，去韩国打工的人也要回来的，养老院和学校就成为最需要和最重要的设施。于是，他就打了个提前量，把学校修好了，又多盖了医院，楼房验收一合格，紧接着把门球厂、洗浴、出租车公司都做了起来。

　　基地的问题解决好之后，他就把全部精力放在营销环节上。他认为老的营销模式和销售观念太落后，必须有一个根本的改变，必须找到一条让公司与用户之间最紧密、最直接、最可靠的销售渠道。

　　在扩大营销力量"招兵买马"期间，曾有熟人给高文生推荐一个"很能干"的人作为总经理。高文生和那人聊了一下午天儿，发现此人不能用，因为他满脑子都是如何把不好的米卖出去或实现公司利益"最大化"的"招数"，抛光打蜡、以旧变新、"科学"掺兑、南米充北米……没一样是关于长远打算做品牌的。一般企业是要想方设法把米卖出去，卖个好价钱，后面的事，就不再管，而高文生则一定要管后面的事。因为这正是消费者所需要的，消费者需要企业对买米回家以后的事情一直负责。

　　当年，在工商联开年会的时候，高文生是最不被看好的，因为老实，"没本事"，但是，现在那个队伍里仅仅剩下他一人了。凭什么呢？就是诚信！这是他做人做事的底线，也是大浪淘沙之后他仍然能够在商海中屹立不倒的秘诀。许多年来他就是这样，凡事都要把道德和良心放在首位，宁可事情不做，也不能突破这条生命线。没有道德底线的人可能成功一件事，但是不能成功一辈子。

　　2013年，"水清清"家所寻求的"与用户之间最紧密、最直接、最可靠的销售渠道"似乎隐隐约约地露出了"眉目"。

几年来，公司负责农业发展的经理徐瑞东，一直在围绕着一个问题寻求突破。那就是如何才能保证大米从种植直接到餐桌？也就是说，如何才能取缔各种中间商，直接把米送到百姓手中。为此，他遍访了日本、美国、以色列等国家，考察农业现代化，考察各种大米营销模式。

反复论证之后，他们把目标定在全产业链上。只有实现闭合式全产业链，从农田到餐桌之间的传递才不会被干扰、破坏、做手脚或"剥皮"渔利。目前，从选种到种植到收获再到加工，这几个环节，他们早已实现全面的掌控，接下来的关键，就是经销环节。这个环节，往往最难把控。一般经销商都同时经销几种牌子的大米，哪一个牌子走得好，他们就多用哪一种，哪一个获利大，他们就多用哪一个。一些不良经销商为了放大利润，把一些陈化米或是廉价米掺在一起，再装袋。对好的企业来说，掺了的大米，一次足以毁了他们十几年的经营。

徐瑞东在日本学习时发现，日本人的吃米理念比中国人要先进，他们大米销售是有保质期的，很多米的保质期都在十五天左右，这样能保证米的口感和营养。一些日本人，自己家里有小型磨米机，现吃现磨。徐瑞东心里一动，设想着，如果能把这种模式带回来，就可以一下子把一直困扰自己的问题都解决掉。可是，如何改变人们的吃米习惯，这是一个很艰难的事，需要时间等待。徐瑞东开始研究新的磨米技术和存储方式。

一次，他去我国台湾地区考察，突然发现了一种机器——自动磨米机。他通过销售自动磨米机的老板，找到了自动磨米机的生产者。生产这种机器的老板，是一个退役的航空部队的军官，当年，他负责维修飞机。退役后依然喜欢研究那些"丁丁猫猫"，后来受到启发，自己研发了自动磨米机。可是，因为台湾地区的人口少，在家做饭的人又不多，所以自动磨米机销售并不乐观。徐瑞东说了自己的想法，对方特别兴奋，他也想在大陆有所发展。

经过几轮谈判、磨合，双方决定合作，在大陆做第一家"现磨米"公司。对方提供研发适应大陆的磨米机的技术，徐瑞东提供水稻和负责销售大米。2014年，自动磨米机在深圳一露面，就引起了消费者的兴趣。很快，二百台磨米机就分别在深圳的高档小区和部分银行营业厅出现了。每到周末，磨米机前就会排了长长的队。不久，他们在长春市内也铺设了几十台机器。在2016年举办的成都糖酒会上，磨米机促销现磨大米，市民为了抢购米，发生了殴斗事件。

2015年，长春大米的品牌建设已经打开局面，在全国已经小有名气，要想维持住自己的品牌形象，必须对会员单位的生产进行严格监督，淘汰不合格会员，增加有实力、有品质的会员。徐瑞东的米企就是在这个时候，被长春市吸纳为会员单位，成为长春大米的领军品牌之一。

在糖酒会的展会上，一百多个经销商前来询问合作方式，他们想购买这种机器，或者加盟"水清清"大米，都被拒绝了。"我要做的是品牌，所以在质量上，在任何环节上，都不能有一点闪失，目前，还不考虑合作。"徐瑞东似乎并不着急让自己的企业发展多快，他只希望自己能脚踏实地一步一步地往前走。销售员告诉徐瑞东，最近销量很好，有的机器，一天能磨400公斤米。徐瑞东的计划是三年之后，全国上五千台磨米机，一台400公斤，一天能磨200万公斤米，这就意味着，每天就有差不多四百万人吃着"放心米"。这只是一家公司所做的，如果很多企业都能做到这一点，消费者的福祉就越积越厚了！

龙晓安 摄

怎样你才相信

　　二十年前，易绍福的"白城市新天地家庭农场"还是一片芳草萋萋、百花竞放的草原。那是"科尔沁"东缘最有魅力的大沁塔拉草场腹地，风吹草低，牛羊乍现，古老的洮儿河如一条随风飘舞的彩练，自西而东、弯弯、款款地流去。如今，昔日的景象早已不在，取而代之的是平展如毯、一望无际的水稻田。

　　面对如此巨大的沧桑之变，易绍福内心里也会时时生出些莫名的惋惜和眷恋，毕竟，这片土地曾给他留下无数美好的回忆，寄托过无数美好的心愿。但一个年过七十的人，早已懂得如何顺应天命。对于那些逝去的风景，又何必频频回首，与其扼腕叹息，莫如在余下的人生旅途上为自己描绘一幅可以安妥灵魂的蓝图！

　　2004年，奔波、打拼了大半生的易绍福，决定卖掉自己的养殖基地，在洮儿河岸边置换出50垧稻田，以回归土地的方式安度晚年。

　　最初，他也效仿其他农户，在大面积种植普通水稻的同时，辟出几亩"自留田"，种植"不洒农药、不上化肥"、不计成本和产量的稻子，留作自用和馈赠亲友。土地上的事情往往是神奇的。自留田里的大米吃起来果然就更加香甜可口。可是，易绍福每每一边享用着在"自留田"种的大米，一边从心里生出一种怪怪的感觉。他觉得自己在做着一件很不仁义的事情，一个人怎么可以如此对待自己的同类？难道那些城市里的普通消费者就理所当然应该吃下那些连自己都不想再吃的米吗？当他把这些想法和家人或朋友说出时，几乎所有人都不以为然："一个种地的人，怎么能管得了那么多？"自古道，识时务者为俊杰，也许在这个强大而残酷的市场中，只有独善其身才是最好的选择。然而，生性倔强的易绍福并不这么想，他认为，种田的人也应该有种田人的"善念"。一件事情明明能做得更好，为什么不往更好里做呢？他坚信，中国未来农业一定会朝着营养、清洁、安全的"有机农业"方向发展，有生之年，他要做一件有意义的事情——亲手把真正的有机稻米种出来。

2013年，易绍福决定把50垧地全部改造成有机田。其实，他突然做出的这个决定并不突然。这个计划已经在他心里酝酿了很长时间，只是他没有及时和家人沟通。在春天到来之前，他已经做好了一切准备工作——花高价从科研机构聘请了水稻种植专家；经过多方咨询选好了适合有机种植的良种，并严格按照"有机"的方式进行了育苗；为了保证稻田用肥的高效、清洁，他研究了多种方案，最后选择了羊粪作为有机稻的肥料，并与三家养羊专业户签订了长期供应合同……大地刚刚解冻，他就带人"开"进了农田，耙地、扬肥、插秧……热火朝天地忙了起来。

按照专业要求，普通农田要经过三年的转化种植期，才能达到有机认证的条件。这期间一切条件都十分严格，不但化肥、农药不能使用，除草剂也不能使用，甚至农机漏油、农家肥里隐含化学污染、农田周边的水土空气污染等一概不允许出现。只要出现，就会从水土以及稻米的检测结果中体现出来。对易绍福来说，这是第一年，他还不知道最后将是一个什么结果，但他每天都怀着激动而又忐忑的心情观察着这50垧稻田里的一切变化。

5月未尽，田里的苗情就露出了让易绍福意想不到的端倪。与别人家的秧苗相比，自家田里的秧苗既不肥壮，又不均匀。不用问专家，他自己心里也清楚，那是因为肥量不足且施撒不匀造成的。以前虽然种过小片不施化肥的水稻，但那时可以根据自己的感觉随意调整，真正进行大面积种植时，情况就大不相同了，一切都要依靠专家的计算和指导，自己不能凭经验和感觉来。关于农家肥的使用量和施撒方式，聘请的专家可能也没有经验，所以就造成了这样的结果，但有机田是无法实施"追肥"的，不管什么情况也只能挺着。

随着稻苗一天天长高，苗里的草也不甘埋没，急起直追。这一点他是有准备的，有苗的地方必然有草，这是天经地义的自然规律，但让他想不到的是，司空见惯的草，原来竟如此难以清除。他以为最原始的人工除草一定是有效的，于是临时雇用了80个短工来田里拔草。按照以往经验，他将雇佣的八十人进行"合理分配"，由七十人拔株间草，十人灭行间草。

第一茬草"灭"掉之后，易绍福长长松了口气，出了一趟远门，去外地学习有机稻的栽培技术。可是当他回来时，第二茬草已经疯狂复发并高过了水稻。这样的草，根子扎得深，人工除草已经很难连根拔除，经常会出现"掐尖"现象，几天后杂草嗑权又从地里钻出来，还得花更多的力气和时间继续拔。这一次，有经验的农工们已经没人愿意去他的稻田里拔草了。没办法，他只得出更高的价钱把他们请来，并每天不惜代价地为农工们准备伙食。农工们被他感动了，每天起早贪黑地赶进度，连续拔了十多天，双手都磨出了血泡也不再和他讨价还价。这一年，仅除草一项，每公顷水稻就增加费用4000元，总计支付人工除草费达20万元。

杂草刚刚清除，酷暑便应声而来，这正是各种病虫害频发的季节。失去了化学药剂的帮助，易绍福和请来的专家都成了被捆住手脚的战士，只能眼睁睁看着"敌人"在面前"舞枪弄棒"，毫无应对之策。泥球病来了，横行了一些日子，突然又消失得无影无踪；没过几天，二化螟幼虫又生了出来，眼看着那些小虫一会儿钻进稻秆儿里，一会儿又摇头晃脑地钻出来，易绍福只能搬个凳子坐在稻田边默数着有几棵水稻毁在它们的"手"上，它们的寿命能延续多

※ 花开　　李春 摄

长时间……那些天，易绍福所体悟到的人生经验，既不是失败，也不是绝望，而是不肯认输又无计可施的煎熬。他先是心急如焚，焦头烂额，后来，慢慢淡定、冷静下来。干脆横下了一条心，全面全过程地观察一下那些害虫到底有多厉害，看一看种出真正的有机稻究竟有多难。于是，他索性拿一个小本子，天天在田间巡视，专门寻找并记下那些不正常的现象。他要把这一年所有病、虫、杂草的生长规律及其危害和每向前走一步所获得的心得都记录下来。好在天公作美，给这个地区一个干燥、通风的好气候，他的稻田还没有出现"稻飞虱""稻瘟病"等不用农药就让你颗粒无收的"绝症"。

面对层出不穷的杂草和病虫害，有一些"好心人"劝他："实在不行就打点儿农药吧。反正打不打别人也无法知道，何苦那么死犟！"可是易绍福心里清楚，只要意志稍一松动，千辛万苦走过的路就得重走。要么放弃，要么在下一年里把今年的困境温习一遍。没有别的选择，易绍福咬咬牙关，继续挺住。

紧接着，卖除草剂和农药的经销商找上门来，强力推销"低毒、无残留"除草剂和农药，声称其他种植有机稻的农户都用了他的产品，"绝对检测不出来的。"面对"神话"或谎言，易绍福更是无动于衷，只是一笑置之。商家走后，他坚决地把那些免费试用的除草剂和农药，悄悄挖坑埋在地下。

盛夏的一天，突然有熟人介绍两个客人来造访易绍福，声称自己带来了具有国外专利技术的"有机天然杀虫剂"，保证没有化学成分。一年来，易绍福差不多每天在网上搜集这方面的信息，到目前为止还没有令人信服的先进技术，但易绍福并没有当面拆穿她们，只是讲了自己辛辛苦苦地坚持，并不是为了投机取巧，而是要通过实实在在的努力种出真正的有机稻，如果用了不好的药，就前功尽弃了，一切苦都白受，一切心血都白花了。然而，他觉得两个妇女到处推销农药很不容易，出于同情，最后还是买了一些她们的产品。当天下午，他突然接到了那两个妇女打来的电话："我们觉得大哥的人很好，看到你对你的有机田那么用心，那么辛苦，实在不忍心骗你了，我们那几瓶药不是很可靠，大哥，你就别在你的田里用了……"

经历了一春、一夏、一秋的忙碌，一年的成果终于出来了。和往年的产量一比，易绍福不得不对一直持反对意见的老伴儿低下了头。没想到有机稻最终的产量如此之低，仅有普通水稻的三分之一；而费用，却比普通水稻高出三倍。因为土地处于转换期，尽管不再使用农药和化肥，但生产出来的水稻,最好的情况是通过"绿色"标准检测,作为"绿色米"销往市场。这个时期,不仅产量低,价格也上不来。如果种普通水稻或租出去,一年起码能赚到50万元,而这一年算下来不但不赚钱,反而赔进去50万元,里外的反差就是100万元。

想当初,易绍福的老伴儿和子女们觉得自己生活还算宽裕,并不缺钱,如果"老头儿"高兴,喜欢种有机稻就让他由着性子"玩"吧,就算不赚钱或不大赔,大家也认了。但赔到这么大的幅度,大家都觉得有一点儿"玩不起"了。何苦呢?相濡以沫的老伴埋怨着,四个出阁的女儿也一一打来电话劝说着。朋友们也纷纷泼来凉水,让他清醒、冷静一下,要面对现实,知难而退;有的朋友甚至支出"高招",建议用化肥,提高产量,反正肉眼也看不出来正常大米和有机大米的区别,贴上有机大米的商标,还能卖出好价钱。

面对种种"好心",易绍福突然感觉有一些气恼。想自己这大半生从来也没有做过那些"挂羊头卖狗肉"的事情,难道这些人对自己不了解吗?既然想对自己好,为什么要在我人生需要回首之时,来劝我做那些让自己泄气和丢脸的事情呢?易绍福犟劲上来时,会一言不发,咬紧牙关一心一意琢磨自己的事情。

2013年11月份,新米大量上市,易绍福带上自己的600公斤大米,参加了在浙江绍兴召开的全国友好单位农副产品展销会。会间,他购买了一台电饭锅,把米煮上,由于他的米煮出的饭不但油光锃亮,而且香味扑鼻,人们竞相过来品尝。在四天的展销会上,他以每公斤12元的价格,仅用两天半就将带去的"绿色"大米销售一空。这次展销会,给易绍福吃了颗定心丸。这让他更加坚信,干有益的事业,坚持自己的品质,终究会得到人们的认可。

寒来暑往,秋收冬藏。冬天,是沉静、内敛和反思的季节。在瑞雪纷飞的冬天,易绍福戴上老花镜,开始研究从春到秋自己记下的田间日记。他发现,很多草在田间现身不久就消失了,不久又有另一种草取而代之,到了秋天,春夏两季曾经出现的草都没有了踪影。虫也是一样,负泥虫来了又走了,并没有留下太多的痕迹,紧接着二化螟又来了,不长的时间后,二化螟也销声匿迹了。似乎世界上的万事万物都有自己的舞台,你方唱罢我登场;而万事万物又都有其定数,最终谁都不过是过客,一闪而逝,把舞台让给别人,把占据的归还给原主。这就是自然的规律和法则。易绍福突然想到了久已不被人们提及的

"自然农法"。大约，"自然农法"就是重新确认人与自然的关系，把自然的问题交与自然，以自然规则进行自然解决。

2014年，易绍福毅然辞去了只懂理论没有实践经验的专家，认真总结上年的经验，针对上一年农田里出现的各种问题，一一制订出了改进方案。一举解决了育苗没有测调营养土的酸碱度，致使PH值过高的问题；耙地不够平整，出现秧苗吃水不均，有的不沾水有的被水淹的问题；施肥少且不均匀，导致水稻长势七高八低的问题。又在此基础上，制订出一整套精细操作和科学管理的办法。从4月初开始，泡种催芽、平整苗床、拌肥调酸、码盘装土、撒种覆土等一道道工序，他都事必躬亲，身体力行，既做"管事"，又做"示范"，也做"教员"。至2015年，易绍福的有机田彻底扭转了以往的颓势。由于在用肥上，每公顷增加到20立方米羊粪，使水稻亩产达到300公斤～400公斤。尤其是水稻鸭试养成功后，有效解决了锄草、除虫问题，不但消灭了稻田里的青苔、水草，而且还吃掉了蛾子、蚂蚱、二化螟幼虫……一个夏天每只鸭子约产生粪便10公斤，恰恰又为水稻后续养料提供了必要的补给。这些，正是易绍福想要的，他闷着劲儿操持着田间的一切，就是让农事、农法一步步回归自然，以万

※ 破土

物之间相生相克的制约互动，实现人与自然、人与土地、土地与庄稼的和谐。

当田里的各种问题逐步得到解决之后，易绍福把重点放在了人心之上。人之心，既大又小，既恶又善，既宽容又怀疑。你说你始终坚持"自然农法"，他们就会说那不过是个噱头；你说你孜孜以求就是为了一个纯粹的梦想，他们就会说那不过是一句"假话"；你说你以诚信和"脸面"为头等大事，他就说你可别矫情啦；你说你不管多么艰难也要恪守"有机"的规矩和原则，他们就会说不信那么精明的老易会挺着认赔；你说人与人之间没有一点理解和信任那还叫人吗？他们就会一笑了之，露出一脸的不屑和怀疑。"那么我怎样做你们才能相信我呢？难道要我把心掏出来给你们看吗？"易绍福不想再和人争辩，他相信"人在做，天在看"，更相信"人有心，天有眼"。

有时，他在想，只要自己能生产出品质优异的有机米，自然就对那些怀疑和不屑予以有力的回击和明确的回答了。可是转念一想，只要人们不信，就会连一个证明自己的机会都不给你。人们凭什么放下自己的想法来品尝你的米？没办法，他只能对比自己更加强大的外界作出让步。因为凭自己的生产规模和实力，还无法做到把田间耕作的全时监控情况传到网上，让人们看个清清楚楚、明明白白。他只能想一些很"土"的办法让人们看到自己在做什么，在怎么做——每逢关键节点比如插秧、施肥、灌水、除草、地里起了病虫害、秋收等，他就把当地有影响或有说服力的机构或人，比如新闻机构、名人或公众人物，请到自己的农场，让他们为自己的坚持和坚守做一个见证。

2015年秋，三年的有机转换期已到，易绍福请来了国家有机食品质量监督检验中心技术人员，申请为自己的土壤和水稻做取样检测。也许别的农户都暗暗地希望检测人员要手下留情，不要太严格、太苛刻，但易绍福却反其道而行之，求检测人员在国标的基础上多检测几项。他这样做不是为了别的，就是要通过权威机构的口告诉他的消费者，"老易头儿"所做的一切都是凭良心做的。他是否对得起土地和粮食他心里是有数的，而土地和粮食的反应，他要让人们最信的科学和数据说话。两个月后，检测结果出来了，他的地、他的米各项检测均符合国家标准，额外项目也令人满意，易绍福种的水稻顺利通过了有机稻认证。

易绍福为自己的米注册了一个名曰"易翁"的有机大米商标。易翁，用东北话说，就是"老易头儿"或"易老头儿"的意思。易绍福之所以起这么个名字，也是想给自己、给自己的亲朋好友和相熟的人留一个念想。等有一天他闭上眼睛，让人们记得有这么一个倔强的老头儿，一直想在这个世界上留下一款纯粹的有机大米，吃过这米之后，人们心里会生出一丝柔软和感激，感激上天的美意，感激土地的恩情。

与时尚的观念相比，易绍福的想法有一点过于浪漫，同时也有一点过于"落伍"和"土鳖"。但一个年届七十二岁的老翁，是毁是誉，对他又有什么干扰呢？就权当在入土之前由着自己的心性任性一把，还不能说没有那个资格吧！

转眼，又一个秋天来临。易绍福的有机水稻亩产达到了350公斤，稻谷还没有收完，就有外地客商以每公斤30元的成米价格订购了150吨。望着一袋袋正在装运的大米，易绍福脸上露出了难得一见的微笑。这微笑，带着些许的宽慰和些许的自信；这微笑甜蜜里含着微苦；庄严里透着质朴；这微笑，它归属于地道的北方农民。

※ 张桂芝 摄

结　　语

北方的春天总是姗姗来迟，但终究还是要来的。

时至4月下旬，城里的迎春花已经在小区或公园的一角悄然开放，样子看上去有一点落寞和孤单，但也有一点儿坚决和义无反顾。对季节的感知和判断，远处的杏树和垂柳，显然比人类更加灵敏，因为它们用的不是眼睛，而是心，所以它们的反应总是更加准确和更加出人意料，凭空地，就在灰蒙蒙的枝条间流露出令人心动的水粉和翠绿。

风是春天的信使。它们脚步稳健，不徐不疾，却一刻不肯停歇，日夜兼程地赶往郊外。大片的土地，广袤的原野和僵了一个冬天的草木，都在急切地盼望着春天的消息啊！这情景，突然让我想起小时候的一首儿歌："青草青草你发芽，老牛喝你茶……"但野地里的青草还没有发芽。风的声音，也许还不够洪亮。

此时，有关《贡米》的采访和写作，已经接近尾声，一秋、一冬，对"大米"密集的关注和思索也将告一段落。在这去意与留恋交错之际，我们不知道应该对我们走过的土地、接触过的被访者和未来的读者说一点什么。那天下午，正当我们心意无着，隔着车窗凝望远方时，突然从国家品牌管理中心传来一条信息，有一个被称作"煮饭仙人"的日本老人，仿佛"从天而降"，给东北的父老乡亲写了一封公开信。信的全文如下——

各位东北三省的父老乡亲：

我叫村嶋孟，今年86岁，在日本大阪的堺市开了家大众食堂，至今已有54年。在我逐渐参透了人、米、水、淘、煮、蒸之间的奥秘后，煮出了全日本都抢着吃的"银饭"（我称最好吃的米饭为"银饭"），所以大家尊称我为"煮饭仙人"。

今年1月份我受国际品牌管理中心许京主任的邀请，来华参加"一碗白米饭"活动，当时我向他提出了一个心愿——到卢沟桥中国抗日战争纪念馆参观。1月9日，我来到了纪念馆，尽管在心中已有所准备，但当我看到照片中那一幕幕惨烈的过往，内心仍是感到无比的震惊与悔恨，不禁失声痛哭起来。当时我做出了一个决定，我要为日军在华所犯下的罪孽进行赎罪，然而许主任却这样对我说："最好的赎罪，就是为东北的农民朋友们推广大米！"当时我心中充满疑惑，不知许主任为何这样讲，但当我参加完1月12日举办的"一碗白米饭"活动时，便深深地感受到了他的良苦用心。

活动当天，我应许主任的要求，用东北大米煮出了"银饭"并邀请参与活动的人员品尝。其间我听到一位先生感慨地说："这是我吃过最好吃的米饭，它的原材料仅是售价不到5元的东北大米，却还是很少有人购买，而来自同一原产地的大米，到了日本成了150元的'一目惚'①后，还被争相抢购！"

听完那位先生的话，我的内心受到了极大的冲击。我要到东北去，要用我的双手煮遍东北大米，且我余生中要用东北大米煮出更多的"银饭"，让更多人知道东北大米是如此的香甜。为东北的农民多干些事，干些实事，不是一时的冲动，而是发自内心，经过深思熟虑的。让他们远离贫苦，获得更幸福的生活，便是我的最终目标！

经过国际品牌管理中心的不断努力，今年5月份我终于可以前往东北一圆心愿。当我昨天接到国际品牌管理中心的电话时，内心的喜悦用言语是无法形容的。所以在此次东北三省之行到来前，我特意委托国际品牌管理中心的工作人员寻找一家报社，因为我想通过报社对所有东北三省的人民说，"我愿意走遍白山黑水去寻找最好的东北大米、我愿意用我的双手把东北大米煮成可以媲美日版味道的'银饭'我愿意到中国的更多的城市去推广东北大米，让东北大米香飘全国！

---

① 一目惚：品牌名，意思为一见钟情。

如果东北的大米一斤可多卖出一元钱，也将是我此生最大的幸福！"

仅凭我一个老匠人的力量是微小的，但如果能得到社会各界的全力支持，那么力量将会是无穷的，所以在此拜托了！

村嶋孟

2016年4月10日

看过村嶋孟先生的公开信之后，不由得心中感慨万千。

到底是什么力量支撑着老先生，让他在有生之年义无反顾地做出一个如此"惊人"的非常之举？在他阅尽世事、沧桑的心里，深埋着善念、良知、情怀还是公义呢？对此，也许我们并不需要多言，只要那些语言和意思在，只要与语言一致的行动在，每个人自然会做出自己的理解和判断。

车继续前行，远处的农田里已经有人在劳动。看样子土地已经醒来，季节也已经醒来，春天即将显现出它清晰、美丽的面容。

天地间一场新的轮回已经开始！

※ 村嶋孟　金硕 摄